suhrkamp taschenbuch 4187

Detective Edgar Mendieta, genannt Zurdo, ist ein Einzelgänger, der nur auf eines Jagd macht: die Wahrheit. Ein fast unmögliches Unterfangen in einem Mexiko, das in Korruption, Chaos und Gewalt versinkt.

Culiacán, Nordwestmexiko: Eine Kugel aus Silber tötet den Anwalt Bruno Canizales. Für Mendieta ein explosiver Fall, denn zu den Verdächtigen gehört neben der Tochter eines mächtigen Drogenbarons auch der Vater des Toten, ein angesehener Politiker. Die Informationen überschlagen sich, führen an die Pazifikküste, nach Mexiko-Stadt und in die USA. Dann werden die Ermittlungen auf Druck von ganz oben eingestellt. Aber Mendieta kann nicht mehr zurück – schon längst hat der Mörder auch ihn im Visier.

»Einer der großen mexikanischen Autoren, ein wahrer Geschichtenerzähler.« *Arturo Pérez-Reverte*

Elmer Mendoza wurde 1949 in Culiacán (Mexiko) geboren. Er ist Professor für Literatur an der Universität von Sinaloa und Autor zahlreicher Erzählungen, Romane und Krimis. *Silber* ist sein erster Roman, der auf Deutsch erscheint; er wird in zahlreiche Sprachen übersetzt.

Matthias Strobel, geboren 1967, lebt als Übersetzer in Berlin.

Elmer Mendoza

Silber

Kriminalroman

Aus dem Spanischen von
Matthias Strobel

Suhrkamp

Die Originalausgabe erschien 2008 unter dem Titel
Balas de plata
bei Tusquets Editores, S.A., Barcelona.

suhrkamp taschenbuch 4187
Erste Auflage 2010
Deutsche Erstausgabe

Druck: CPI – Ebner & Spiegel, Ulm
Printed in Germany
Umschlaggestaltung und Bildmotiv:
HAUPTMANN & KOMPANIE – Werbeagentur, Zürich
ISBN 978-3-518-46187-7

1 2 3 4 5 6 – 15 14 13 12 11 10

Silber

Für Leonor

Die Welt wird nicht bedroht von den Menschen, die böse sind, sondern von denen, die das Böse zulassen.

Albert Einstein

Vielen ist das »reale Mexiko« ein Graus, nicht, dass es existiert, sondern dass es in aller Munde ist.

Joaquín López-Dóriga

1

Wartezimmer. Die Modernität einer Stadt lässt sich an den Waffen ablesen, mit denen auf ihren Straßen rumgeballert wird, dachte der Detective, selbst erstaunt über seinen Geistesblitz. Was wusste er schon von Modernität, Postmodernität oder unantastbarem Kulturerbe? Nichts. Ich bin ein armes Rehlein, ganz allein, und lebe in den Bergen. Wenn er zum Therapeuten ging, war er nervös und dachte an alles Mögliche, nur nicht an sein Problem. Wie wird in Paris, Berlin oder auf den Fidschi-Inseln gemordet? Durch eine schlampig gestrichene ockerfarbene Tür kam eine junge Frau mit zerzaustem Haar, die aussah, als hätte sie eine Eiermaske aufgelegt. Ohne zu grüßen, ging sie in Richtung Treppenhaus.

Er trat ein. Das Zimmer stank so stark nach Tabak, dass einem jede Lust am Rauchen verging. Der Therapeut warf kurz einen Blick auf seinen Notizblock und kam sofort zur Sache: Mich wundert dein schwacher Überlebenstrieb. Wie kann es sein, dass du dich nicht mit Händen und Füßen gewehrt hast? Hätten Sie sich gewehrt?, ich konnte es jedenfalls nicht; ich war ein Kind, ich konnte nicht wegrennen oder schreien, es ging einfach nicht; glauben Sie wirklich, ein neunjähriger Knirps, der zu einer Puppe erstarrt ist, leistet Widerstand?, ich konnte nicht; ich war verängstigt, wie gelähmt, eine Marionette; dass ich missbraucht wurde, kann ich nicht einfach abschütteln, da können Sie noch so sehr drauf drängen; ich denke darüber nach, immer wieder denke ich darüber nach, aber ich komme jedes Mal zum gleichen Schluss, ich kann es nicht einfach annehmen, als würde mir jemand auf die Schulter klopfen.

Das war der Knackpunkt, fast zwei Jahre lang war er immer wieder dorthin gelangt, wenn er von Gerüchen erzählte, von Geräuschen, von dämmrigem Licht. Ich hasse die Musik von Pedro Infante. Das hattest du mir noch gar nicht erzählt, Doktor Parra zündete sich eine weitere Zigarette an, und er?, mochte er Infante? Er hat nie etwas anderes gehört und all seine Filme gesehen; hat geschwärmt davon, als wären sie das letzte Bier in einem ausverkauften Stadion; bevor es passiert ist, hat er mich zweimal ins Kino mitgenommen; hat mir Spaß gemacht; wenn ich heute dran denke, könnte ich kotzen. Hat er dir Popcorn gekauft? Nein, und wenn ja, dann habe ich's vergessen, muss ich mich jetzt auch noch daran erinnern?, ist das ein Teil des degenerativen Pakts, von dem Sie das letzte Mal gesprochen haben? Nicht unbedingt, Popcorn ist Teil des Langzeitgedächtnisses und normalerweise harmlos; in diesem Fall allerdings könnte es ein Bestandteil der Gifttüte sein, etwas, das ein entfremdetes Subjekt zu seiner persönlichen Geschichte zurückführt.

Der Detective schielte zu dem Bücherregal rechts von sich. Wissen Sie noch, warum ich Polizist geworden bin? Mehr oder weniger. Mir wird immer klarer, warum ich mir ausgerechnet diesen Beruf ausgesucht habe. Du musst meinem Gedächtnis auf die Sprünge helfen. Als Kind wollte ich Priester werden, er machte eine lange Pause, Parra schrieb in seinem Notizblock, Enrique wollte Feuerwehrmann, Pilot, Meeresforscher werden, was Kinder eben so wollen; ich nicht, ich wollte Missionar in Afrika werden, Pause, und jetzt sehen Sie sich an, wo ich gelandet bin. Scheint mir keine so schlechte Wahl. Eine gute aber auch nicht, ich glaube nämlich nicht, dass ich Bulle geworden bin, um die Schwachen zu schützen und für Gerechtigkeit zu sorgen, wie Sie das postulieren; ich wollte leichtes Geld verdienen und so schnell wie möglich von hier weg. Du bist immer noch hier. Man gewöhnt sich an alles. Und du hast es dir mit allen verscherzt, die dein Bankkonto füllen könnten. Was soll's, das Leben ist eine Lotterie.

Praxis im Stadtzentrum, Parra auf seinem abgewetzten Sessel mit verstellbarer Rückenlehne, Edgar Mendieta auf einem normalen Stuhl, den er der unheimlichen Nacktheit der Couch vorzog. Der Raum war finster und roch nach billigem Putzmittel. In einer der Sitzungen hatte er den Doktor mal darauf hingewiesen, aber dem war es schnurz, er hatte nur gesagt, das sei eben ein düsterer Teil einer dekadenten Stadt. Parra sah auf seine Uhr. Edgar, du musst darüber hinwegkommen, du bist nicht ernsthaft geschädigt, und die Jahre haben dir Gutes beschert, halt dich daran fest; ich weiß, dass du die Suche nach Glück für Quatsch hältst, aber viel mehr Möglichkeiten bleiben dir nicht, wenn du Erleichterung finden willst, und hör auf zu trinken, Alkohol verträgt sich nicht mit Antidepressiva, im besten Falle schläfst du überall ein; du bist ein erfolgreicher Mann, genieß es und bring wieder Schwung in dein Liebesleben, na also, du grinst ja schon wieder, erinnerst du dich noch an damals, als du mit dieser Frau zusammen warst?, tu was, ich will in deinem Gesicht diese Energie sehen, mit der man Bäume ausreißen könnte; pack es an, schau zuversichtlich in die Zukunft, so, die Stunde ist gleich vorbei. Parra wirkte unrasiert, ungepflegt und müde. So viel haben Sie ja noch nie geredet, Doktor. Für mich bist du geheilt, vielleicht noch ein bisschen wackelig, aber grundsätzlich im Lot. Sie wollen so schnell wie möglich nach Hause, stimmt's? Stimmt, ich bin ein Familienvater und versuche, zu den Zehnuhrnachrichten daheim zu sein; wir machen erst mal keinen weiteren Termin aus, vorerst brauchst du keinen mehr. Schön wär's.

Er brach auf. Zerstreut sah er zum wolkenverhangenen Himmel. Ein Pick-up Lobo und zwei schwarze Ford Hummer drängelten sich rücksichtslos an den anderen Autos vorbei. Corridos schallten laut heraus, aus einem der Wagen flog eine Flasche Bier, die dem Detective vor die Füße fiel und zerschellte. Die größte Errungenschaft der Macht ist die Ordnung, murmelte er. Wir gelten hier einen Scheiß. Er stieg in seinen Jetta, in dem das Radio lief. Und jetzt die zweite Ausgabe von *Wächter der Nacht*, sagte der Moderator, der besten Sendung der Stadt. Er machte das Radio aus, tauchte in den für diese Uhrzeit dichten Verkehr auf der Avenida Obregón ein und fuhr nach Hause.

Um keine Albträume zu haben, aß er nicht zu Abend.

2

Es nieselte. Hatte sie Angst? Nein. Hatte dieser Märzregen eine Bedeutung? Wohl kaum. Sie hätte an einen brasilianischen Song oder an eine ferne, gleichgültige Stadt denken können, aber ihr war nicht danach. Paola Rodríguez ging durch das Gittertor und näherte sich langsam dem Haus: weiß, einstöckig, Holztür. Als sie aus dem Auto gestiegen war, hatte sie den Pick-up mit getönten Scheiben nicht gesehen, der wenige Meter entfernt parkte und dessen verregnete Windschutzscheibe dem Fahrer eine perfekte Tarnung bot. Unentschlossen? Ganz und gar nicht. Obwohl sie die Narbe gewisser Küsse spürte, stellte sie selbstbewusst ihre Schönheit zur Schau. Es machte ihr nichts aus, nass zu werden, zumal sie Edvard Munch im Kopf hatte: *Der Schrei*. Und Frida Kahlo: *Die beiden Fridas*. Diego war ein Arschloch, das man besser ignorierte. In ihrem Kopf vibrierte es, ihre roten Haare wirkten durch die Feuchtigkeit strähnig. Die Blumen im Garten – Rosen, ein paar Ringelblumen, eine Bougainvillea – waren in der Dämmerung nicht zu erkennen. Ein gelber Sedan in der offenen Garage reflektierte das Licht einer an der Wand hängenden Glühbirne. Sie steckte ihren Schlüssel in die blaue Tür. Haus im amerikanischen Stil, Satteldach, Mittelschichtsviertel. Ein Nachbar fuhr langsam mit seinem Landrover davon, ein anderer ließ gerade den Motor an. Das Quietschen der Tür, als sie ins Schloss fiel, hätte sie an etwas erinnern müssen, tat es aber nicht. Aus ihrer Tasche holte sie eine schwarze Pistole. Es musste gegen sechs Uhr morgens sein, Bruno Canizales würde gleich aufstehen, um joggen zu gehen, dieser gemeine Verräter, dieser Ich-pfeif-auf-alles-und-es-kümmert-mich-einen-feuchten-Kehricht-einen-Dreck-einen-Scheiß. Ah, seufzte sie. Sie wollte, dass er sie hörte, sie eintreten sah, nervös wurde, dass seine Augen sich beim Anblick der dunklen Beretta weiteten: Paola, mein Schatz, meine Königin, steck das Ding weg, du siehst umwerfend aus, aber tu das weg, so früh am Morgen, und ... Du Schwein, du weißt, wieso ich hier bin, oder? Sie hatte ihn gewarnt: Wenn du mich verlässt, bringe ich dich um. Vor allem schmerzte sie, dass er ihr wegen dieses blöden Tänzers den Laufpass gegeben hatte, verflucht sei der Tag, an dem sie ihm den Kerl vorgestellt hatte. Das ist ein guter Freund von mir, der beste Tänzer der Welt, ein wahrer Künstler. Pao, bitte übertreib nicht, ich werd ja ganz rot. All die Tussis, die dich umschwirren, sind mir scheißegal, das sind Frauen, die verstehe ich, sogar diese Teufelin, die uns damals ertappt hat. Aber mit dem Typen, das ist was anderes, das tut weh. Sie sah nicht das aufgeräumte Wohnzimmer und die saubere Küche. Auch nicht die Pflanzen, die sie selbst mitgebracht hatte, und die Bilder, über die sie oft gesprochen hatten.

Ich gehöre zu der Sorte Männer, die nicht heiraten, hast du gesagt, und ich, ganz modern, habe geantwortet: Und ich bin dein weibliches Gegenstück, wir haben uns angelächelt, und dann ist das alles passiert.

Sie entsicherte die Waffe und ging den Flur entlang. Dachfenster. Die offenstehende Tür des Arbeitszimmers fiel ihr nicht auf. Das Gästezimmer war verschlossen. Ganz hinten lag das Schlafzimmer von Bruno Canizales, dem Mann ihres Lebens, und deswegen der Einzige, den eine anständige Frau ohne Gewissensbisse töten durfte. Sie näherte sich der Tür, an der zum Schmuck ein geweihter Palmzweig hing. Stille. Vorsichtig drückte sie die Klinke nach unten. Dein Stündlein hat geschlagen, du Schwein. Halbdunkel. Strenger Geruch. Sie wurde unruhig, die Stellung des Körpers in dem zerwühlten Bett, quer über den Laken, gefiel ihr nicht. Schläfst du, du treuloser Hund? Hattest du eine wilde Nacht? Sie nahm ihn ins Visier und ging zur Lampe, knipste sie aber nicht an. Es war nicht nötig, denn sie erkannte auch so, dass Bruno tot war.

Sie sank zu Boden, legte sich die Pistole zwischen die Beine und begann zu weinen. Ich hätte dich geheiratet, nur um bei dir zu sein; Engelsgesicht, ich hätte geschworen, dich zu lieben und zu ehren, bis dass der Tod uns scheidet, und dir die Treue zu halten, in guten wie in bösen Tagen; ich hatte mir vorgenommen, diesen Quatsch nicht mitzumachen, und jetzt hör dir an, was ich denke. Mein Gott, alles kann man fälschen, nur die Liebe nicht. Neben ihr die Schuhe. Sie kratzte sich mit dem Lauf der Beretta an der linken Hand. Offenbar steht mir ein Geldsegen ins Haus, murmelte sie, dann sicherte sie die Waffe wieder, legte sie in die Tasche und stand auf. Sie betrachtete die angezogene Leiche auf den zerwühlten Laken, das blasse, rasierte Gesicht. Auf dem Schreibtisch lag ein Buch, das ihr gehörte, und ein Kärtchen: »Dr. Ripaldi abholen. 7.15. Aeroméxico.« Paola Rodríguez sah auf ihre Uhr: 6.08. Bruno, mein Schatz, da hat dich jemand noch mehr gehasst als ich. Sie ließ die Leiche einfach liegen und ging.

Schön: unmöglich, sie zu beschreiben.

Es nieselte.

3

Mendieta holte seine Pistole aus dem Handschuhfach, stieg aus dem Jetta und steckte die Waffe in den Gürtel, die Tür schloss er nicht ab, er hörte die Herman's Hermits, *There's a Kind of Hush*, eine Oldies-CD, die ihn in eine sentimentale Stimmung versetzte. Hoffentlich ist das einer dieser aussichtslosen Fälle, die es uns leichtmachen. Wir lösen sie nicht, keiner schert sich drum, und niemand stellt um drei Uhr morgens blöde Fragen. Er trug ein schwarzes T-Shirt und eine schwarze Jeans, dazu eine dünne Windjacke, ebenfalls schwarz. Auf einem großen Lkw-Parkplatz im Vorstadtviertel Piggyback lag neben dem Führerhäuschen eines Trucks die Leiche eines Mannes, die noch nicht identifiziert werden konnte. Um es bequemer zu haben, steckte er die Beretta in die Außentasche seiner Windjacke und stellte sich den Fragen von Daniel Quiroz, dem Reporter von *Wächter der Nacht*, dessen Sendung sich auf Polizeimeldungen spezialisiert hatte und der aufgrund seiner guten Kontakte als Erster am Tatort war.

Zurdo, weißt du was, das ich nicht weiß? Den blauen Augen nach zu urteilen handelt es sich um Steve McQueen, US-Bürger, Beruf: Motorradfahrer. Aber du hast ihn doch noch gar nicht gesehen. Ich bin Hellseher, schon vergessen? Und ich bin alles, nur nicht undankbar, mein Zurdo, und schon gar nicht unfair gegenüber einem Kerl wie dir, der mir schon so viele Gefallen getan hat. Chef, rief Gris Toledo, seine Kollegin, die von der Verkehrspolizei ins Morddezernat versetzt worden war und seit der Pensionierung von Sánchez mit ihm zusammenarbeitete.

Quiroz stieß einen Pfiff aus, du bist ja schärfer als Tabasco, Mädchen, mein Zurdo, du hast kein Auge auf sie geworfen, oder? Gott bewahre, ich würde mich nie mit einer Frau einlassen, die Stinkfüße hat. Ich schon, ach, was gäbe ich dafür, ihr die Zehchen zu lutschen!

Die Spurensicherung hatte den Tatort mit einem gelben Band abgesperrt, zwei Assistenten von Doktor Montaño, dem Gerichtsmediziner, verrichteten lustlos ihren Job. Macht schon der Februar, was er will, hält auch der März nicht still, wie ein Wirbelwind in der Ferne bewies.

Die Decke war kaffeebraun und durchnässt, in der Mitte das Bild eines Elchs vor hohen Felsen, der Tote war zwischen fünfundvierzig und fünfzig, schätzte der Detective, eins achtzig groß, Versace-Hemd, barfuß, kastriert, Kugel im Herz. Einer der Polizisten, die den Tatort absuchten, kam mit einem Cowboystiefel aus Straußenleder zurück, Mendieta verzog das Gesicht. Soll sich das Drogendezernat drum kümmern, wies er seine Kollegin an, mehrere Handys klingelten. Sonnenklar, womit der sein Geld verdient hat, den brauchen wir gar nicht identifizieren. Den haben sie nicht nur kastriert, sie haben ihm auch die Zunge abgeschnitten, erklärte Gris, Patronenhülsen haben wir keine gefunden, was darauf hindeutet, dass er woanders getötet und dann hierher geschafft wurde. Egal, es geht um Drogen, also ist der Fall für uns erledigt, ruf Pineda an, er soll sich mit Ortega kurzschließen, der ist bestimmt schon im Anmarsch, wir sehen uns dann im Büro. Was sage ich der Staatsanwaltschaft?, sie deutete auf eine junge Frau, die mit weitaufgerissenen Augen alles beobachtete. Lass dir was einfallen, er ging zu dem weißen Jetta, der zwischen zwei Containerreihen stand. Einige Trucker gafften, während sie ihren Kaffee tranken und Tacos mit Machaca und Bohnen aßen. Zwei von ihnen hatten gesehen, wie die Leiche aus einem schwarzen Lobo geworfen worden war, was sie aber ums Verrecken nicht sagen würden. Von der mexikanischen Polizei hielt man sich lieber fern, von Killern sowieso.

Fanfare der siebten Kavallerie. Mendieta, meldete sich der Detective, es war sein Chef Briseño. Wo bist du? Ich schau mir gerade ein Tomatenfeld und ein Heer von buckligen Indios an, die rot-grüne Paprikas schneiden, wo Sie schon mal anrufen, die Drogenfahndung besteht auf ihre Leiche, also haben wir sie ihr überlassen, um keinen Ärger zu kriegen, Sie wissen ja, wie empfindlich die Herren sind. Wer? Pineda, der eifersüchtigste aller Platzhirsche. Geht in Ordnung, kümmert euch lieber um einen Fall in Guadalupe, vor einer Stunde wurde uns ein Toter gemeldet, er heißt Bruno Canizales, Anwalt, Kandidat für den Berufstätigen des Jahres und Mitglied der KBP. KBP? Was ist das? Kleine Bruderschaft Panamerikas. Klang mir eher nach Krisenbewältigungspolizei. Von wegen, das sind meditierende Vegetarier, die Anzeige kam von einem gewissen Doktor Francisco Ripalda, der gerade aus Mexiko-Stadt eingetroffen ist und bei dem Mordopfer übernachten wollte; schreib dir die Adresse auf; und dann setzt euren Hintern in Bewegung.

Den Stadtteil Guadalupe kannte er gut. Er lag zu Füßen der Lomita-Kirche, wurde von der Avenida Obregón durchschnitten und grenzte an das Viertel Col Pop, in dem er schon seit jeher wohnte.

Im Wohnzimmer versammelt waren Doktor Ripalda, ein schlanker Mann und zwei Frauen, von denen eine besonders niedergeschlagen wirkte. Alle tranken Limonade. Mendieta und Gris ließen kurz ihren Blick durch den Raum schweifen und setzten sich dann dazu. Aussichtsloser Fall? Ich hoffe, der Detective holte seinen Palm heraus und machte sich seine Gedanken, wenn es eine Leiche gibt, sind die Lebenden wichtiger als die Toten. An der Wand hingen Landschaftsbilder, Diplome der KBP, ein Gemälde von María Romero, das die Amputation weiblicher Genitalien darstellte, und eines von Kijano. Wer hat ihn gefunden? Als Ripalda die Hand hob, beobachtete Mendieta die anderen. Drei Topfpflanzen schufen eine angenehme Atmosphäre.

Wir sind Mitglieder der Kleinen Bruderschaft Panamerikas, der auch Bruno Canizales angehörte; ich wohne in Mexiko-Stadt, aber ich gebe hier einen Kurs in »Transzendentaler Meditation« und komme seit einem Monat am Wochenende her, Canizales hat mich sonst immer am Flughafen abgeholt und bei sich beherbergt; heute Morgen ist er nicht aufgetaucht und auch nicht ans Telefon gegangen, also habe ich ein Taxi genommen; als ich ankam, stand die Tür offen, und er lag auf seinem Bett, wollen Sie sich die Leiche nicht ansehen?, außer der Tür habe ich nichts angefasst. Haben Sie die Leute hier angerufen? Ich habe mit Señor Figueroa gesprochen, er zeigte auf den schlanken Mann, er ist hier unser Geschäftsführer. Und was haben Sie gemacht? Ich habe Laura und Dania angerufen, damit sie mich begleiten, allein habe ich mich nicht hergetraut, ich bin da ein bisschen sensibel, nicht mal ansehen konnte ich ihn mir bis jetzt, er nickte in Richtung des Zimmers, das am Ende des Flurs lag. Und Sie?

Laura Frías wischte sich eine Träne ab. Wir schon. Sie sind also alle Mitglieder der KBP, oder ist da noch mehr? Wir waren wie Geschwister, er hat uns nie hängen lassen. Dania Estrada hatte eine schöne Stimme. Laura nickte nur zustimmend. Übrigens haben wir seine Verwandten in Navolato verständigt, sie sind schon unterwegs. Um wie viel Uhr haben Sie ihn gefunden? Gegen 8.20 Uhr. Hat er allein gelebt? Ja. Haben Sie ihn oft besucht? Nicht wirklich, sagte Figueroa, ich habe ihn ja regelmäßig in unserer Zentrale gesehen, in der Calle Riva Palacio. Wir beide haben ihn letzte Woche auf einen Tee im Verdi getroffen und geplaudert. Worüber? Über seine Projekte und seine überraschende Nominierung zum Berufstätigen des Jahres, er wollte zurück in den Bürgerrat für Sicherheit, um etwas gegen die Gewalt zu unternehmen. Ach ja?, der Detective lächelte. Hatte er einen Job? Bei der Sozialversicherung, als Rechtsberater. Der Wagen in der Garage, gehört der ihm? Nicken. Irgendeine Ahnung, wer ihn umgebracht haben könnte? Kopfschütteln. Okay, geben Sie der Beamtin Toledo Ihre Adresse, Telefon- und Handynummer, falls wir noch Fragen haben, rasch notierte er etwas in seinem Palm; die Spurensicherung wird gleich hier sein, lassen Sie sich Ihre Fingerabdrücke abnehmen, für den Fall, dass Sie doch etwas angefasst haben.

Er legte ein Taschentuch über den Griff und öffnete die Tür. Er schloss die Augen und konzentrierte sich. Gerüche stürmten auf ihn ein, standen kurz davor, eine Erinnerung auszulösen: Was ist das für ein trockener, scharfer Duft?

Er betrachtete die Leiche auf den zerwühlten Laken,

den Blutfleck. Schwarze Hose, weißes Hemd, dunkle Strümpfe. Die Kugel war in der linken Schläfe eingetreten. Der Detective nahm wahr, wie harmonisch das Zimmer wirkte, nirgends herrschte Unordnung, nicht auf dem Boden, nicht in den Regalen. Die Zeitungen vom Donnerstag auf dem Ledersessel. Auf dem Schreibtisch *Nachrichten aus dem Imperium* von Fernando del Paso. Er machte ein Foto mit dem Handy. Mit einem Papiertuch nahm er die Fernbedienung in die Hand und schaltete den Fernseher ein: Canal 22, der Lieblingssender der gebildeten Mittelschicht. »Immer Mittwoch abends um zwanzig Uhr dreißig, *Gefangen in der Literatur*, zeitgenössische Autoren im Gespräch«, pries eine Werbestimme. Er schaltete wieder aus. Unter dem Bett entdeckte er ein Paar schwarze Schuhe, Sandalen und ganz hinten einen quadratischen Gegenstand. Er verschob das Gestell: ein weiteres Exemplar von *Nachrichten aus dem Imperium*. Er rührte es nicht an. Zwei Exemplare: ein Leser? Das Regal, das die ganze Wand einnahm, war, soweit er es beurteilen konnte, mit zeitgenössischer Literatur bestückt. Vorsichtig öffnete er den Kleiderschrank, auch hier herrschte vorbildliche Ordnung. Wenn ich mal groß bin, mache ich es auch so. Hemden, Hosen und Anzüge, alles fein säuberlich in einer Reihe, ebenso die glänzend polierten Schuhe. Das Fenster ging zum Hinterhof: Pflanzen, ein Wäscheständer, alte Reifen. Makelloses Badezimmer: Bademantel, Handtücher, Seifen, Rasierwasser. Er atmete ein. Vor hier kam der scharfe Geruch nicht. Er sah auf die Uhr: zwei vor elf. Er machte einige Fotos und verließ das Bad.

Gris trat ein, blieb stehen und betrachtete die Leiche: Die Spurensicherung und ein Vertreter der Staatsanwaltschaft werden gleich da sein, Mendieta schnupperte an den Laken, siebenunddreißig, Single, Sohn von Hildegardo Canizales, ehemaliger Landwirtschaftsminister, fügte sie hinzu, der Detective sah wieder auf seine Armbanduhr, sie inspizierte die Wunde: Schöner Mann, sie schlich um das Einschussloch herum, um den Teppich. Hast du das gesehen, Chef? Sie deutete auf die Schuhe. Was? Die sehen gleich aus, sind aber verschieden, ein Paar schwarze Mokassins. Mendieta ging in die Hocke und überprüfte es: Du bis ein Genie, Gris, wir müssen aufpassen, dass die Russen dich nicht holen, der eine ist sogar sauberer als der andere. Er wählte die Nummer von Doktor Montaño.

Wir sind in Guadalupe, in der Río Piaxtla, komm mal schnell her. Wie? Hast du dich nicht gerade im Piggyback rumgetrieben? Ja, nur dass der Tote dort wieder auferstanden ist und weitergesoffen hat. Bin in fünfzehn Minuten da. Halbe Stunde, dachte der Detective und drängte Gris zum Aufbruch. Kollegin, schau mal bei den Nachbarn vorbei und stell die üblichen Fragen, vielleicht kriegst du ja was raus.

Montaño war ein junger Arzt mit ausschweifendem Lebenswandel, an diesem Morgen hatte er früh angerufen und Bescheid gesagt, dass er zwei Praktikanten nach Piggyback schicken würde, wahrscheinlich war er gerade in einem dunklen Zimmer mit einer Cheerleaderin der Tomateros de Culiacán zugange und machte sich lächerlich. Tu mir den Gefallen, Zurdo, um elf stehe ich auf der Matte, versprochen. Männerehrenwort? Ich schwöre, hab ich dich jemals enttäuscht? Wie er es vorausgesehen hatte, tauchte er eine halbe Stunde später mit den Spezialisten vom Spurendienst auf, die sich über den Toten hermachten: Jungs, die Schuhe stammen von unterschiedlichen Paaren, dann habe ich noch zwei Exemplare des gleichen Buchs gefunden, checkt sie durch und gebt sie mir dann wieder, und sucht sein Handy, ich brauche die Anrufe der letzten Woche. Der Mann ist der Sohn eines ehemaligen Ministers und war Mitglied des Bürgerrats für Sicherheit, also füllt nicht einfach nur die Formulare aus. Und Ortega? Auf dem Präsidium. Der Arzt untersuchte die Leiche und nickte, legte das Thermometer an: Wenn man davon ausgeht, dass die Körpertemperatur um ein Grad pro Stunde sinkt, ist er seit fünf bis sieben Stunden tot. Er drehte den Kopf zu sich her. Die Kugel ist aus dem rechten Ohr ausgetreten, wenn er hier erschossen wurde, muss sie auch hier irgendwo sein. Sonst noch was vor der Autopsie? Nichts Spruchreifes. Was sagt dir deine Nase? Er lächelte: In meiner Nase habe ich noch den Geruch von meinem Mädchen, aber vielleicht haben sie ihn mit irgendwas besprüht, wenn ja, lasse ich es dich wissen. Er versprach, ihn später anzurufen. Montaño kam näher, ohne den Blick von Gris zu wenden, die noch nicht aufgebrochen war, um ihren Auftrag zu erledigen, er sah ihn fragend an, von wegen ob mit ihr was lief, Mendieta gab ihm zu verstehen, dass er freie Bahn hatte, lächelnd hob er den Daumen wie im alten Rom.

Kavallerie. Briseño: Tempo, keine Autopsie, Ballistik und Rechtsmedizin sollen sich beeilen. Was ist los? Der Vater will es so, Ingenieur Canizales, ehemaliger Landwirtschaftsminister, gerade hat mich Generalstaatsanwalt Bracamontes angerufen, wir sollen die Leiche sofort der Familie übergeben. Obwohl alles nach einem Mord aussieht? Egal, tu so, als wäre er eines natürlichen Todes gestorben. Okay. Er gab den Befehl an Montaño und die Leute von der Spurensicherung weiter, die es schulterzuckend hinnahmen. In ihrer Abteilung war alles möglich. Nur die Fingerabdrücke würden sie noch sichern.

Als sie aufbrachen, trafen der Anwalt der Familie und der Bruder ein. Der Vater halte sich gerade in den USA auf und handle für die Bauern der Gegend den Preis für die Maisernte aus, zur Beerdigung werde er hier sein, die Mutter sehe sich nicht in der Lage, diesen bitteren Moment durchzustehen. Der Detective wollte nicht mit ihnen sprechen, wies Gris an, ihre Personalien aufzunehmen und ein Treffen mit den Eltern zu vereinbaren, dann führte er Laura Frías ins Café Miró, das war ihm lieber als sein enges Büro im Präsidium.

Warum sie? So viel Traurigkeit musste einen Grund haben.

4

Paola trank ein Dosenbier und starrte aus dem Fenster auf ihr altes Viertel. Die Augen trocken, matt. Ausdruckslos. Sie hatte die Fotos und Bilder in ihrem Zimmer mit der Vorderseite nach unten gelegt. Auf dem Schminktisch wartete noch das ihrer Eltern an ihrem fünfundzwanzigsten Hochzeitstag neben zwei leeren Bierdosen. Vollgestopftes Bücherregal. Es war 8 Uhr 10, in der Wohnung war alles ruhig. Keiner in der Nähe, niemand rührte sich. Niemand, das waren ihre Schwester Beatriz, ihr Bruder Dante und ihre Eltern.

Zum Sterben ist jeder Tag recht, dachte sie, wer will schon ewig leben? Sie hatte mal was mit einem Leichenbestatter gehabt, und der hatte das immer gesagt. Leben und Tod, das ist ein und dasselbe, nur dass wer um sieben noch lebt um halb acht schon tot sein kann.

Angst? Sie hatte es schon so oft angekündigt, dass sie nicht einmal nervös war. Sie würde es tun, dann würde sie keine Fragen mehr beantworten müssen, nicht die dunkle Mauer der nächsten Tage ertragen.

Der graue Himmel passte perfekt.

Das Viertel hatte sie schon immer schrecklich und unpersönlich gefunden, mit diesen engen, abschüssigen Straßen. Von ihrem Fenster im zweiten Stock aus beobachtete sie, wie ein junger Kerl aus der gegenüberliegenden Tür kam und die Straße hinunterradelte. Einen Moment lang sah sie ihn in ihren Armen, sah sich in seinen Küssen, aber sie verscheuchte die Vorstellung sofort wieder. Niemand hier gefiel ihr, und schon gar nicht dieser Junge, der mit Bier und Schmeicheleien ihr Herz erobern wollte. Idiot, nein heißt nein.

Was für ein Unterschied. Brunos Küsse waren sanft, ohne tropfenden Speichel, ohne Monotonie. Sie hatte ihn kennengelernt, als die Universidad Autónoma de Sinaloa Carlos Fuentes die Ehrendoktorwürde verliehen hatte. Beide hatten sie für ein Autogramm angestanden und Meinungen ausgetauscht. Sie hatte vier seiner Bücher dabeigehabt, er alle. Nachdem der Autor signiert und mit ihnen geplaudert hatte, waren sie etwas trinken gegangen, einen Saft, weil er keinen Alkohol anrührte. Damals hatten sie sich zum ersten Mal geküsst, und er hatte sofort klargestellt, dass er nicht zu der Sorte Männer gehörte, die heirateten. Damals hatten sie auch ihre erste Nacht zusammen verbracht.

Das Zimmer war groß. Beige. Neben dem Fenster ein schwarzer Laptop, der Schreibtisch mit Büchern und Notizheften überladen. Die Tasche lag auf dem Schminktisch, neben drei vollen Bierdosen, zwischen Parfümflakons und einem abgegriffenen Plüschbären. Sie stellte sich vor den Spiegel, der sie ungekämmt und selbstsicher zeigte. Dann öffnete sie die Tasche und nahm die Pistole heraus. Eine letzte Botschaft? Sie war kurz versucht, aber sie riss sich zusammen. Wozu? Sie kippte das Bild ihrer Eltern nach unten. Dann machte sie den Fernseher an, Canal 22, wo gerade eine Diskussionsrunde über zeitgenössische Kunst lief, legte sich auf ihr Bett und schoss sich in die rechte Schläfe.

Draußen sah der Junge mit dem Fahrrad, der gerade zurückgekommen war, hoch zu Paolas Fenster, fragend, er machte ein paar Schritte auf das Haus zu, überlegte es sich anders, ließ einige Sekunden verstreichen, zuckte mit den Schultern, kehrte um und ging nach Hause.

Der Junge musste an den Soundtrack von *Zwei glorreiche Halunken* denken.

5

Laura Frías kam dezent geschminkt von der Toilette zurück: rote Lippen, freundliches Gesicht. Die Traurigkeit trübte ihre dunklen Augen und den klaren Ton ihrer Stimme. Schlank. Hellblaue Hose, weiße Bluse. Sie gefiel Mendieta, eine Frau, die auf ihr Äußeres achtet, hat wenigstens noch Träume. Kastanienbraune, schulterlange Haare, verschmitzter Zug um den Mund. Sie aßen, sie Caesar Salad mit Spezialdressing, er ein Schinkenbaguette, Orangensaft und Kaffee. Sie erzählte, dass sie allein lebte, Psychologie studiert hatte und das einfache Leben liebte. Hätte sie um 1900 gelebt, wäre sie Krankenschwester gewesen, hätte eine Tracht getragen, die bis zu den Knöcheln ging, und ungedüngtes Gemüse gegessen. Porfirio Díaz, dessen Geliebte du bestimmt gewesen wärst, hätte so ein Frühstück nicht geduldet. Dafür wäre mir das mit Bruno nicht passiert, sie sah zur Kaffeemaschine, das Gebräu selbst mag ich nicht, den Duft schon. Wart ihr wirklich nur Freunde? Warum denken Männer immer, dass da mehr sein muss? Frauen nicht? Kommt drauf an. Wo hatte er sein Büro? In der Sozialversicherungsbehörde, wie gesagt, er war juristischer Berater. Weißt du, ob er gestern gearbeitet hat? Er hat immer gearbeitet, am Wochenende war er oft fix und fertig. Hatte er eine Assistentin? Mónica Alfaro, eine Rechtsanwältin. Mendieta rief seine Sekretärin Angelita an und bat sie herauszufinden, um wie viel Uhr Canizales am Vortag sein Büro verlassen hatte. Was meinst du, wer hat ihn umgebracht?

Er war ein guter, ein richtig guter Freund, das Leben, das er geführt hat, war nicht unriskant, aber dass er so enden musste, zwei Tränen liefen ihr übers Gesicht, sie sah wieder zur Kaffeemaschine, er war ein netter Mensch, hilfsbereit, gutmütig; ich habe ihm einige Male geraten, nicht ganz so exzessiv zu leben, das kann nicht gutgehen, habe ich gesagt, schon gar nicht bei ihm, der für die KBP und seine Familie ein Vorbild war; er hat nur gelächelt, ich glaube, tief in seinem Inneren hasste er das brave Leben und liebte starke Gefühle, alles, was ihn mitriss und in Gefahr brachte. Ein halbes Jahr lang hatte er eine Freundin, die war bildhübsch, aber extrem kompliziert, selbstmordgefährdet; sie heißt Paola Rodríguez, ich habe zwei Mal gehört, wie sie gedroht hat, erst ihn und dann sich selbst umzubringen, sollte er sie verlassen. Sie war sehr fordernd. Als er sie dann tatsächlich verließ, war das ein Drama, sie tauchte überall auf, morgens um drei bei ihm zu Hause, auf Partys, im Büro, im Kino; sie ließ ihn einfach nicht in Ruhe. Einmal, im La Chuparrosa Enamorada, drohte sie, sich an Ort und Stelle auszuziehen, wenn er nicht mit nach sonstwohin käme. So ging es in einem fort, bis sich das arme Ding irgendwann beruhigte; ich glaube, sie hat ihm danach immer noch ab und zu aufgelauert, aber ihm letztlich nicht mehr nachgestellt. Dann hatte er mal was mit Samantha Valdés, der Witwe eines Narco, der in Nogales getötet wurde, aber das wissen Sie bestimmt besser als ich, ich glaube, er war vom Drogenkartell Camargo; anfangs wirkte er glücklich, wie gesagt, er liebte das Leben auf der Überholspur, das Leben am Abgrund, aber dann, als ihr Vater ihm seine Bodyguards auf den Hals hetzte, suchte er schleunigst das Weite; soweit ich weiß, ist ihm das nicht gelungen, diese Frau hat ihren ganz eigenen Kopf, ihr siebenjähriger Sohn hat ihn angehimmelt; eines Tages hat ihm einer der Leibwächter eine Kalaschnikow an den Kopf gehalten, er könne nichts dafür, hat er gesagt, sie sollten mit ihr reden, sie rücke ihm die ganze Zeit auf die Pelle, aber der Typ wurde noch ein bisschen deutlicher, wenn er sich noch einmal mit ihr treffen sollte, werde er ihm den Kopf wegpusten; Samantha ist bisexuell, kurz danach tauchte bei ihm zu Hause eine Frau auf und bedrohte ihn ebenfalls, wenn sie noch ein Mal mitkriege, dass er ihre Freundin belästige, bekomme er es mit ihr zu tun, sie heißt Mariana Kelly; er war damals völlig durch den Wind, ich glaube, sie hatte eine Pistole dabei; er selbst war auch bisexuell, immer mal wieder meinte er, in Frank Aldana verliebt zu sein, einen begnadeten Tänzer, mit dem er auch ins Bett ging, trotzdem ist er immer wieder zu den Frauen zurückgekehrt, und Frank ist zusammengebrochen, hat geheult, ihn bedroht, der Arme, er hat ihm seine Unentschlossenheit vorgeworfen und wie sehr er seinetwegen litt. Wie Sie sehen, führte er ein durchaus bewegtes Leben.

Wer hat ihn zum Berufstätigen des Jahres nominiert? Die Anwaltskammer, der er angehörte. Wie lange hat er für den Bürgerrat gearbeitet? Drei Monate vielleicht, er ist mit jemandem aneinandergeraten, da ist er lieber gegangen, in diesen Dingen war er Idealist, er dachte, er könnte die Gewalt beenden. Mit wem hat er es sich verscherzt? Das hab ich nie rausgefunden. Sie bestellte noch einen Saft.

Das Miró war bis auf den letzten Platz gefüllt mit älteren Damen, die sich lautstark unterhielten.

Samantha, ist das die Tochter von Marcelo Valdés? Ja; ich hab sie mal im Los Arcos gesehen, wir haben dort meinen Geburtstag gefeiert, da kommt sie plötzlich mit zwei Herren rein, sucht sich eine ruhige Ecke, ihre Leibwächter im Schlepptau, wir dachten schon, die machen gleich das Restaurant dicht und zahlen alle Rechnungen, so läuft das doch angeblich, aber nein, war alles ganz normal, sie haben gegessen und sind ohne viel Aufhebens wieder abgezogen. Wer hat deiner Meinung nach Bruno ermordet? Ist es nicht Ihr Job, das rauszufinden? Meine Möglichkeiten sind da ja eher begrenzt; er wurde in seinem Schlafzimmer gefunden, angezogen, bis auf die Schuhe, was darauf hindeutet, dass es jemand aus seinem engeren Umfeld war. Suchen Sie sich einen von denen aus, die ich gerade erwähnt habe. Was ist mit neuen Freunden? Davon weiß ich nichts. Was genau macht Ripalda? Was er gesagt hat: Er gibt Meditationskurse. Warum hat er bei Canizales gewohnt? Um Geld zu sparen, KBP verfügt über keine großen Mittel, ihr Gesicht war offen, was sie sagte, wirkte glaubhaft. Und Figueroa? Leitet die KBP und ist ein guter Yogalehrer. Gib mir die Telefonnummern deiner Verdächtigen. Hab ich nicht, aber sie müssten in Brunos Terminkalender stehen. Schauen Sie in seinem Aktenkoffer nach, den hat er normalerweise im Auto gelassen, oft musste ich ihn ihm abends noch vorbeibringen. Du hast bei ihm übernachtet? Ziemlich oft, hören Sie, wann wird die Leiche freigegeben?, der Bruder und der Anwalt der Familie sind extra dafür hergekommen, wie Sie wissen, leben sie nicht hier. Kennst du sie? Ich habe Bruno oft zu seinen Eltern begleitet, sie wohnen in einer Villa mit größerem Anwesen. Hatten sie ein gutes Verhältnis zu ihm? Der Vater ist eher unzugänglich, aber die Mutter hat ihn sehr geliebt; mit dem Bruder kam er gut aus.

Er rief Gris an: Such in Canizales' Handy oder Terminkalender die Telefonnummern der folgenden Personen raus, er gab ihr die Liste durch. Chef, Doktor Montaño hat sich mit dem Anwalt der Familie geeinigt, die Leiche wird freigegeben, die Leute vom Bestattungsunternehmen sind schon da, die Spurensicherung ist abgezogen. Haben sie das Auto aufgemacht? Weiß ich nicht. Okay, bis gleich, er legte auf; inwiefern war Bruno ein Vorbild für die Familie? Er hatte nur einen Bruder, und der hat ihm nachgeeifert, ist ebenfalls Anwalt. Haben sie zusammengearbeitet? Nein, Joaquín kümmert sich nur um die Familiendinge. Ich dachte, die Familie hat einen Anwalt. Doktor Beltrán, den hat Bruno gehasst: ein Schmarotzer, hat er immer gesagt; kann ich jetzt gehen? Wo arbeitest du? Ich bin Masseurin. Im Ernst? Nicht was Sie denken, Comandante, ich gehöre zu der Sorte, die sich nicht auszieht, bei mir bekommt man Termine, und die muss ich jetzt alle absagen, damit ich mich um Brunos Angelegenheiten kümmern kann, meine Praxis ist im Zentrum, in der Buelna. Ich fahr dich hin, sie war eine Frau, die mit den Augen lächelte.

Sie ging noch mal auf die Toilette, und er notierte in seinem Palm: bisexuell, räumliche Intelligenz, Aldana, S Vald, Mariana K, Paola Rod, Queteco V. Die Kavalleriefanfare ertönte auf seinem Handy. Es war Gris: Notieren Sie, Chef, ah, und was die Nachbarn angeht, drei arbeiten auf dem Land und sind früh aufgebrochen, die anderen haben weder was gehört noch gesehen, kein böses Wort über Canizales, vielen war er in Rechtssachen behilflich.

Bevor Laura zurückkam, informierte ihn Beatriz Rodríguez, dass ihre Schwester sich umgebracht hatte. Wann? Heute Morgen, gegen acht.

6

Es war noch früh, als Samantha bei ihren Eltern ankam, die in Colinas de San Miguel wohnten, in einer Festung inmitten eines blühenden Gartens. Sie traf sie bei einem kargen Frühstück an. Ich glaub's ja nicht, sie küsste sie auf die Stirn. Und mein Prinz? Den habe ich gerade in der Schule abgeliefert, was ist los?, warum so spartanisch?, sie deutete auf die Ananasstückchen und den gekochten Feigenkaktus. Nichts, wir waren gestern bei Doktor Elenes, und der hat ihn auf Diät gesetzt. Aber du bist doch gar nicht dick. Wenn ich so weitermache, kriege ich noch Diabetes, und durch mein Übergewicht ist mein rechtes Knie lädiert, er nahm einen Apfel aus dem Früchtekorb und biss hinein. Ich hoffe, du hältst es aus ohne deine frittierte Schweineschwarte und deine Meeresfrüchte. Sein Cholesterin ist auch zu hoch. So schlimm ist das nun auch nicht. Pass auf dich auf, ja?, das hast du versprochen; möchtest du was frühstücken? Schon, nur dass ich nicht krank bin. Ich sage Genoveva, sie soll dir was Leckeres kochen. Mir ist nach Chorizo mit Ei. Marcelo Valdés und seine älteste Tochter waren jetzt allein in dem kleinen Frühstücksraum mit der Kuckucksuhr und den zwei mit Silberbesteck und Krimskrams vollgestopften Schränken. Ich bin gekommen, um dir zu sagen, dass Bruno Canizales tot ist, draußen im großen Garten saßen zwei Leibwächter auf einem Baumstamm und unterhielten sich entspannt. Waren wir das? Tany Contreras ist aus Nogales angereist, und der versagt nie, aber das weißt du ja selber am besten, der Alte schüttelte missbilligend den Kopf. Es musste sein, Papa, er ging mir so was von auf die Nerven, außerdem hast du ihm ja selbst mehrmals einen Schreck eingejagt, erinnerst du dich nicht mehr? Sprich mit mir, wie es sich gehört, vergiss nie, dass du mir Respekt schuldest, schließlich ist dies ein ehrenwertes Haus, er wurde bleich, dann rot; mit Kanonen auf Spatzen zu schießen ist eine Dummheit, das war das letzte Mal, dass du ohne meine Zustimmung auf einen meiner Männer zurückgreifst, und benimm dich gefälligst, glaub bloß nicht, dass ich deinen Lebenswandel gutheiße, sein Blick war finster, wenn ich ihn mir vorgeköpft habe, dann um dir einen Gefallen zu tun, schließlich verstehe ich mich gut mit seinem Vater, vergiss das nicht. Minerva trat ein: Schatz, was hast du?, o Gott, ich glaub, dein Zucker ist wieder in die Höhe geschossen, du sollst dich doch nicht aufregen, warst du das? Nein. Dann muss ich ihn doch nach Tucson bringen, das ist doch nicht normal, sie drängte ihn, einen Schluck Wasser zu trinken, ich ruf gleich den Doktor an. Immer mit der Ruhe, ich geh erst mal raus an die frische Luft, das wird mir guttun, lass den Doktor in Frieden, niemand stirbt, bevor seine Zeit gekommen ist, weißes Hemd, khakifarbene Hose. Red keinen Unsinn, willst du Samantha nicht beim Frühstück Gesellschaft leisten? Setz du dich zu ihr, ich geh mal nach draußen. Langsam schleppte er sich vorwärts, bei einem Meter siebzig wog er neunzig Kilo. Er verließ den Frühstücksraum und schlurfte zu einem kleinen, umwucherten Pavillon, der etwa zehn Meter vom Haus entfernt lag. Als die Leibwächter ihn sahen, sprangen sie auf. Auch wenn ihr Chef in letzter Zeit geschwächt wirkte, wussten sie, dass er nur mit dem Finger schnippen musste, schon erbebte das halbe Land, selbst zur Wetterlage wurde er konsultiert.

Im Frühstücksraum telefonierte Samantha mit dem

Handy. Lächelnd, entspannt. Sanfte, schöne Gesichtszüge. Sie beendete das Gespräch, als ihre Mutter mit dem Essenstablett und einer Tasse Kaffee hereinkam.

7

Er parkte vor dem Haus, in dem der Junge mit dem Fahrrad wohnte, bei den Rodríguez' standen drei Wagen auf dem Gehweg. Die Garage war leer. Der Junge mit dem Fahrrad lehnte an einem der Autos und erzählte ihm, dass er den Schuss gehört habe und erschrocken sei. Wir hier waren alle in sie verknallt. War sie so hübsch? Sie war das Gesetz, die Königin der Guten und der Bösen. Und wer war der Boss? Uns hier hat sie die kalte Schulter gezeigt, gewildert hat sie woanders, wobei es heißt, dass der, der spricht, gute Karten hatte. Und war es so? Mein geschundenes Herz hätte alles für sie gegeben. Könnte es sein, dass ein abgewiesener Verehrer sie getötet hat? Von hier bestimmt niemand, wir sind ja nicht blöd, unter der Erde nützt so eine Traumfrau keinem was. Na gut, treu scheinst du ja zu sein, und Geschmack scheinst du auch zu haben, haben sich hier fremde Leute rumgetrieben? Selten, und wenn, hat's was auf die Fresse gegeben. Und Canizales? Bringen Sie ihn her, dann kriegt er doppelt eins auf die Fresse. Dann bestell ich schon mal die Eingeweide. Mal sehen, ob die Hunde was übriglassen.

Guten Tag. Ich bin Edgar Mendieta von der Bundespolizei. Hellgrün gestrichenes Wohnzimmer, Stereoanlage, Familienfotos, Esszimmer für zehn Personen, Küche im hinteren Teil, daneben das Büro das Vaters, die Tür offen. Die Mutter saß auf dem Sofa und weinte, Dante löste verblüffend schnell einen Zauberwürfel, und Beatriz starrte auf ihre Hände. Die Leiche hatte das Bestattungsunternehmen abgeholt, und dort war auch der Vater. Treten Sie ein. Das ist der Herr, der vor einer Weile angerufen hat, erläuterte Beatriz, achtundzwanzig, blonde, lockige Haare, was darf ich Ihnen anbieten?

Sie war es auch, die ihn zu dem Zimmer im zweiten Stock führte, wo sich ihre Schwester auf dem Bett – säuberlich gemacht, Blutfleck auf dem Kissen – umgebracht hatte. Beim Eintreten war ihm der Duft von Carolina Herrera in die Nase gestiegen, dessen Hauch er auch im Zimmer von Canizales wahrgenommen hatte. Er notierte in seinem Palm: »Parf. Car. Herr, auch b. Caniz?« Warum hat sie die Fotos mit der Vorderseite nach unten gelegt? Die Bierdosen waren warm, durch den Gazevorhang drang das Mittagslicht. Keine Ahnung; er überlegte, ob er Ortega anrufen sollte, aber er verwarf es wieder. Und die Waffe? Wartete in ein rosafarbenes Handtuch gewickelt in einem Schrank voller Wäsche und übereinandergeworfener Schuhe und Schachteln. Er steckte die Pistole in die rechte Tasche seiner Jacke, in der linken hatte er seine eigene, dann nahm er die Bücher in Augenschein und notierte sich ein, zwei Dinge. Die Kugel habe ich da hingelegt, sie zeigte auf die Computertastatur. Mendieta wickelte sie in ein Papiertuch und steckte sie ebenfalls ein. Wollen wir die Fotos wieder aufstellen? Beatriz nickte. Es waren Drucke berühmter Orte und Kunstwerke: *Der Schrei*, *Die nackte Maja*, *Die beiden Fridas*. Zwei Fotos mit Bruno Canizales, der Rest mit Verwandten und Freunden. Man sah auf den ersten Blick, dass sie schön war: zartes Gesicht, perfekter Mund, volle Lippen, rotblond, Locken, geheimnisvoller Blick. Ein Jammer, da musste er dem Jungen recht geben.

Kennen Sie diesen Mann? Klar, Bruno Canizales, meine Schwester war verrückt nach ihm, wenn Sie mich fragen, warum sie es getan hat, würde ich sagen, seinetwegen; sie waren eine Zeitlang zusammen, aber er war ein bisschen merkwürdig, an manchen Tagen war er unheimlich gut drauf, gesprächig, interessierte sich für einen, gab einem Ratschläge, und an anderen war er das genaue Gegenteil: total verschlossen; mein Vater hat ihm nicht über den Weg getraut, als die beiden ein Paar waren, kam er zwei Mal die Woche zu uns; sie war als Kind schon komisch, wenn sie was von meinem Vater wollte, hat sie ihm mit Selbstmord gedroht, sie liebte es, im Mittelpunkt zu stehen; aber je älter sie wurde, desto trauriger wurde sie, unberechenbarer, jähzorniger; verstanden habe ich's nie, schließlich hatte sie alles: Schönheit, Intelligenz, Freunde, Geld; trotzdem war sie eine gute Schwester, nur schlau geworden bin ich nie aus ihr; nach Bruno hat sie keinen Verehrer mehr mitgebracht; dabei hatte sie genug, darunter sogar einen Narco, der für sie ein ganzes Orchester aufgefahren hat, aber sie hatte sich auf Canizales kapriziert. War sie sehr leidenschaftlich? Eher obsessiv, wenn sie sich mal etwas in den Kopf gesetzt hatte, konnte keine Macht der Welt sie davon abbringen. Egal bei was? Es war ihre Art, mit Menschen umzugehen. Was für Sendungen mochte sie? Konzerte, Interviews, langweiliges Zeug für Bildungsbürger, Canal 22 aus Mexiko-Stadt. Wie kam sie mit den Leuten hier aus? Manche waren total verknallt in sie, aber ich glaub nicht, dass sie sich auf jemanden eingelassen hat. Weißt du, wer ihr die Pistole verkauft hat? Niemand, die Pistole gehört meinem Vater, sie muss sie ihm irgendwann geklaut haben. Hatte sie einen Job? Nein, mein Vater zahlt alles. Hat sie gestern irgendwas Ungewöhnliches getan? Nicht dass ich wüsste, sie war den ganzen Tag hier, hat Musik gehört und gelesen, ich bin um zwanzig vor sieben gegangen, da war sie noch im Schlafanzug; als ich gegen halb zwölf wieder nach Hause kam, war sie angezogen und hat Brot mit Milch gegessen, als wäre sie auch gerade erst heimgekommen, danach hab ich nichts mehr von ihr gehört, bis zu dem Schuss am nächsten Morgen. Und sie ist wirklich nicht mehr weggegangen? Nein, zumindest hab ich es nicht bemerkt, nachdem mit Bruno Schluss war, hat sie oft getrunken, nicht exzessiv, aber doch regelmäßig. Wo kaufte sie das Bier? Meistens im Oxxo. Mendieta sah eine Plastiktüte ohne Logo auf dem Boden, gleich neben dem Schminktisch. Die nehme ich mit. Nur zu. Dann glaubst du also, sie hat es wegen Canizales getan? Was weiß ich, jedenfalls hat sie mal in meiner Gegenwart zu ihm gesagt: Wenn du mich verlässt, bringe ich mich um. Die leeren Dosen nehme ich auch mit, mit Hilfe eines Papiertuchs steckte er sie in die unbedruckte Plastiktüte.

Was würdest du sagen, wenn Bruno Canizales ebenfalls tot wäre? Sie musterten sich gegenseitig: Auch sie war schön, honigfarbene Augen, Muttermal auf der Wange; er ein normaler Polizist, dreiundvierzig, immer schwarz angezogen, Dreitagebart und unfähig, sich zu verlieben. Ist das so? Er nickte. Angeblich wollte sie erst ihn und dann sich umbringen, sollte er sie verlassen. Wie gesagt, würde mich nicht wundern, wenn sie ihn damit erpresst hat, aber ob sie dazu auch wirklich den Mumm hatte, ich meine, für den ersten Teil, weiß ich nicht; wenn sie gut drauf war, konnte sie sprühen vor Charme, hat alle verzaubert, mein Vater hat sie vergöttert, meine Mutter hat sie beneidet, wir Geschwister wussten nicht so recht, was wir fühlen sollten, vor allem in den letzten Monaten, in denen sie aus ihrem Herzen eine Mördergrube gemacht hat. Was treibst du so? Ich bin Schauspielerin, auch wenn ich nicht so aussehe, und jetzt ist gerade Theatersaison, deshalb bin ich gestern auch so spät nach Hause gekommen.

Kavalleriefanfare.

Es war Guillermo Ortega, Chef der Kriminaltechnikabteilung. Mendieta. Na, du Nichtsnutz, kraulst du dir gerade die Eier? Und du, was gefunden? Klar, den Schuldigen natürlich, ich finde immer den Schuldigen, vergiss das nicht; hör zu, meine Leute haben die Patronenhülse und das Projektil entdeckt, und jetzt halt dich fest, Canizales wurde mit einer Neun-Millimeter-Pistole erschossen, einer Smith & Wesson, und die Patrone ist aus Silber. Was sagst du nun? Vielleicht war der Typ ein Vampir. Wo habt ihr die Kugel gefunden? Zwischen den Laken, sie ist leicht abgeplattet, offenbar von der Wand aufs Bett geprallt, man sieht den Einschlag. Er wurde stehend erschossen. Das ist am wahrscheinlichsten, und danach wurde er aufs Bettchen gelegt, damit ihr schöne Fotos machen könnt. Was ist mit den Schuhen? Der eine edel, der andere auf italienisch getrimmt, aber made in China, die kriegt man sogar auf dem Ramschmarkt von Izábal. Fingerabdrücke? Da sind wir dran, wie du weißt, mussten wir husch, husch machen, aber alles deutet darauf hin, dass es Jack the Ripper war. Hatte ich schon befürchtet, hast du dir das Handy angeschaut? Ich brauche die Anrufe der letzten Woche. Du spinnst wohl! Wir sind doch keine Arbeitssklaven. Na gut, ich ruf dich später an, er legte auf, Fälle ohne rasche Fortschritte verliefen leicht im Sand, und dieser Fall begann ihn zu interessieren.

Entschuldigung, der Kollege von der Spurensicherung

kann ohne mich nicht leben, er fischte ein Handy mit Kettchen aus Paolas Tasche, wir checken ihre Anrufe, dann kriegt ihr es wieder, okay? Behalten Sie es, ich kann mir nicht vorstellen, dass jemand es haben will. Was für ein Auto fuhr Paola? Einen grauen Ford, wollen Sie ihn sehen? Gern. Er legte die Plastiktüte in den Jetta. Der Wagen war nicht abgeschlossen, der Junge mit dem Fahrrad stand vor der Haustür und beobachtete alles. Beatriz lächelte ihm zu. Tank fast leer, Servietten und schmutzige Papiertaschentücher, Werbung, ein Erzählband von Eduardo Antonio Parra, drei Paar Schuhe, ein Regenschirm, ein Post-it mit den Blog-Adressen von Cristina Rivera Garza und Rafa Saavedra. Auf der Fußmatte des Beifahrersitzes waren frische Schlammspuren. Wahrscheinlich stammten sie von der letzten Person, die sie lebend gesehen hatte, offenbar hatte es da genieselt, wann hatte es zu nieseln begonnen? Er erinnerte sich, dass der Himmel bedeckt gewesen war, als er die Praxis von Doktor Parra verlassen hatte. Im Handschuhfach nichts Interessantes. Ist das wirklich nötig?, fragte Beatriz. Reine Routine, er notierte etwas in seinem Palm, es gibt eine Verbindung zu Canizales, und da beide tot sind, ergeben sich einige Fragen; hat Paola dich jemals spielen sehen? Ich bin mir nicht sicher, erwähnt hat sie's nie, aber ich glaube, ich hab sie bei der Premiere im Publikum gesehen.

Sie gingen zurück ins Haus. Dante hatte den Schuss nicht mal gehört, und die Mutter heulte sich die Augen aus dem Kopf, weil sie seit einem Monat kein Wort mehr mit ihrer Tochter gewechselt hatte. Mein Mädchen, ich konnte ihr nie zeigen, wie sehr ich sie geliebt habe. Du hast offenbar einen tiefen Schlaf, sagte der Detective zu

Dante, der weiterhin an seinem Zauberwürfel drehte. Ich bin erst am frühen Morgen nach Hause gekommen. Um wie viel Uhr? Gegen halb fünf. Hat es geregnet? Genieselt. War Licht in ihrem Zimmer? Darauf habe ich nicht geachtet, aber ihr Auto stand draußen, normalerweise stellt sie es in die Garage; auf der Windschutzscheibe waren Tropfen, was darauf hindeutet, dass die Scheibenwischer nicht benutzt worden sind. Klingt logisch. Hat eher was mit Wahrscheinlichkeit zu tun. Und die Wahrscheinlichkeit besagt auch, dass sie weggefahren war und noch mal wegfahren wollte. Mendieta nickte, Dante drehte weiter an dem Zauberwürfel. Was studierst du? Mathematik.

Als er in den Jetta steigen wollte, kam der Junge mit dem Fahrrad zu ihm: Buchten Sie mich ein, Bulle, sonst bringe ich den Mörder um. Es war Selbstmord. Ja, aber nur, weil so ein Arschloch ihr den Kopf verdreht hat, und dieser Typ wird dafür zahlen. Von wem sprichst du? Vom Advokaten des Teufels. Ach so, da ist dir jemand zuvorgekommen, er ist nämlich heute Morgen mit einem Loch in der Stirn aufgewacht. Was Sie nicht sagen. Was schert dich das überhaupt? Nur so, ich bin der Vize vom Klub der Königinnenverehrer und der Sohn meiner Mutter. Tja, Jungs, da haben sie euch wohl ins Leere laufen lassen.

Er rief Gris Toledo an: Wie ist es mit Mónica Alfaro gelaufen? Gut, ihr zufolge hatte Canizales keine Probleme, weder mit seinen Chefs noch mit der Gewerkschaft, ein tüchtiger Anwalt mit weißer Weste; sein Tod hat alle überrascht. Da ist wohl nichts zu holen, überprüf bitte mal, wann es im Ostteil der Stadt zu nieseln begonnen hat. Was meinen Sie mit Ostteil? Ernsto-Millán-Park. Ich hab's im Blick, Bulle, er ist von hier, einer der Mächtigen. Was willst du damit sagen? Nichts, jedenfalls bedauere ich, dass jemand vor mir abgedrückt hat. Reit dich bloß nicht irgendwo rein, wo du nicht mehr rauskommst. Interessiert mich einen feuchten Kehricht, Dreck, Scheiß, wie sie immer gesagt hat, er nickte in Richtung der Rodríguez.

Mendieta stieg in seinen Wagen. *There is a House in New Orleans*, sang Meister Hermann.

Er nahm den Boulevard Zapata und fuhr zum Beerdigungsinstitut San Chelín.

Abelardo Rodríguez, der Vater, willigte ein, mit dem Detective zu sprechen. Sie setzten sich auf die weißen Sessel. Sie können sich nicht vorstellen, wie sich das auf unsere Leben auswirken wird, sie war unser Sonnenschein, unser Kompass. Er rauchte eine Zigarette, holte einen Flachmann heraus und goss Whisky in zwei Plastikbecher. Sie war nicht nur schön, sie war auch intelligent, nie hat sie ihr Aussehen ausgenutzt, um Schönheitskönigin oder so was zu werden, nie, nicht mal in der Schule, sie wusste, was sie wollte, war vielleicht ein bisschen ruhelos, jedenfalls hatte sie das Leben noch vor sich, es will mir einfach nicht in den Kopf, warum sie das getan hat. Wie kommt's, dass sie Ihre Pistole hatte? Er zeigte ihm die Beretta. Das habe ich mich schon tausend Mal gefragt, wann hat meine Tochter das Ding an sich genommen?, wieso habe ich es nicht bemerkt?, ich weiß es nicht, Sie können sich nicht vorstellen, was für Vorwürfe ich mir deswegen mache. Sind die Papiere in Ordnung? Der Waffenschein muss irgendwo sein, er läuft nächsten Monat ab. Wenn's Ihnen recht ist, würde ich ihn gern in drei Tagen sehen. Selbstverständlich, ich bringe ihn im Präsidium vorbei. Mendieta teilte ihm mit, dass Canizales ermordet worden war. Was? Dabei war er so sympathisch, dass ich ihn für unsterblich gehalten habe, ein guter Anwalt, ich habe das Vergnügen, seinen Vater zu kennen, den Ingenieur Hildegardo Canizales, eine große Persönlichkeit; ich hätte ihn gern zum Schwiegersohn gehabt, aber Gott wollte nicht, dass die beiden gut miteinander auskamen, und jetzt das, wie heißt es so schön: Ein Unglück kommt selten allein. Señor Rodríguez, die Spurensicherung muss noch einige Untersuchungen durchführen, aber wir werden Sie so wenig wie möglich belästigen, die Waffe müsste ins Labor, und der Rechtsmediziner wird sich die Leiche Ihrer Tochter ansehen. Na gut, aber Sie müssen mir versprechen, dass Sie kein Sakrileg begehen, der Intimbereich ist tabu. Sie können sich darauf verlassen. Sie schwiegen, Rodríguez schenkte sich nach, der Detective hatte seinen Becher nicht mal angerührt. Hören Sie, wenn wir Ihnen irgendwie behilflich sein können, rufen Sie mich an, schließlich wäre der Kerl beinahe mein Schwiegersohn geworden. Wo tritt Ihre Tochter Beatriz auf? In irgendso einem Schmierentheater, ich weiß nicht mal, wie das Stück heißt, er trank aus und goss sich wieder nach, ich weiß nur eins, das, was sie da tut, gehört sich nicht, Paola hätte so was nie gemacht.

Der Detective kippte seinen Becher in einem Zug und ging zur Toilette. Er wählte eine Nummer: Montaño, fahr sofort ins San Chelín, dort wird gerade die Leiche einer Verdächtigen einbalsamiert, ich will wissen, ob sich Samenspuren finden. Passt mir gerade überhaupt nicht, ich bin auf dem Weg ins Paradies mit der schönsten und aufregendsten Frau, die ich je getroffen habe. Fährst du diese Woche eine Doppelschicht? So was Ähnliches. Musst du verschieben, es ist wirklich dringend, der Leichenbestatter kommt gleich; und nimm den Lieferanteneingang. Dann bat er Ortega, jemanden vom Spurendienst hinzuschicken, der nachprüfen sollte, ob an den Händen Schmauchspuren waren.

Ohne dass Rodríguez es merkte, schlich er sich in den Einbalsamierungsraum, wo man ihn kannte. Seid ihr auch schön brav, ihr Taugenichtse? Wie die Lämmchen, er betrachtete Paolas Gesicht, sie war so schön, dass nicht einmal die Leichenblässe ihr etwas anhaben konnte. Was führt dich hierher, Comandante? Dieses junge Ding hat sich umgebracht, bevor ihr sie aufmacht, soll Montaño sie sich ansehen, ich brauch da noch einige Infos. Uiuiui, Montaño, der sollte sich aber nicht allein an ihr zu schaffen machen, sie lächelten sarkastisch. Da müsst ihr schon selber ein Auge drauf haben, schließlich ist das euer Revier.

Kavallerie. Angelita gab ihm durch, dass Canizales am Donnerstag von acht Uhr morgens bis sechs Uhr abends in der Behörde gearbeitet hatte, ohne das Gebäude in der Mittagspause zu verlassen. Ob er gegen die Gewerkschaft vorgegangen war? Die ließen auch gern mal Leute von der Landkarte verschwinden.

Er ging zurück zu Rodríguez, der ihm sofort noch einen Schluck anbot. Mendieta sah im Alkohol- und Zigarettendunst die Aura der Traurigkeit. Er sei im Baugeschäft tätig, da brauche er eben Waffen. Überall ist Krisenstimmung, das Studium in Spanien konnte ich meiner Tochter nicht bezahlen, hätte ich's gekonnt, wäre das hier nicht passiert; dann wäre sie über Canizales leichter hinweggekommen; ich hab diesen Mann nie verstanden, wie konnte er eine Frau von ihrem Kaliber nur verlassen? Manche Leute sind dümmer, als wir denken, Señor Rodríguez. Er war zweiundfünfzig, in seiner Jugend hatte er sich als Mittelfeldspieler bei den Chivas de Guadalajara versucht; aber er hatte zu viel Heimweh gehabt und den Vertrag nach drei Monaten aufgelöst. Sein Büro lag im Viertel Campo Diez, kurz vor Piggyback, am Stadtrand.

Achtunddreißig Minuten später rief Montaño aus dem Nebenraum an. Volltreffer, Zurdo, ich nehme eine Probe mit und lasse sie auf DNA-Spuren untersuchen, für alle Fälle; wir haben auch Schmauchspuren auf der rechten Hand gefunden; was für eine Schönheit, in welchen Kreisen sie wohl verkehrt hat, dass ich sie nie getroffen habe? Danke, Doktor, bis bald; Señor Rodríguez, der Rechtsmediziner ist fertig, ich muss jetzt los, der Spurendienst wird die Pistole untersuchen, sobald Sie mir den Waffenschein bringen, kriegen Sie sie zurück. Tequila wäre Mendieta lieber gewesen, aber es machte ihm nichts aus, noch einmal anzustoßen. Auch eine Art, einem trauernden Vater beizustehen. Was halten Sie von Smith & Wessons, Señor Rodríguez? Gute Waffen, aber ich bin ein treuer Anhänger von Hauptmann Pietro Beretta. Sie verabschiedeten sich.

Bevor er zum Präsidium fuhr, aß er an einem Straßenstand ein Ceviche und Garnelen mit Tintenfisch, dazu trank er Tamarindenwasser.

8

Gringo, du arbeitest zwar für mich, aber es gehört nicht zu deinem Job, dir von meiner Tochter auf der Nase herumtanzen zu lassen, das war das letzte Mal, dass du jemanden ohne meine Erlaubnis liquidiert hast, und das gilt umso mehr, wenn es nicht um das Geschäft geht; wenn ich dich ein, zwei Mal gebeten habe, ihm auf die Füße zu treten, hatte das nichts zu bedeuten, das solltest du eigentlich wissen; ich habe ein gutes Verhältnis zu seinem Vater, wenn er erfährt, dass hinter dem Mord an seinem Sohn einer meiner Leute steckt, wird mir das sehr wehtun. Sie befanden sich in dem kleinen, schlecht belüfteten Büro hinter der Villa, das mit einem Schreibtisch, zwei Stühlen, einem Kühlschrank und einem Tresor ausgestattet war, der nur selten Geld enthielt. Don Marcelo. Halt den Mund, er warf einen Briefbeschwerer auf den Gringo, der diesen an der Brust traf, wenn hier einer redet, dann ich, wenn hier einer Befehle erteilt, dann ich; ich weiß, dass du Tany Contreras herbeordert hast, schick ihn gefälligst wieder zurück nach Nogales, er soll sich erst wieder wegrühren, wenn ich es befehle, was soll überhaupt dieser Quatsch mit den Silberpatronen?, war der Kerl ein Vampir oder was?, seine Familie hat sich nichts zuschulden kommen lassen. Ich wusste nicht ... Halt den Mund, hab ich gesagt, diesmal schleuderte er eine kleine Statue auf ihn. Tany hat sein Geld noch nicht gekriegt. Das müsst ihr unter euch regeln, ich denke gar nicht daran, auch nur einen Peso rauszurücken. Ernesto Ponce, zweiundvierzig, groß gewachsen, kräftig gebaut, weiße Haut, blaue Augen; an beiden Handgelenken ein goldener

Armreif, dazu eine dicke Halskette und vier Diamantringe, blaues Seidenhemd, klassisch geschnittene Levi's, Straußenlederschuhe. Besorg mir andere Leibwächter, heute Morgen haben diese Kerle seelenruhig auf einem Baumstamm rumgesessen und Däumchen gedreht, während da draußen womöglich die Hölle los ist, solche Leute kann ich nicht gebrauchen, ich will Jungs mit dem Blick eines Adlers und dem Körper eines Hais. Es klopfte. Ja? Mein Lieber, ein Anruf aus der Hauptstadt, er gab dem Gringo zu verstehen, dass verschwinden sollte, seine Frau reichte ihm das schnurlose Telefon. Ja? Er hörte kurz zu. Sagen Sie dem Herrn Staatssekretär, dass mich das Geschäft nicht interessiert, die Softdrinkindustrie ist nicht mein Ding, und wenn er mich weiterhin belästigt, ziehe ich mein Geld ab und schaffe es nach Costa Rica oder sonst wo hin, dann sehen wir ja, wer den Kürzeren zieht, Wiederhören, er legte auf; dieser Idiot, was bildet der sich ein?, kaum hat er ein Pöstchen, schon hält er sich für den Kaiser von China, seit Jahren schmiere ich ihn, und jetzt will er mir ins Handwerk pfuschen; was er erreicht hat, verdankt er nur mir, dabei hat er keinen blassen Schimmer, wie man Geld verdient. Reg dich nicht so auf, mein Lieber, denk daran, was der Doktor gesagt hat, kurz war es still. Am liebsten würde ich verschwinden, irgendwohin, wo mich keiner kennt, was wollen die überhaupt?, dass ich abtrete?, da haben sie sich geschnitten. Immer mit der Ruhe, mein Guter, morgen fahre ich zum Grab des heiligen Valverde, bete für dich und bringe ihm unsere Opfergabe, aber jetzt beruhig dich, willst du nicht endlich was essen? Er schloss die Augen. Ich habe Lust auf ein Steak mit einer guten Guacamole, dazu ein kühles Bier, er lehnte sich zurück. Reg dich erst mal ab, dann brate ich dir dein Steak so, wie du's magst; übrigens waren zwei Damen aus El Potrero de los Rivas hier. Ach ja? Das ist ein Dorf in der Gegend, aus der meine Mutter kommt. Was wollten sie? Ob du dafür sorgen könntest, dass sie Strom kriegen, und ob wir bei der Restaurierung der Kirche helfen könnten. Kümmer du dich drum, sie sollen ihre Straßenbeleuchtung haben und bei der Gelegenheit auch die Schule renovieren lassen. Du bist ein Heiliger, mein Lieber. Mmm.

9

Kavallerie. Er war gerade auf dem Boulevard Zapata unterwegs zu seinem Büro und hörte im Radio einen Bericht von Quiroz: »Heute Morgen wurde im Viertel Guadalupe der Rechtsanwalt und Kandidat zum Berufstätigen des Jahres Bruno Canizales tot aufgefunden, der älteste Sohn des Ingenieurs Hildegardo Canizales, ehemaliger Landwirtschaftsminister der Regierung Trujillo; getötet wurde er durch einen Kopfschuss, am Tatort wurde die Hülse einer Neun-Millimeter-Patrone gefunden; wie aus verlässlicher Quelle zu erfahren ist, verfolgt die Polizei zwei Spuren, die zweifellos bald zur Ergreifung der Täter führen werden; Daniel Quiroz für *Wächter der Nacht*. Mendieta, meldete er sich. Wie schön, deine Stimme zu hören. Wer spricht da? Wie, wer spricht da?, ich dachte, du würdest vor Freude außer dir sein. Ich bin gerade in Cinépolis, mitten in einer wilden Schießerei, ruf mich in drei Stunden noch mal an. Im Namen meiner Mutter, die dir heilig sein sollte, weil wir dieselbe haben. Enrique? Soweit ich weiß, hast du nur einen Bruder, du Pfeife, es sei denn, unsere Mutter ist wiederauferstanden und unser Vater nach vierzig Jahren plötzlich aufgetaucht, stimmt das mit der Schießerei?, ich hör nämlich nichts. Ein alter Trick. Ach so, nicht schlecht, wie geht's? Blendend, und dir? Wie immer, zugeschissen mit Arbeit, aber gut, sein Bruder war nach dem Tod seiner Freundin abgehauen und lebte seit zwölf Jahren in Oregon; was machen die Mädels da unten? Sind so heiß wie eh und je, du weißt ja, sie sind unser Stolz und unser Verderben. Du glaubst gar nicht, wie oft ich an sie denke. Dann komm zurück, was machst du überhaupt da oben?, erinnerst du dich noch an den Sohn von Doña Librada, diesen Spinner? Klar erinnere ich mich an meinen Kumpel Teo. Er hat alles verscherbelt und sich einen Truck gekauft, mit dem er jetzt kreuz und quer durchs Land tourt; fährt Ware von Tijuana nach Veracruz, von Culiacán nach Laredo und so weiter. Irgendwann mach ich's wie er, was macht unser Viertel? Schlägt sich wacker. Kaufst du immer noch Marihuana an der Ecke? Bingo. Na gut, ich wollte nur mal hören, wie's dir geht, du rufst ja nie an. Ich danke dir, wirklich. Was macht die Liebe, Bruderherz? Erzähl ich dir ein andermal. Das kann nur bedeuten, dass du auf dem Trockenen sitzt; igle dich nicht so ein, die Liebe kommt, die Liebe geht, das ist ja das Gute an ihr, Gift bekämpft man mit Gegengift. Mir geht's gut, wart ab, was ich alles zu berichten habe, oder glaubst du etwa, die Mädels hier lassen einen Kerl wie mich länger allein? Natürlich nicht, wahrscheinlich zerfleischen sie sich auf der Jagd nach dir gegenseitig. Mehr oder weniger. Und die Blondine? Ein andermal, okay?, und Isabel? Uns geht's gut, wir haben ein bisschen Speck angesetzt, sonst alles bestens; gut, mein Lieber, grüß mir alle und pass auf dich auf.

An der Tür zu Briseños Büro klebte ein gestanzter Plastikstreifen mit dessen Namen. Er trat ein. Der Chef war sechsunddreißig, zu dick, trank Kaffee und rauchte filterlose Zigaretten. Seinen Posten hatte er mehr seinen guten Beziehungen als seiner Intelligenz oder seinen Erfolgen zu verdanken. Der Detective setzte sich und wartete, bis er zu Ende telefoniert hatte, er gab seiner Frau gerade ein Rezept für Fisch in Alufolie durch, das er im Internet gefunden hatte. Fotos und Auszeichnungen an den Wänden. Schreibtisch mit Papieren überhäuft, Computer angeschaltet. Nein, mein Schatz, kein Senf, mach es so, wie ich es gesagt habe, rief er in den Hörer und legte auf.

Na, Mendieta, wie läuft's in Sachen Bruno Canizales? Wir befragen alle Beteiligten, mit dem zweifelhaften Erfolg, dass Paola Rodríguez, die Hauptverdächtige, sich umgebracht hat. Vergiss nicht, wer der Vater ist, das ist deine Chance. Chance wofür? Willst du nicht befördert werden? Nein. Und was ist mit dieser milden Gabe?, er warf einen ausgebeulten braunen Umschlag auf den Schreibtisch. Da sage ich nicht nein, sie lächelten, der Detective steckte den Umschlag in die Hosentasche. Dann brachte er seinen Chef auf den neuesten Stand. Was ist deine Theorie? Bis jetzt hab ich keine, ein Verbrechen aus Leidenschaft halte ich für unwahrscheinlich, so ordentlich, wie das Zimmer aussah. Ich neige zu der Vermutung, dass Rache das Motiv ist, sagte der Chef; lass dich von dem aufgeräumten Tatort nicht auf die falsche Fährte locken, das kann auch Tarnung sein, ein Trick; sein Vater will hoch hinaus, und das schafft Feinde, die Silberpatrone könnte ein Hinweis auf die gesellschaftliche Stellung des Täters sein. Ich behalte es im Kopf, schade nur, dass wir uns den Tatort nicht in Ruhe ansehen konnten, Sie erinnern sich bestimmt noch, dass Sie uns von dort abgezogen haben. Zurdo, lass diese rhetorischen Spielchen, ich bin mir sicher, dass du den Tatort gründlich unter die Lupe genommen hast; wen außer Rodríguez hast noch im Visier? Er sagte es ihm. Du bist ja ein richtiger Glückspilz, da hasst du die Narcos, und jetzt läuft dir einer direkt vor die Flinte; ich würde nicht lange fackeln, knöpf dir Marcelo Valdés und seine Tochter vor, wenn sie sich außerhalb aufhalten, fahr hin, Briseños Handy klingelte, auf dem Display sah er, dass der Anruf von zu Hause kam. Was macht der Fisch?, hervorragend, und jetzt schieb ihn in den Ofen und lass ihn fünfundvierzig Minuten schmoren, bei niedriger Temperatur, der Detective stand auf, Mendieta, sagte Briseño mit der Hand auf der Sprechmuschel, das ist deine Chance, verspiel sie nicht, dann setzte er das Gespräch mit seiner Frau fort, nein, mein Schatz, Maissuppe kocht man ganz anders, was hattest du nur für eine Mutter?

Er rief Gris Toledo in sein kleines Büro. An der abgeblätterten Wand hingen drei Diplome, die seine Sekretärin Angelita immer nur oberflächlich abstaubte, und ein Coppel-Kalender aus dem Vorjahr. Er berichtete ihr von seinem Gespräch mit Laura Frías, von Paolas Selbstmord und von der Silberpatrone. Dass jemand mit einer Silberpatrone erschossen wurde, hatte sie noch nie gehört. Hast du noch nie einen Vampirfilm gesehen? Nein. Solltest du aber, er gab ihr das Handy von Paola Rodríguez, find raus, wen sie am Tag vor ihrem Tod angerufen hat, und wenn Ortega sich nicht sputet, musst du dir noch mal das Handy von Canizales besorgen, vielleicht ist die Anrufliste noch gespeichert; und mach Frank Aldana ausfindig, außerdem musst du Samantha Valdés, Mariana Kelly und Marcelo Valdés verhören, sie schwiegen, auf dem Flur waren Stimmen zu hören. Die können überall sein, stimmt's? Mendieta nickte: Es ist dein Job, sie zu verhören. Warum ich? Weil ich es so will und man Anordnungen des Chefs nicht hinterfragt, Detective Toledo, sorgen Sie dafür, dass man Sie morgen empfängt, jetzt feiern sie bestimmt was, weil sie immer was zu feiern haben. Sie schieben mir immer den schwarzen Peter zu, gehen Sie zu Canizales' Beerdigung? Nein, Befehl von oben.

Dann rief er Doktor Parra an. Irgendwas Neues? Nein, nur ein Dankeschön. Das hört man gern. Ich ertrinke in Arbeit, gestern Nacht habe ich so la la geschlafen. Trink nicht so viel, der Mix ist fatal. Und warum trinken Sie so viel? Ich bin der Arzt, vergiss das nicht. Schon gut, wenn ich abdrifte, rufe ich Sie an. Nimm einstweilen das Beruhigungsmittel, das ich dir verschrieben habe, und sei standhaft, noch bist du ein Gefangener deiner selbst. Sie legten auf. Eine Erinnerung keimte auf, als sie wieder verblasste, beschloss er, noch mal an den Tatort zu fahren.

Zwei Beamte, die in einem Streifenwagen Wache hielten, grüßten ihn.

Er wurde nachts ermordet, also wollte er sich die Wohnung bei Dunkelheit ansehen. Er trat ein. An der Wand sah er den Leuchtschalter, aber er betätigte ihn nicht. Er blieb reglos stehen, wartete ab, bis seine Sinne den Raum erfasst hatten. Halbdunkel. Langsam ging er den Flur entlang, schnuppernd, horchend. Mit dem Fuß drückte er die Tür zum Arbeitszimmer auf, dann machte er das Licht an: Ordnung. Bücher mit dickem Rücken in einem Regal. Ein Stuhl mit hoher Lehne und ein Schreibtisch. Darauf Bücher. In der Ecke ein neuer Computer, noch verpackt. Pistaziengrüner Teppich. Laura hatte recht: ein seriöser Mensch, zumindest wenn man der Ordnung nach urteilte. Er blieb eine Weile stehen, bevor er den Raum verließ. Im Gästezimmer roch es muffig, nichts, was sein Denken angeregt hätte. Canizales' Zimmer stand offen. Er knipste das Licht an. Der Duft. Derselbe Duft, der ihm schon am Vormittag aufgefallen war, durchbrach erneut die Schwelle seiner Sinne, wenn auch kaum wahrnehmbar. Die Laken. Er schnupperte an ihnen, ohne sie zu berühren, nickte. Hinter der Tür entdeckte er einen Papierkorb, in dem ein Papiertuch lag, mit dem Lauf seiner Pistole fischte er es heraus. Es roch genau wie die Laken, nur stärker. Er nahm eine Plastiktüte aus der Tasche seiner Windjacke und steckte es hinein. Jeder Raum sagt etwas, mal mit mehr, mal mit weniger Worten, er roch an seiner Pistole, und in dem, was nebenbei gesagt scheint, liegt oft die Wahrheit. Er stellte sich den Mörder vor, wie er vor seinem Opfer saß; er sah Canizales vor sich, den die duftende Gestalt auf dem Sessel oder auf dem Bett überraschte. Vielleicht sah er gerade fern. Mochte er Canal 22? Er malte sich aus, wie er dastand und um sein Leben flehte. Nachdem er ihn getötet hatte, legte er ihn schön ordentlich aufs Bett. Warum waren die Laken dann zerwühlt?, hatte er vielleicht schon geschlafen?, und wenn es mehr als einer war?

Er machte das Licht aus.

Ein innerer Friede erfüllte ihn, der Friede der Besiegten.

Zu Hause sah er bis Mitternacht fern, nahm das Beruhigungsmittel und schlief ein. Der fiebrige Blick von Pfarrer Bardominos riss ihn aus dem Schlaf. Scheißleben.

10

Der Junge mit dem Fahrrad besuchte die Beerdigung von Bruno Canizales. Am Morgen war er die sechsunddreißig Kilometer von Culiacán nach Navolato gefahren. Den grünen Pick-up seines Schwagers hatte er auf dem Parkplatz der Firma abgestellt, bei der dieser als Geschäftsführer arbeitete. Nun stand er neben Dania Estrada und Laura Frías, hörte das Klagen, beobachtete die traurigen Gesichter. Man weiß erst, was man liebt, wenn man es verloren hat, dachte er, um etwas zu denken. Er war schlank, muskulös, trug eine Levi's und ein schwarzes T-Shirt mit einem Foto von Robbie Williams. Der Ingenieur Canizales wollte keine Rede halten, an seiner Statt dankte sein Sohn den Anwesenden für ihre Anteilnahme. Trotz der Wolken war es hell. Der Junge mit dem Fahrrad hörte aufmerksam zu. Er betrachtete die Menschen aus den höchsten Kreisen von Politik und Agrarwirtschaft, die mit den Eltern vor der Familiengruft aus rötlichem Marmor standen. Ein Mann mit Hut bot ihm Tequila an, er nahm einen großen Schluck direkt aus der Flasche. Die Frauen lehnten dankend ab. Die Mitglieder der KBP waren alle weiß gekleidet und so schlank, dass sie einen extremen Kontrast zu den Menschen vom Land bildeten. Vor der Gruft wurden Blumen ausgestreut, damit die Seele des Verstorbenen leichter ihren Weg fand. Figueroa und Doktor Ripalda standen am Sarg und stammelten ein Gebet. Figueroa starrte zum Himmel, um nicht die Leiche ansehen zu müssen, von der die Angehörigen Abschied nahmen.

Voller Genugtuung stellte der Eindringling fest, dass

der verhasste Bruno Canizales tatsächlich tot war. Du hast also ins Gras gebissen, du Arschloch, bestimmt heulen sich die ganzen Weiber hier die Augen aus dem Kopf, weil du's ihnen ordentlich besorgt hast. Ich glaube, dass sie es war, sagte Laura Frías, die sich offenbar Luft machen musste, je länger ich darüber nachdenke, desto klarer wird's mir: Paola hat ihre Drohung wahr gemacht. Die Polizei ermittelt ja schon, und es wird Gerechtigkeit geben, redete Dania beruhigend auf sie ein. Dafür hat schon Gott gesorgt. Der Junge mit dem Fahrrad wusste, wovon sie sprachen, er sah sie abschätzend an und trat dann ein Paar Schritte zurück: Meine Königin soll den Kerl erledigt haben? Dumme Ziegen, wenn die den Mund aufmachen, kommt nur Scheiße raus, eines Tages sind sie dran wegen ihrer falschen Anschuldigungen; ich versteh nur eins nicht, warum hast du dich für einen Typen geopfert, der dich nur verachtet hat? Er hatte dich gar nicht verdient. Hast du nicht bemerkt, dass er eine Tussi nach der anderen abgeschleppt hat? Wie hat schon mein Großvater gesagt, Frauen wurden nicht geboren, damit so ein Grobklotz wie ich sie versteht.

Er verließ den Friedhof, auf dessen Parkplatz es von Regierungsfahrzeugen und teuren Autos wimmelte. Noch drei Stunden bis zu Paolas Beerdigung in Culiacán. Zeit genug für ein Ceviche in Altata. Ich bin der Witwer, der am meisten um dich trauert, mein Schatz, am meisten leidet; der nicht weiß, was er jetzt tun soll; du hast mir mal von einem französischen Film erzählt; ein geliebter Mensch ist gestorben, und ein Typ sagt zu seinem Mädchen: Na, Süße, was machen wir jetzt? Ich schlage vor, dass wir zu Ehren des Toten eine Nummer schieben. Meine Welt liegt in Scherben, meine Königin, und ehrlich gesagt ist mir nicht danach.

11

Mendieta stellte seinen Wagen auf der Straße ab und ging zu Fuß zum Präsidium. Vom Parkplatz kam ihm ein roter Lamborghini entgegen, neuestes Modell; der Detective erkannte Comandante Moisés Pineda am Steuer, was macht dieser Idiot hier?, grüßte ihn missmutig, während der die Scheibe runterließ: Na, Zurdo, schlecht drauf, gib mir deine Schwester, und ich bau dich wieder auf, wie geht's so? Den Zweizeiler fand er überhaupt nicht komisch. Gut, mein Capi, wie sieht's aus? Gut sieht's aus, Jungfernfahrt, weißt du, wer ihn mir geschenkt hat? Pineda genoss es sichtlich, ihm auf die Nerven zu gehen. Niemand, den hast du dir von deinen Ersparnissen gekauft, der Comandante bemerkte die Ironie und lächelte heuchlerisch: Wir sollten mal zusammen ein Bier trinken und reden, Zurdo, unsere Gemeinsamkeiten ausloten, wie wär's mit einem Frühstück? Er dachte: Du glaubst doch wohl nicht, dass ich mich mit dir blicken lasse, sie hatten zur gleichen Zeit bei der Polizei angefangen, aber jeder hatte sich sein Terrain abgesteckt. Gute Idee, aber lieber ein andermal, im Moment hält uns der Fall Canizales zu sehr auf Trab. Abgemacht, Briseño ist noch nicht aufgekreuzt, er kocht wohl noch mit seiner Frau, sag ihm, ich ruf ihn später an; danke übrigens für das Narcoopfer gestern, ist mehr bei rausgesprungen als gedacht. Steht's zu Diensten, mein Capi, das weißt du ja. Sie verabschiedeten sich.

Mendieta betrat das Gebäude, Robles, ein junger Polizist, tat vorübergehend Dienst am Empfang. Ist Ortega schon da? Nein, Señor, dafür Ihre Kollegin, hübsches

Ding. Würdest du bei der Wahl zur Karnevalskönigin von Mazatlán für sie stimmen? Für sie würde ich sogar Geld sammeln gehen, sie lächelten. Er hatte *El Debate* vor sich liegen, las die Polizeimeldungen, der Aufmacher war ein Foto des Toten vom Piggyback. Habt ihr ihn identifiziert? Nein, sollte Pineda ihn kennen, wird er nicht so leicht damit rausrücken, dachte er, und wenn dabei was für ihn rausgesprungen ist, schon gar nicht.

Im Kabuff versuchte Gris Toledo, Mariana Kelly oder Marcelo Valdés an die Strippe zu kriegen. Guten Morgen, er sah den Bericht des Rechtsmediziners auf dem Schreibtisch, Neuigkeiten von Montaño?, irgendwas, das wir noch nicht wissen? Nein, außer dass Canizales gegen vier Uhr dreißig mit einer Silberpatrone erschossen wurde und Montaño mich für heute Abend zum Essen eingeladen hat, Mendieta lächelte; und wissen Sie, wer tatsächlich mit ihm essen gehen wird?, seine Großmutter. Hat er denn eine? Sein Problem, sagen Sie mal, wer ist heute noch so verrückt, Silberpatronen zu benutzen? Vampirjäger, hast du immer noch keinen Vampirfilm gesehen? Doch, zwei sogar, aber ich bin beide Male vor Langweile eingeschlafen; hören Sie, diese Leute reagieren überhaupt nicht auf meine Anrufe, er legte die Kleenexpackung auf den Schreibtisch. Haben wir die Adressen? Sie nickte: Kommen Sie mit? Als Chauffeur, aber vorher muss ich noch einen Anruf erledigen, er holte sein abgegriffenes Adressbuch aus der Schublade. Worum dreht sich's? Mir ist bei Canizales ein Duft aufgefallen. Waren Sie noch mal in seiner Wohnung? Gestern Abend, ah, da ist sie ja. Er wählte: Ja? Ist dir klar, dass ich gerade frühstücke?, ein Dutzend pochierte Wachteleier mit Heidelbeersoße, Orangensaft mit Feigenkaktus und einen Espresso macchiato. Ich Machaca mit Langusten, Tomate auf Roggenbrot und einen doppelten Cappuccino, LH war mal Parfümeur gewesen, hatte aber die Lust am Essenzenmixen verloren und arbeitete jetzt gelegentlich für die Polizei von Los Angeles und für den einen oder anderen mexikanischen Freund. Sie hatten sich bei einem Seminar in Tijuana kennengelernt, LH hatte auf dem örtlichen Kommissariat einen sterbenslangweiligen Vortrag gehalten und war erst in den folgenden vier Tagen in diversen Bars mit wertvollen Tipps rausgerückt. Dann geht's dir also blendend. Für irgendwas muss es ja gut sein, dass ich ein braver Junge bin, mein lieber Zurdo. Ich hab hier ein Papiertuch, das nach Nirvana riecht, das würde ich dir gern schicken. Bitte ans Postfach, das ich dir gegeben habe. Sie plauderten noch über dies und das und legten dann auf.

Agente Toledo, wann immer Sie soweit sind.

Gris öffnete eine Schublade ihres Schreibtischs: Chef, ich hab die Anrufe von den Handys. Was Interessantes dabei? Ich glaub schon, sie hat ihn zwischen zwei Uhr vierzehn und fünf Uhr siebenundvierzig acht Mal zu erreichen versucht, aber er ist nicht drangegangen; er wiederum hat in Navolato angerufen, bei seinen Eltern, am Donnerstagabend um zweiundzwanzig Uhr dreizehn, und in Mazatlán, um achtzehn Uhr fünf, im Hotel La Siesta; Paola ist es also eher nicht gewesen, denn Canizales ist schon um vier Uhr dreißig gestorben; Frank Aldana wohnt im La Siesta, er schwieg. Hast du schon mal einen gereizten Tiger schlafen sehen? Worauf wollen Sie hinaus? Dass wir dem Queteco Valdés einen Besuch abstatten müssen. Und wenn er im Ausland oder in Los Cabos ist? Hat man dir das gesagt? Nein, aber es ist Samstag, und ich kann mir nicht vorstellen, dass solche Leute am Wochenende in der Stadt bleiben. Ah, du denkst wohl, für die gilt die Fünftagewoche?

Die Villa von Marcelo Valdés lag in den Bergen, in den Colinas de San Miguel. Eine fünf Meter hohe Mauer, die nur von zwei Kuppeln aus violetten und gelben Kacheln überragt wurde, schützte das Anwesen. Sie klingelten. Ein Typ mit blauen Augen und durchdringendem Blick öffnete, Gris Toledo ergriff das Wort: Wir sind aus Santiago de los Caballeros und möchten Don Marcelo um einen Gefallen bitten, der junge Typ bat per Handy um Anweisungen, Mendieta machte über der Tür eine Kamera aus und drehte sich zur Straße um, der Jungspund steckte das Telefon weg, griff von irgendwoher eine Kalaschnikow und sagte: Der Boss empfängt keinen Dreck. Mendieta erstarrte. Ach nein?, dabei ist er doch der Obermüllmann, sagte er gequält, der Leibwächter hob entschlossen das Gewehr, Stiefelgetrampel; plötzlich standen drei Wachmänner vor ihnen und richteten ihre Waffen auf sie, Gris schob ihn vor sich her: Gehen wir, Chef, Sie wollen bestimmt nicht, dass eine dieser Bestien Sie durchsiebt. Zurdo Mendieta, du willst doch wohl nicht gehen, ohne Hallo zu sagen? Mit einem Lächeln kam der Gringo hinzu: Ihr könnt eure Waffen runternehmen, Jungs, diese Leute sind zwar nicht aus Santiago, aber sie tun keiner Fliege was zuleide. Gratuliere, da hast du ja eine Spitzentruppe zusammengestellt. Immer zu Diensten, mein Zurdo, du musst nur Bescheid sagen; der Chef würde dich gern empfangen, aber er ist nicht da, kann ich dir irgendwie weiterhelfen? Kannst du, Gringo, ich bräuchte eine Empfehlung für seinen Lieferanten von Silberpatronen.

Mit glühendem Blick sahen sie sich an, der Gringo lächelte säuerlich: Willst du Wolfsmenschen jagen? Nein, unser Budget wurde aufgestockt, und wir sehnen uns nach etwas Glamour. Wenn er wieder da ist, frag ich ihn und ruf dich an, unter der alten Nummer? Hast du die noch im Kopf? Gelernt ist gelernt. Bruno Canizales wurde bedroht, wegen seiner Beziehung mit Samantha, um wie viel Uhr habt ihr ihn erschossen? Arbeitet Ortega nicht mehr bei euch? Wieder lächelte er, der müsste doch die Uhrzeit bestimmen können. Du bist auf dem falschen Dampfer, Zurdo, wie ich gehört habe, ist er in seinem Bettchen gestorben, an einem Kopfschuss, und du weißt ganz genau, dass das nicht unser Stil ist. Sag deinem Chef, wir kommen wieder. Wenn du ihn persönlich sprechen willst, probier's am Montag noch mal.

Schweigend stiegen sie in den Jetta und fuhren los. Erst als sie an der Lomitakirche vorbeikamen, machte der Detective wieder den Mund auf: Essen ist die beste Therapie, Gris sah ihn verwundert an, ich lade dich zu einem Aguachile ein.

Sie fuhren zu Robertos Imbiss, setzten sich direkt an den Straßenrand, auf die Stühle der Brauerei Modelo, mitten in den Strom der Fußgänger hinein, umhüllt von Autoabgasen. Frank Aldana hält sich in Mazatlán auf, wir sollten ihn herschaffen lassen, schlug sie vor, Liebesbeziehungen zwischen Schwulen sind leidenschaftlich und erbarmungslos. Machen wir, aber ich würde nur ungern auf die Kollegen in Mazatlán zurückgreifen, die buchten ihn nur bis ans Ende seiner Tage ein, aber ich habe einen Freund dort, der wird uns helfen. Und der wird ihn herschaffen? Nein, meine Liebe, du wirst hinfahren. Ich?, aber dann bitte bald, Chef, nächsten Samstag hat Rodo

Geburtstag, und den würde ich gern mit ihm verbringen, tun Sie mir das nicht an. Bis dahin bist du längst wieder zurück. Sie sah ihn mit ihren großen Augen an. Deswegen haben Sie mich zu den Garnelen eingeladen, stimmt's?, um mich gnädig zu stimmen. Denk, was du willst. Hat das nicht Zeit bis nach dem Geburtstag?, der Typ besucht einen Workshop der Delfos-Tanzcompagnie, ich hab mit der Leiterin telefoniert, er wird noch länger da sein. Soll ich etwa allein zurückfahren? Das habe ich nicht gesagt, aber müssen wir ihn herschaffen oder reicht es, wenn wir ihn verhören? Ist ja gut, ich begleite dich, Montag früh geht's los. Warum tun Sie mir das an? Was sind wir doch für eine Bande von Nörglern. Nichts ist uns recht. Gris sagte nichts und bestellte noch ein Hibiskuswasser. Was ist mit den Eltern? Rufen nicht zurück. Briseño will nicht, dass wir sie belästigen, also statten wir ihnen heute Nachmittag einen Besuch ab. Muss ich dabei sein? Nein. Rodo möchte nämlich ins Kino.

Kavallerie. Laura: Wissen Sie schon, dass Paola Rodríguez tot ist? Ja?, wann hast du's erfahren? Gerade eben, wir sind in Navolato, kommen gerade von der Beerdigung. Was hat man dir erzählt? Dass sie sich umgebracht hat. Aha. Hören Sie, für mich ist und bleibt sie die Täterin, ihr Motiv ist Rache; die Totenwache wird im San Chelín abgehalten, am Boulevard Zapata, sollten Sie vorbeischauen wollen. Gehst du hin? Garantiert nicht. Wie ist die Stimmung? Politiker, wo man geht und steht, *nice people*. Dann riecht's dort bestimmt gut. Mehr oder weniger. Und der Ingenieur Canizales? Sehr seriös. Danke fürs Bescheidsagen.

Dieser Anwalt hatte wirklich ein sonniges Gemüt.

Seit wann besucht dieser Tänzer den Workshop? Seit

einer Woche. Wollen wir für ihn hoffen, dass er das Alibi seines Lebens vorweisen kann. Wissen Sie, was ich glaube?, das mit den Silberpatronen, das sieht mir sehr nach Drogenmafia aus, schließlich lassen sich diese Leute auch Diamantzähne machen und tragen extravagante Klunker. Wenn du so weitermachst, kommen dich tatsächlich bald die Russen holen. Ist das gut oder schlecht? Der Detective sah sie an, er mochte sie und würde sie nicht mit diesem alten Witz abspeisen, also aß er seine Garnelen auf, schlürfte den scharfen Sud und erklärte ihr dann, wie in diesem Beruf der Hase lief.

Sie hörte aufmerksam zu. Warum hatte er nie geheiratet, was hatte es mit diesen Gerüchten auf sich, die im Präsidium die Runde machten?

Mariana Kelly wohnte am Hafen, am Malecón Valadés, in einem hypermodernen Gebäude. Diesmal hatte Mendieta keine Lust auszusteigen. Nach fünf Minuten kam Gris Toledo mit der Nachricht wieder, dass sie nicht zu Hause war. Dem Portier zufolge verbrachte sie die Wochenenden häufig in Altata, sie mit ihrem Hund, und die Señora Samantha Valdés mit ihrem Kind.

Was machen wir jetzt? Krieg Samanthas Telefonnummer raus.

Im Präsidium lag ein Exemplar von *Nachrichten aus dem Imperium* auf seinem Schreibtisch, anbei eine Notiz von Guillermo Ortega: »Jack the Ripper«. Er hatte so viel von diesem Buch gehört, dass er es mit nach Hause nahm. Gris fand die Nummer im Telefonbuch. Der Nachtportier ging ran: Sie seien nicht da und würden heute auch nicht mehr kommen. Mendieta wusste, dass er Gris nicht länger aufhalten durfte, dass sie mit ihrem Freund verabredet war, trotzdem ließ er sie noch eine Weile zappeln, bis es Zeit wurde, nach Navolato aufzubrechen.

12

Der Junge mit dem Fahrrad stampfte in den Raum, in dem die Totenwache für Paola Rodríguez abgehalten wurde. Rosenduft. Leute. Gedränge. Seine Clique lungerte am Eingang herum, war für alles gewappnet. Der Vater stand am Sarg, Kopf auf der Brust, Tränen in den Augen. Die Mutter saß mit versteinertem Gesicht in der ersten Reihe. Blumenkränze mit Bändern, darauf die Namen der Trauernden. Überall Gespräche. In einer Ecke unterhielt sich Beatriz mit einigen Schauspielerkollegen über die Inszenierung von *Muchacha del alma* von Jesús González Dávila, alle klagten über die spärliche Besucherzahl bei den Aufführungen: Nicht mal, dass er der beste Theaterregisseur Mexikos und ein Vorkämpfer für die Menschenrechte ist, reicht aus. Die Leute wissen einfach nicht, wie bedeutend er ist. Unsere schauspielerische Leistung interessiert auch niemanden. Mexiko ist eine einzige staubige Ranch. Er postierte sich möglichst abseits und beobachtete den Trubel, die meisten waren Freunde der Familie, Paola war nicht besonders kontaktfreudig gewesen. Dante und seine Freunde von der Uni tranken Brandy, quatschten, einer erzählte sogar Witze. Nur ihr Vater und ich haben sie geliebt, dachte er, und ich mehr als er, mehr als alle anderen, mehr als mich selbst. Schade, dass der Letzte nie der Erste ist.

Ich habe Nein gesagt, ich will keinen Sex, gar nichts will ich. Kleines, jetzt sei nicht so, schau mal, was du bei mir anrichtest. Nerv mich nicht und hör auf mit diesen sabberigen Küssen, du Ferkel, du weißt einfach nicht, wie man richtig küsst; nicht den BH, lass das!, hör auf, Eze, bitte, ich kann nicht mehr. Ich liebe dich, Paola, ich bin verrückt nach dir, ich will dich, ich will der Mann deines Lebens sein. Heute nicht, jetzt nicht, überhaupt nicht, was du willst, interessiert mich einen Kehricht, einen Dreck, einen Scheiß.

Beatriz setzte sich zu ihm. Und, Kleine, bist du jetzt glücklich?, na logo bist du glücklich, manchmal glaub ich, dass du sie auf dem Gewissen hast. Von wegen, das hat sie ganz allein gemacht, und du hast jetzt keine Ausrede mehr, mein König. Stimmt, aber ich brauche Zeit. Wofür?, ist doch alles klar. Wenn ich sage, ich brauche Zeit, dann brauche ich Zeit, Kleine, nerv mich nicht, ja! Okay, vorausgesetzt, du brauchst nicht ewig, und ich will dich nicht am Sarg sehen, bloß keine rührende Abschiedsszene, und komm ja nicht auf die Idee, dich als Träger anzubieten. Was bist du nur für eine Schlampe, tust nicht mal so, als ob, was? Du riechst nach Fisch, wo hast du gegessen?

Sie sprang auf, um die Beileidsbekundungen einiger Frauen aus dem Viertel und des Regisseurs entgegenzunehmen, der den Arm um ihre Taille legte und sie wegführte.

Der Junge mit dem Fahrrad blinzelte: Ich will, dass du mich nimmst, Eze, du bist der schlimmste Finger des Viertels, und ich will's mit dir treiben, sie waren bei ihr im Zimmer. Beatriz zog sich die Bluse aus und knöpfte ihre Hose auf. Vergiss es, Kleine, zieh das wieder an, er warf ihr die Bluse zu. Ich hab alles Mögliche erwartet, nur keine Zurückweisung. Ist mir scheißegal, was du erwartet hast, ich bin nun mal total in deine Schwester verknallt, sprich: Ich hab keinen Bock auf 'ne andere und will dich nicht beglücken. Ich hätte gar nicht gedacht, dass du schwul bist. Tja, bin ich aber, ob's dir passt oder nicht.

Er stand auf. Die Angestellten des Bestattungsinstituts trugen den Sarg in die Kapelle, wo die Totenmesse stattfinden würde. Die Leute gingen hinterher. Die Mutter schluchzte. Nichts auf der Welt hasse ich mehr, als wie ein Trottel dazustehen, sagte er sich. Ich hab dich nie verstanden, und jetzt verstehe ich dich noch weniger. Warum?, warum hast du dich umgebracht? Mir war nicht klar, dass dir was gefehlt hat. Ehrlich: nichts hasse ich mehr.

13

Kurz nach fünf erreichte Mendieta die Finca der Canizales in Navolato, einem blühenden, von Bauern gegründeten Tropenstädtchen. Der starke Wind wirbelte die Blätter auf. Vor dem Anwesen parkten Regierungsfahrzeuge, um sie herum standen die Fahrer, plauderten, lachten. Leise hörten sie typische Corridos aus dem Norden. Garten mit mächtigen Bäumen, die weit über die Umgrenzungsmauer ragten. Er zeigte seinen Ausweis dem Pförtner, der ihn in einen kleinen Raum führte, in dem es nach Apfelspray roch. Im Fernsehen lief ein Baseballspiel: Am *Bat*, Vinicio Castilla. Durch ein Fensterchen sah er ein zweistöckiges, ockerfarbenes Haus, das mit Bögen und Pflanzen verziert war, vor allem Farnen und Goldregen. Im Garten Mango-, Avocado- und Orangenbäume. Eine Laube, in der Männer mit Hut eine Korbflasche Schnaps herumgehen ließen und sich unterhielten.

Nicolás Beltrán, schwarzer Anzug, Familienanwalt, säuberlich rasiert, trat ein. Der Ingenieur könne ihn leider nicht empfangen, er möge bitte verstehen. Ich verstehe, deshalb möchte ich ihm auch nur eine einzige Frage stellen. Jede Frage wäre im Moment zu viel, Señor Mendieta, er ist erschöpft und sehr mitgenommen, wie Sie sich denken können. Nur eine Frage, dann belästige ich ihn nicht weiter. Ich habe Comandante Briseño gebeten, dass der Ingenieur nicht behelligt werden soll, und er hat es mir ausdrücklich zugesichert, aber wie ich sehe, hat die Befehlskette Risse; da muss ich wohl bei der Staatsanwaltschaft anrufen. Mendieta war dieses Vorgesetztenspielchen dermaßen leid, wenn jemand ihm so kam, wurde er bleich und vergaß seine guten Manieren, er packte den Abgesandten am Revers, hob ihn hoch und drückte ihn gegen die Wand: Hör zu, du Idiot, bring mich auf der Stelle zu deinem Boss oder ich zeig dich wegen Behinderung von Ermittlungen an und steck dich eine Woche lang in den Knast, bin gespannt, was dir einfallen wird, damit du da wieder rauskommst. Beltrán erstarrte mit offenem Mund. Los jetzt, befahl der Detective, strich ihm den Sakko glatt und bugsierte ihn in Richtung Tür. Der Anwalt drehte sich um, bohrte ihm einen Finger in die Brust: Bevor du hier wieder abziehst, Mendieta, sollst du eines wissen: Du hast dir heute einen neuen Feind gemacht. Dich etwa? Das juckt mich nicht, ich hab mir deine Akte angesehen, die platzt aus allen Nähten. Er drehte ihn wieder um und schubste ihn weiter.

Der Ingenieur plauderte mit Freunden der Regierung und Geschäftswelt. Sie tranken Hochprozentiges, rauchten Zigarren. Der Anwalt kündigte ihn an, Canizales warf ihm einen Blick zu, dem der Detective standhielt, schon weil er wissen wollte, wie es sich anfühlte, wenn man einem Mächtigen die Stirn bot, schließlich kam er zu ihm, begrüßte ihn mit der Höflichkeit eines Politikers: Folgen Sie mir. Überall standen Leute und unterhielten sich, er sah den Bruder des Ingenieurs und dessen Freunde, die mit einigen Frauen flirteten; einer von ihnen erregte wegen seiner eleganten Kleidung seine Aufmerksamkeit, wo habe ich den schon mal gesehen? Sie betraten ein Büro, in das sein Kabuff acht Mal reinpassen würde.

Nun sagen Sie mir, wieso Sie mich so dringend sprechen wollen. Ihr Sohn wurde mit einer Silberpatrone erschossen, von jemandem, den er kannte; Sie sind ein mächtiger Mann, Ingenieur Canizales, Sie haben viele

Freunde und viele Feinde, haben Sie in letzter Zeit Drohungen erhalten? Nein, mein Sohn und ich hatten uns so sehr entfremdet, dass er für meine Feinde keine Zielscheibe war, ich weiß nur, dass er ein ausgezeichneter Anwalt war, aber wir hatten seit vier Jahren kein Wort mehr miteinander gewechselt, fragen Sie mich nicht, warum; ich werde mit dem hiesigen Staatsanwalt sprechen, damit die Ermittlungen eingestellt werden und Sie sich einem anderen Fall widmen können; mich interessiert nicht, wer meinen Sohn getötet hat, und mir liegt auch nichts daran, dass der Täter bestraft wird, harte Miene, eisiger Blick, vergeuden Sie also nicht Ihre Zeit, ich weiß, in welchem Land ich lebe, und ich weiß, was sich arrangieren lässt, wenn Sie mich jetzt bitte entschuldigen würden, ich muss mich um meine Gäste kümmern, er stand auf. Wissen Sie, warum der Generalstaatsanwalt angerufen und dasselbe schon gefordert hat?, *impasse*, regloses Schweigen. Wie hat Bruno immer gesagt, als er noch klein war: Ganz ehrlich? Ich schwör's, mein Bruder hat das auch immer gesagt. Zwischen dem Generalstaatsanwalt und mir gibt es schwere atmosphärische Störungen, wenn er angeordnet hat, die Ermittlungen einzustellen, werde ich dafür sorgen, dass sie weitergeführt werden, auch wenn mich das Ergebnis gar nicht interessiert. Ich rate Ihnen, sich bei Doktor Bracamontes bedeckt zu halten. Ermitteln Sie ruhig weiter, ich rufe Sie dann an, haben Sie sonst noch Fragen? Was ist das für ein Duft? Canizales stand auf. Keine Ahnung, auch der Detective erhob sich. Gerüchten zufolge werden in Ihrer Partei bald Stühle gerückt, und Sie sollen der Auserwählte sein. Ich rede nicht über Dinge, die noch nicht spruchreif sind. Ich wollte nur sagen, dass Sie mit meiner Stimme rechnen können. Danke. Hatte

Bruno hier ein Zimmer? Nein, er hat nur selten hier übernachtet, und wenn, dann bei seinem Bruder. Ihr Sohn war ins Visier der Drogenmafia geraten, hatte Drohungen von Marcelo Valdés erhalten, wussten Sie das? Nein, und jetzt hören Sie gut zu, ich kann vor allem eines nicht gebrauchen: dass sich das hier zu einer großen Sache auswächst, schon gar nicht, wenn diese Leute ihre Finger mit ihm Spiel haben. Der Detective beobachtete ihn: Danke, Ingenieur, wie gesagt, meine Familie und ich werden für Sie stimmen.

In der Pergola waren die Gespräche verstummt. Schmeißfliegen flogen von einem Hut zum anderen. Eine Frau in Schwarz bat ihn zu sich. Schlank. Leichenblass. Durchsichtige Hände. Sind Sie der Polizist? Edgar Mendieta, von der Bundespolizei, zu Ihren Diensten. Ich bin Brunos Mutter, ich kann es nicht beweisen, aber ich bin mir sicher, dieses Schwein hat ihn ermorden lassen, dieses Monster, in der Hölle soll er schmoren. Vor Hass war ihr Gesicht verzerrt. Was führt Sie zu dieser Vermutung? Mein Mann ist ein skrupelloser Mensch, und der Lebensstil meines Jungen hat ihm nicht gepasst; sein Ehrgeiz kennt keine Grenzen, wissen Sie, mit welchen Leuten er sich neuerdings umgibt?, mit dem Abschaum der Partei, sie sah ihn mit trockenen Augen an. Hat Ihr Sohn Sie am Donnerstagabend nach zehn angerufen? Ja, aus Mazatlán; er war glücklich, hat mir erzählt, dass er das Meer sieht. Beltrán kam angerauscht, zwei Pflegerinnen im Schlepptau, es reicht, Mendieta, du wirst schon sehen, was dir blüht, wenn du dich weiter in Sachen einmischst, die dich nichts angehen; Señora, Sie müssen sich ausruhen. Die Pflegerinnen nahmen die Frau in ihre Obhut, die keinen Ton von sich gab. Beltrán baute sich vor dem Detective auf: Du kannst jetzt Leine ziehen. Ich könnte aber auch noch bleiben, um mit diesen Herren einen Schluck zu trinken. Was bist du nur für ein Schwachkopf, murmelte Beltrán im Weggehen. Mendieta lächelte nur.

»An der Landstraße nach Imala wurden zwei Leichen entdeckt, die beide einen Genickschuss aufwiesen; Comandante Moisés Pineda, der Leiter der Antidrogen-Abteilung bei der Präventiven Bundespolizei, erklärte vor Ort, man werde nicht ruhen, bis die Mörder hinter Gitter seien, man verfolge bereits eine heiße Spur. Andererseits gibt es kaum Fortschritte im Fall von Bruno Canizales, der vor zwei Tagen tot in seiner Wohnung im Stadtteil Guadalupe aufgefunden wurde; trotzdem erklärte Comandante Omar Briseño gegenüber diesem Sender, dass die Täter bald gefasst würden. Die Ermittlungen leitet Detective Edgar Mendieta, genannt Zurdo, der Linkshänder, einer der angesehensten und unbestechlichsten Beamten. Daniel Quiroz, für *Wächter der Nacht*.«

Er parkte seinen Wagen vor dem El Quijote. Du bist ja dümmer, als die Polizei erlaubt, Quiroz, und hast offenbar keine Ahnung, was hier läuft, und wenn doch, solltest du besser die Klappe halten, Schweigen ist eine wertvolle Tugend, wenn man in der Hölle lebt und mit dem Teufel sprechen muss.

Er setzte sich in die Nähe der Theke, abseits der Bühne, wo eine Latina zu *Under the Influence of Love* von Barry White tanzte. Die Bar war ein einziger Resonanzraum. Man servierte ihm ein Bier und einen doppelten Tequila, die er gierig runterkippte. Er hatte Durst. Noch mal dasselbe. Der Kellner, ein Schwuler, den alle die Cococha nannten, stammte aus Col Pop und hatte ihn ins Herz geschlossen: er hatte seine Mutter noch gekannt, eine strenge, aber herzensgute Frau, wie er immer sagte. Am Nachbartisch saß ein Mann vor seinem warm gewordenen Bier und brabbelte vor sich hin. Keiner beachtete ihn. Mein Gott hat Augen, denen nichts entgeht, mein Gott hat Ohren, die alles hören, mein Gott hat eine Haut, die alles spürt; bald wird er kommen, um Ordnung zu schaffen, dann werden die Ungläubigen bezahlen: die Verbrecher mit den gestärkten Krägen, die korrupten Richter, die Kaffee- und die Tabakmafia, alle werden sie bezahlen. Der braucht seine Dosis Kokain, murmelte die Cococha, als er dem Detective das dritte Bier brachte. Besorg ihm was, das bringt dir Punkte fürs Paradies ein. Wenn das deine Mutter hören würde, Gott hab sie selig, der Mensch ist schwach, und du erteilst mir solche Ratschläge. Die Cheerleaderin der Tomateros, die mit dem Rechtsmediziner ins Bett ging, kam herein, in Begleitung zweier Freundinnen und eines Transvestiten. Ein hübscher Anblick, schlank, durchtrainiert, lange Haare, farbige Strähnen; gepiercter Bauchnabel, der Transvestit stand ihnen in nichts nach. Schau dir nur dieses Quartett an, rief die Cococha hingerissen, den offenbar die Erinnerung überwältigt hatte, denn er fügte sofort hinzu: Was waren das für Zeiten. Wer ist der Transvestit? Ein Valenzuela. Sag bloß, ein Sohn des Queteco Valenzuela? Ganz genau. Ob er Bruno Canizales gekannt hatte? Nachdenklich beobachtete er, wie die vier die Aufmerksamkeit der Gäste auf sich zogen und mit Einladungen zu Drinks überhäuft wurden. Sie genossen es sichtlich, mehr Fans zu haben als die Tänzerinnen, die an diesem Abend genauso uninspiriert waren wie der Witzeerzähler. Die Frau auf der Bühne hatte gerade ihr Top ausgezogen, um eine Polka zu tanzen, aber nicht einmal damit lenkte sie die Blicke der Gäste auf sich. Mendieta betrank sich kontrolliert, mit der Vorgabe, dass alle Erinnerungen tabu waren, außer der, dass er sich selber retten musste. Nach dem letzten Absturz war er eine Woche lang nicht zum Dienst erschienen, und nur das beherzte Eingreifen von Ortega und Montaño hatten ihn wieder aus dem Loch geholt. Doktor Parra, mein Freund, ich hoffe, ich seh dich nicht so bald wieder; ich werde nicht schwach werden, das verspreche ich, eher schneide ich mir die Eier ab, als dass ich mich noch mal rumkriegen lasse. Goga: ihr bezauberndes Gesicht, ihr Lächeln, ihre Art zu gehen standen ihm vor Augen, und dann trank er. Warum kommst du nicht her und sammelst die Reste auf? Sie liegen im Dreck, von Ratten zernagt. Die Cococha sah ihn an und schüttelte den Kopf: Edgar, Schätzchen, du musst dich davon lösen, es gibt noch andere Frauen auf dieser Welt. Du hast gut reden, mein Freund, glaubst du etwa, es macht mich nicht wahnsinnig, dass alle Frauen sich auf eine reduzieren? Das nennt man Liebe, mein Süßer, und die Liebe kennt nur ein Gesetz: man muss sie geschehen lassen; leider ist die Liebe oft eine tödliche Falle, denk nur daran, wie es mir mit meinem Oberstleutnant ergangen ist; du musst dich von ihr lösen, Schätzchen, es hilft nichts, du bist doch ein erwachsener Mann, oder? Er kippte das Bier, dann den Tequila. Der Kellner schüttelte verzweifelt den Kopf. Der gläubige Junkie stand auf, sein Dealer war nicht gekommen, also probierte er es woanders.

Nach einem weiteren Bier raffte er sich auf und ging. Was wäre der Mensch ohne die Nacht? In seinem Auto schluckte er eine Ranisen gegen das Sodbrennen und kaute gleich noch eine Pepto hinterher. Dann machte er die Anlage an und suchte nach *Like a Rolling Stone*, in der Version der Stones, die ihn schon immer umgehauen hatte. Er drehte voll auf: Their Satanic Majesties at their best. Ihm fiel die Liste der Coverversionen ein, die die Zeitung *Milenio Diario* mal veröffentlicht hatte, eine Liste mit vielen Mängeln. Gefehlt hatten *With a Little Help From My Friend* von Joe Cocker, ein Meilenstein der Rockgeschichte, *To Love Somebody* von Janis Joplin, *Proud Mary* von Tina Turner. Zwei schwarze Ford Hummer hielten vor der Bar in zweiter Reihe. Hoppla, wem schlägt da die Stunde? Vielleicht wollen sie nur was feiern, und ich denke gleich das Schlimmste. Sollte er noch mal reingehen oder drauf pfeifen? Von der Drogenmafia hielt er sich lieber fern, aus zwei Gründen. Erstens: Die Narcos hatte seinen besten Freund ins Jenseits befördert, nachdem er einen Koffer mit Kokain nach Ciudad Juárez geschmuggelt und seinen Lohn eingefordert hatte; und vorher war noch seine Freundin vergewaltigt und gefoltert worden. Sie hatten zusammen für die Unizulassung gepaukt, und der Vorfall hatte ihn für sein Leben geprägt. Und zweitens: Damals, als er noch beim Drogendezernat gewesen war, hatten die Narcos zwei Anschläge auf ihn verübt: einmal hatten sie ihn umbringen wollen, bei der denkwürdigen Schießerei war das Auto, hinter das er sich gerettet hatte, in Flammen aufgegangen, und einmal hatten sie ihm siebenundzwanzig Kilo Novokain untergeschoben, damit er seinen Job verlor. Aber sie haben mich nicht kleingekriegt, dachte er lustlos. Damals hatte er dem Drogendezernat Ade gesagt und damit, wie es aus verlässlichen Quellen hieß, auf jede Menge leicht verdientes Geld verzichtet.

Einige Minuten später sah er sie wieder rauskommen,

zusammen mit den drei Cheerleaderinnen und dem Transvestiten, sie stiegen in ihre Autos und brausten mit quietschenden Reifen los.

Als das Lied zu Ende war, ließ er den Motor an; er musste an Goga denken, an die Art, wie sie ins Bad ging, es war wie ein Segen, der aber nicht lange vorhielt. Kommt geschmeidig von Geschmeide? Er suchte *A Little Bit Me, A Little Bit You* von den Monkees und fuhr nach Hause.

14

Es wurde dunkel. In einem kleinen Zimmer, das zum hinteren Garten ging, saßen Marcelo Valdés und seine Frau bei Kamillentee und Trockenfrüchten. Drei Leibwächter behielten alles im Auge. Dass wir uns hier draußen niedergelassen haben, ist auf deinem Mist gewachsen, du willst in der Nähe der Familie sein, hast du gesagt, das sei dir das Wichtigste. Tatsächlich wollte ich dich von jemandem fernhalten, du weißt schon, von wem, fiel ihm seine Frau kühl ins Wort, wenn du ein bisschen Schamgefühl hättest, würdest du mich nicht an dieses Flittchen erinnern, sie blätterte in einer Zeitschrift, Valdés tat so, als hätte er es nicht gehört, und fuhr fort: Sollen wir plötzlich wieder auf die Ranch ziehen, wie kommst du nur darauf, dass es uns dort besser gehen könnte? Du bist krank, mein Guter, und du hast mehr Verpflichtungen, als du verkraften kannst, ich will einfach nicht, dass du eines Tages tot umkippst; ich hab schon meinen Sohn verloren, ich will nicht auch noch dich verlieren. Wir werden geboren, um zu sterben. Aber nicht von Feindeshand oder aus Trotz; Doktor Elenes sagt, du solltest dich zur Ruhe setzen und ein beschauliches Leben führen, der Stress setzt dir viel stärker zu als früher, und die Geschäfte werden immer härter, auf der Ranch haben wir Sky-TV, ein Sportflugzeug und genug Essen für ein ganzes Jahr: Wir müssen nur noch hinziehen. Sie schwiegen, Valdés bemerkte, wie dunkel es geworden war, draußen im Garten waren schon die Lichter angegangen. Ich habe ein Imperium geschaffen, das mit mir untergehen wird, murmelte er vor sich hin, aber seine Frau nahm den Faden auf: Ich glaube nicht, dass Samantha deiner Meinung ist, merkst du nicht, dass deine Krankheit sie ganz unruhig macht? Ich grüble viel über sie nach, vielleicht zu viel, Sorgen macht mir vor allem, dass sie diese kindischen Anwandlungen hat. Mag sein, aber sie ist immer noch besser als diese Trottel, die dich heute besucht haben. Um die Mittagszeit hatten zwei der Söhne, die er mit anderen Frauen hatte, nach ihm sehen wollen, beide Fachärzte, aber sie hatte sie wieder hinauskomplementiert; angeblich, weil Doktor Elenes sehr empfindlich sei, was seine Patienten angehe. Die haben doch sowieso nicht das Zeug dazu, sagte sie, während sie sich Tee nachgoss. Auf sie würde ich nicht bauen. Wieso?, sie haben ihre eigene Klinik, genießen hohes Ansehen. Schon, aber es sind auch nur Menschen, und Menschen sind ehrgeizig, konzentriere dich besser auf Samantha, sie ist bei dir aufgewachsen, du kennst sie, wer weiß, was bei den beiden faul ist. Wieder schwiegen sie.

Jemand machte Licht im Haus. Sie hörten, wie ein Auto vorfuhr. Es war der Ford Hummer von Samantha. Mariana und sie stiegen aus, das schlafende Kind auf dem Arm, ihre Mutter rief sie zu sich und kümmerte sich um den Kleinen, der weiterschlief. Was macht ihr denn da, romantisches Tête-à-tête? Ach wo, dein Vater flirtet schon lange nicht mehr mit mir. Stimmt das, Pa?, du bist doch sonst so ein Schurke. Mariana holte was zu trinken. Sie kann eben nicht tanzen. Von wegen, sogar Stepptanz, wenn's sein muss. Ich meine: auf dem Pferd. Ich bin doch nicht verrückt. Lehn doch nicht gleich ab, Mama, ich halte dir auch die Zügel, damit du aufsitzen kannst. Wenn wir auf dem Boden tanzen könnten, wieso sollten wir da oben tanzen? Weil unser alter Herr sich mit dir in die Büsche schlagen will, Mama, du musst ihm nur eine

Chance geben. Mariana kam mit zwei Gläsern Cola wieder. Sie plauderten noch eine Weile, dann zogen sich die beiden Frauen zurück. Valdés hatte ein schales Gefühl, es mehrten sich die Hinweise, dass er nicht mehr alles im Griff hatte. Da war dieser Polizist, Mendieta, der geradezu danach schrie, einen Denkzettel zu erhalten, wie konnte er es wagen, ihn zu Hause zu belästigen, wozu bezahlte er denn die oberen Chargen der Polizei? Bevor er schlafen ging, aß er noch eine Scheibe Toastbrot mit Jocoque. Und fasste einen Beschluss.

15

Als er am Sonntag erwachte, dachte er an Pfarrer Bardominos. Müde stand er auf, er hatte bei laufendem Fernseher geschlafen und ärgerte sich, dass er dieses beklemmende Gefühl nicht loswurde, dieses Bild, das ihm so sehr zusetzte. Parra fiel ihm ein: Stürz dich in intellektuelle Abenteuer, bring deinen Geist auf Trab mit allem, was dir Spaß macht, Wissen, Kunst, Bücher, Konzerte, Kreuzworträtsel; such dir neue Herausforderungen, unsere Intelligenz basiert zu großen Teilen auf unseren Gefühlen, du kannst nicht dein Leben lang mit dieser offenen Wunde rumrennen. Du musst dich wieder verlieben.

Er machte sich einen Nescafé und nahm das Exemplar von *Nachrichten aus dem Imperium* zur Hand, das Ortega ihm überlassen hatte. Auf der ersten Seite stand der Name Paola Rodríguez. »Ich bin Marie Charlotte von Belgien, Kaiserin von Mexiko und von Amerika. Ich bin Marie Charlotte Amélie, Cousine der Königin von England, Großmeisterin vom Kreuz des heiligen Karl und Vizekönigin der Provinzen Lombardo-Venetien, die durch österreichische Güte und Gnade unter die schützenden Flügel des habsburgischen Doppeladlers kamen.«

Sieh mal einer an, murmelte er und dachte nach, wenn ich mich recht erinnere, starb die Dame in geistiger Umnachtung. Hat Paola sie bewundert? War Bruno ihr Maximilian? Adlige, die mit Kugeln aus Silber töten, aber keine Leichen schänden, wohlerzogene Menschen, die Gräueltaten begehen, aber nie ihre guten Manieren verlieren. Könnte stimmen; aber die Waffen passen nicht zusammen, und wenn Ortega sich geirrt hat? Unmöglich.

Er las weiter. Je mehr er in die Geschichte eintauchte, desto fesselnder fand er sie, und seine beruflichen Überlegungen traten in den Hintergrund. Um elf klingelte das Telefon.

Ja, bitte. Edgar Mendieta? Ja. Hier spricht Samantha Valdés, ich habe gehört, du suchst mich, da wollte ich dir zuvorkommen, wo treffen wir uns, sagen wir, in einer Stunde?

Nanu?, schießen die Böcke jetzt auf die Jäger?

Sie gaben sich zur Begrüßung die Hand.

Samantha war großgewachsen, wohlproportioniert, vielleicht ein bisschen mollig um die Hüften; böse Zungen behaupteten, sie habe ein Vermögen für plastische Chirurgie ausgegeben, aber nicht mal in Brasilien habe man alles bei ihr richten können. Rote Haare, schmale Lippen, grüne Augen, purpurn lackierte Fingernägel; ihr zartes Parfüm war nicht das, was er bei Canizales gerochen hatte. Sie war ganz in Schwarz gekleidet. Gekommen war sie in einem grünen Ford Hummer, den der Detective durchs Fenster erspäht hatte. Ein H3. Sie parkte am botanischen Garten Carlos Murillo Depraect, dahinter stand ein schwarzer Pick-up mit verdunkelten Scheiben, offenbar die Leibwächter, die sie auf diskreten Abstand hielt.

Sie war offenbar eine Frau mit Charakter, die ungern ihre Zeit verschwendete: Wo drückt der Schuh, Zurdo Mendieta? Versagte ihr die Stimme?, nein, schwitzten ihr die Hände?, keine Spur, senkte sie den Blick?, nicht mal im Traum. Dem Detective gefiel, dass sie ihn duzte, er genoss den guten Kaffee, den er vor sich hatte, schimpfte innerlich auf die dünne Brühe, die man in allen staatlichen Behörden serviert bekam. Canizales wurde mit einer Silberpatrone erschossen, kennst du jemanden, der solche Patronen benutzt? Da kenne ich einige, aber nur zwei davon leben in der Gegend, und für die ist jemand wie Bruno, mit Verlaub, ein Niemand, ich spreche von Leuten mit Niveau. Auch Leute mit Niveau haben manchmal Blut an den Händen. Was weißt du schon. Ich bin nicht umsonst Bulle. Die Kreise, von denen ich spreche, sind ein bisschen zu hoch für dich, sie lächelte ihn kalt an, barsch. Mendieta hakte lieber nicht nach.

Er bestellte noch einen Espresso, sie einen Frappuccino. In dem Café wimmelte es plötzlich von Frauen. Unter der Woche brachten sie ihre Kinder zur Schule und trafen sich hier, bis es Zeit wurde, die Kleinen wieder abzuholen: Sie plauderten über Diäten, Mode, Krankheiten, nichtsnutzige Ehemänner und kokette Sekretärinnen. Und sonntags trafen sich die meisten schon wieder, weil ihre Gatten Fußball schauten oder sich mit Freunden betranken.

Ich bin wegen zweierlei hier, Mendieta, erstens: zeig meinem Vater den Respekt, der er verdient; er ist einer der wichtigsten Männer in diesem Land; der Präsident, seine Staatssekretäre und all die Speichellecker drumherum stehen vor ihm stramm, gäbe es ihn nicht, stünden Millionen von Menschen auf der Straße und würden am Hungertuch nagen; was fällt dir ein, ihn zu Hause zu belästigen?, was glaubst du, wer du bist, du kleiner schmieriger Bulle?; zweitens, lass Mariana Kelly in Ruhe, kapiert?, sie hat mit diesem Mord nichts zu tun, aber sie macht sich fast in die Hosen vor Angst, weil sie ihn öffentlich bedroht hat. Wieso bist du überhaupt hier?, das kann dein Papi doch alles regeln. Ich will nicht, dass mein Vater da mit reingezogen wird, ich versteh ja, dass du ihn verachtest, aber das geht mir am Arsch vorbei, jeder muss machen, was er denkt, glaub ja nicht, dass ich wegen deiner hübschen Visage hier bin, ich werde dir deine Gefälligkeit bezahlen. Und mir geht euer Geld am Arsch vorbei, überspann den Bogen nicht, Mädchen, irgendwann platzt mir nämlich der Kragen, rotes Lächeln, Frau, die schwierige Situationen gewohnt ist. Red doch, was du willst, du bist und bleibst ein Loser. Das hier ist kein Spiel, Samantha Valdés, und wo wir gerade dabei sind, kannst du mir gleich einige Fragen beantworten. Gern, aber treib mich nicht in die Enge, wie du mir, so ich dir, seine Miene blieb starr, er wollte etwas erwidern, wechselte aber lieber das Thema. Erzähl mir von deiner Beziehung zu Bruno Canizales. Ich mochte sein Art im Bett, er hat alles aus mir rausgekitzelt, sein Körpergefühl war unglaublich, sein Sinn für Erotik, Rhythmus, sein Duft ließ alle anderen Männer alt aussehen; ich würde ihm eine zehn geben oder sogar eine elf, wenn das möglich wäre; mein Kleiner war auch ganz vernarrt in ihn, Bruno ist oft mit ihm in den Park gegangen und hat unendlich viel Geduld mit ihm gehabt, mehr als sein Vater. Ende der Geschichte. Ich zahle deinen Kaffee, wenn du mir verrätst, wo du in der Nacht von Donnerstag auf Freitag warst. Zuhause, am Freitag lief der letzte Teil der Telenovela *An deiner Brust sterben*, den wollte ich auf gar keinen Fall verpassen. Endlich mal jemand, der nicht Canal 22 schaut. Wie hast du von Canizales' Tod erfahren? Aus der Zeitung, sollte er sie von seiner Liste streichen? Nein, vorher musste er noch ein, zwei Dinge klären: Kanntest du Paola Rodríguez? Sicher, eine blöde Tussi, die Bruno nicht in Ruhe gelassen hat, die Kleine hätte mir am liebsten die Augen ausgekratzt, als ich ihn ihr ausgespannt habe, ich musste zwei Leibwächter auf sie ansetzen und ihr ein bisschen Angst einjagen, manche Leute können einfach nicht loslassen. Wieso bist du so davon überzeugt, dass Mariana nichts damit zu tun hat? Das würde sie nicht bringen, ihr Motto ist eher »Leben und leben lassen«, außerdem würde sie mich nie anlügen. Du bist ihre Göttin. So in etwa, jedenfalls glaubt sie, dass sie früher oder später verhört werden wird, und davor hat sie panische Angst, ich hab mit Engelszungen auf sie eingeredet: dass die mexikanische Polizei unfähig ist, dass mein Vater sie schmiert, sogar den einen oder anderen Anruf haben wir getätigt, als wir gehört haben, dass sie gesucht wird, aber sie lässt sich nicht davon abbringen, dass man sie einbuchten wird; der Staatsanwalt hat uns die Nummer deines Chefs gegeben, der uns wiederum deine gegeben hat; wir haben deinen Preis geschätzt, was ist dir lieber, Madrid, Paris, New York oder Bargeld?, ich spreche von zwei Wochen all inclusive und selbstverständlich mit der Begleitung deiner Wahl, man hört da ja so einiges, sagte sie mit einem schelmischen Lächeln. Wie pragmatisch du bist, bezaubernd, aber jetzt sag mir lieber, wer benutzt Silberpatronen? Das verrate ich dir nicht, diese Leute machen wegen so jemandem wie Bruno keinen Finger krumm, und sie ballern auch nicht wild in der Gegend rum; sei nicht blöd, man hat nur ein Leben, und das sollte man auskosten. Danke für den Rat. Und nun? Sie holte einen braunen Umschlag aus ihrer Tasche und legte ihn vor ihn hin, Mendieta entdeckte Rudy Jiménez an der Registrierkasse und grüßte ihn, der Besitzer des Cafés lächelte komplizenhaft zurück. Du kannst Mariana Kelly ausrichten, dass die schlimmsten Träume immer wahr werden, morgen klopfe ich wieder bei ihr an, das Gleiche gilt für deinen Vater. Du bist vielleicht ein Arschloch, Mendieta, und weißt du was?, das wirst du noch bereuen, heftiges Atmen, um meinen Vater mache ich mir keine Sorgen, der kann auf sich selber aufpassen, aber solltest du es wagen, Mariana zu belästigen, wirst du mich kennenlernen. Sie steckte den Umschlag wieder ein, stand auf, verschüttete den Rest ihres Frappuccinos und rauschte davon. Hoppla.

Rudy wischte rasch den Tisch ab. Eins steht fest, Detective, du hast deine festen Vorlieben, je wilder, desto besser. Bei irgendwas muss ich doch standhaft bleiben, findest du nicht? Jedenfalls setzt du dich gern in die Nesseln, hör mal, wenn du wieder Hunger hast, meine Frau ist gerade aus Berlin zurückgekommen und hat einen tödlich leckeren Schinken mitgebracht, möchtest du mal kosten? Später, jetzt muss ich ins Präsidium. Das kannst du doch nicht ausschlagen, das Leben besteht darin, gut zu essen und die Zeit dazwischen irgendwie zu überbrücken. Jetzt nicht, und wenn du ihn aufisst, hetzte ich dir das Gesundheitsamt auf den Hals, ein schlanker Mann mit Schnauzbart und nettem Gesicht stieß zu ihnen. Kennst du Rendón? Nein, ich hatte noch nicht das Vergnügen, sie begrüßten sich. Ich geh dann mal wieder, Jiménez kehrte in sein Büro zurück. Du hast Literatur studiert, stimmt's? Ja, aber das würde ich nicht noch mal machen. Ich erinnere mich an dich, du bist an der Uni immer zu spät gekommen und hast die ganze Zeit gegähnt. Ach, Sie sind der Professor für Hispanistik?, aber ich hatte Sie nie als Dozenten. Nein, du warst bei Liz. Eine kleine Quirlige, ja. Rudy sagt, du bist Polizist und hasst Krimiromane. Da ist was Wahres dran. Aber deswegen habe ich ihn nicht gebeten, uns miteinander bekanntzumachen; ich habe da ein Problem, vielleicht kannst du mir helfen. Lassen Sie hören. Vor einem Monat wurde mir mein Auto gestohlen, ich habe es der Versicherung gemeldet, aber die halten mich seither hin, wahrscheinlich hat mich das ganze Hin und Her inzwischen mehr gekostet, als mir von der Versicherung zusteht; kann man sie nicht irgendwie zwingen, mir das Geld zu bezahlen, oder die Polizei dazu bringen, meinen Wagen zu suchen?, ich habe diese ständigen Behördengänge wirklich satt. Professor, ich arbeite bei der Mordkommission, da müssen Sie sich schon aufs Präsidium bemühen und nach Señor Urrea fragen, von der Abteilung für Autodiebstahl, sagen Sie ihm, dass ich Sie geschickt habe, vielleicht ist da ja was zu machen. Rendón bedankte sich, kehrte an seinen Tisch zurück und nahm einen Schluck Bier.

Als er bezahlte, dachte er, wie gut, dass Samantha bisexuell ist, ein Mann oder eine Frau allein könnten es nicht mit ihr aufnehmen. Für manche Frauen ist *alles* immer nur ein Teil.

16

Der Junge mit dem Fahrrad und Beatriz lagen im Bett, rauchten Marihuana und tranken Bier, das sie aus einer kleinen, grünen Kühltasche nahmen. Sie waren in einem Motel.

Mir geht's gar nicht gut, murmelte er, nachdem er an dem frisch gedrehten Joint gezogen hatte. Mir umso besser, endlich bin ich diese Zecke los; du kannst dir gar nicht vorstellen, was für eine Hölle es war, mit ihr unter einem Dach zu leben, sie war wie ein Magnet, der alles angezogen hat: Zuneigung, Geld, Ideen, Gelegenheiten; nichts hatte einen Wert, wenn es nicht von ihr stammte, wenn es nicht ihrem schrecklichen Geschmack entsprach; schon als Kind war sie unerträglich, und ich musste auch noch auf sie aufpassen, weil meine Mutter sie nie geliebt hat; ich hab's nicht so raushängen lassen, aber die vergangenen Tage waren die schönsten meines Lebens, vor allem, weil ich dich jetzt ganz für mich allein habe, und die Wohnung auch; das Zimmer nach vorne raus gehört jetzt mir, noch ein paar Tage, dann zieh ich um, und du kannst durchs Fenster klettern, den Weg kennst du ja schon; ich werde dicke Vorhänge anbringen, damit niemand reinglotzen kann. Sie rauchten, der Junge hatte immer noch die Augen geschlossen. Hat diese Schlampe doch tatsächlich die Fotos umgedreht, damit niemand zuguckt, ist denn das zu fassen?; kranker geht's ja gar nicht; mein Vater säuft ein bisschen viel, aber das vergeht wieder, und dann werde ich seine Prinzessin sein. Der Junge erinnerte sich: Eze, dreh die Fotos um, dreh sie um, hab ich gesagt! Ich will nicht, dass sie mitkriegen, was du hier alles mit mir anstellst, und Bruno will ich schon gar nicht sehen. Du bist ja total durchgeknallt, Alte, völlig verrückt. Verrückt nach dir, ja, ich koste das Leben gerade voll aus: das menschliche Drama; endlich verstehe ich Shakespeare, wann schaust du dir das Stück endlich an? Hab ich schon. Dann eben noch mal. Kein Bock, deine Freunde sind alle ätzend, und dieser Idiot, der dich küsst, will dir an die Wäsche; der soll die Finger von dir lassen. Ist doch alles nur gespielt. Passt mir aber nicht, der betatscht deinen Hintern, als wollte er mehr, und bei der Beerdigung hat er seinen Arm um dich gelegt. Ich find's geil, wenn du eifersüchtig bist. Noch geiler wirst du's finden, wenn ich diesem Blödmann die Fresse poliere. Wenn er mich nicht mehr küsst, kommst du dann vorbei? Das hab ich nicht gesagt. Aber ich habe gefragt, immerhin habe ich dir verziehen, dass du dich auf sie eingelassen hast, übrigens hab ich euch oft belauscht; ich hab gehört, wie du gekommen bist, und ihr Stöhnen, und ich hab auch mitgekriegt, wie sie dich erniedrigt hat; würd mich echt nerven, wenn du ihr nachtrauern würdest. Mir egal, rumgekriegt hast du mich eh nur, indem du dich in ihrem Bett für sie ausgegeben hast; ich weiß nicht, wer von uns beiden perverser ist. Angeblich kannst du keiner Fliege was zuleide tun, aber die Fliege, die du hättest killen müssen, hat am Ende den halben Planeten verseucht und drei Epidemien mit Tausenden von Toten ausgelöst. Zufrieden mit sich küsste sie ihn. Alle Engel sind schrecklich.

Er zog an dem Joint, von dem nicht mehr viel übrig war, und reichte ihn an sie weiter. Warum ging's ihm nicht gut?, litt er etwa gern? Sie hatte ihn verachtet, hatte ihn ständig runtergemacht und es auch noch genossen: steck mir deine eklige Zunge nicht in den Mund, du stinkst, verschwinde aus meinem Leben, du räudiger Köter, ich will dich nicht mehr sehen, du widerst mich an.

Wer keine Liebe verdient, verdient gar nichts.

Wir lassen's besser bleiben, Kleine. Was soll das jetzt? Beatriz sah ihm in die Augen. Jetzt, wo sie weg ist, haben wir doch freie Bahn. Eze, das kannst du mir nicht antun, ich liebe dich, ich bin total verrückt nach dir, ich würde für dich sterben, alles würde ich für dich tun, sie sah ihn schmachtend an. Du verlangst zu viel, Bety, ich bin im Moment eher down, krank, angeschlagen. Sei nicht so herzlos, Eze, tu mir das nicht an. Hab ich dir irgendwas versprochen? Nein, aber … Aber was?, sie stellte sich vor, wie Paola sie anstarrte, ohne zu lächeln, missbilligend; sie warf die Flasche an die Wand: Klar, lass es raus, ich bin jedenfalls nicht deine Zukunft. Warum sollen wir gleich Schluss machen?, wir können uns doch einmal in der Woche treffen, wir verstehen uns doch gut im Bett. Na gut, Kleine, aber ich bestimme, wann, sie küsste ihn. Wann ist wann? Sie hat mir ein Buch geschenkt, wenn ich's gelesen hab. Was für ein Buch? Über so 'ne verrückte Königin, *Nachrichten aus dem Imperium*, heißt es, den Autor habe ich vergessen. Dünn oder dick? Eher dünn. Dann sehen wir uns also in ein paar Tagen, ja? Sobald ich damit durch bin. Ich schau so oft wie möglich aus dem Fenster, gib mir einfach ein Zeichen. Ah, noch was, wenn dieser Wichser dir noch mal an den Arsch fasst, siehst du mich nie wieder. Ui, da zeigt ja einer seine Krallen. Er sah sie angewidert an und zog am Rest des Joints.

17

Fünf Uhr morgens auf seinem Nachttischwecker, acht Uhr abends in seinem aufgewühlten Unterbewusstsein. Er wurde so sehr von Bildern überschwemmt, dass es ihm angeraten schien, Parra aufzusuchen. Nach der Arbeit würde er bei ihm anrufen. Er ging ins Bad, und wenn er Gris anrief und sie jetzt schon losfuhren? Sie konnten im Playa oder Shrimp Bucket frühstücken. Keine gute Idee. Er betrachtete sein abgezehrtes Gesicht, seinen Stoppelbart, aber er hatte keine Lust, sich zu rasieren. Der Montag ist nun mal so, eine Rutschbahn ins Nichts, eine Frucht ohne Saft. Er machte sich einen Nescafé und versuchte an den Fall zu denken, sah die Fotos auf seinem Handy und die von Ortega durch. Ordnung überall. Ihm war nichts entgangen. Wieder musste er an diesen Duft denken. Gut möglich, dass Paola dort gewesen war: Ein Hauch von Carolina Herrera hatte in den Luft gehangen, aber warum hatte sie eine Silberpatrone benutzt?, was hatte sie damit mitteilen wollen?, wem?, warum? Konnte Frank Aldana schießen? Wenn er es war, warum eine Silberpatrone?

Der Valdés-Clan und Silberpatronen, das passte schon eher zusammen, der konnte sich auch Goldpatronen leisten, wenn er wollte, warum hat Mariana Kelly Angst, mit der Polizei zu sprechen? Wir brauchen einen Durchsuchungsbefehl, und wenn ich Robles bitte, sich mal bei Laura umzusehen? Ortega soll ihn begleiten. Schließlich gehört sie auch zu den Verdächtigen.

Und wenn Brunos Mutter recht hat?, was kann so schlimm sein, dass ein Politiker die Beziehung zu seinem

Sohn abbricht?, seine Bisexualität? Macht korrumpiert, grenzenlose Macht korrumpiert grenzenlos. Sind Sie sicher, Don Fermín?, wenn ich richtig verstehe, handelt es sich um Ihren Sohn. Ich zahle dich, damit du tötest, nicht, damit du Fragen stellst. Offenbar müssen wir, die wir der Verkommenheit der Welt ins Auge sehen, es richten.

Er überlegte, wann Ger gekommen war, die Frau, die bei ihm saubermachte und jetzt vor der aufgeschlagenen Zeitung saß. Guten Morgen, Zurdo, wissen Sie, wie viele Tote es gestern gegeben hat? Er schüttelte den Kopf. Vier, in der Lima, der Tierra Blanca, der Costerita und der Bacurimí. Er dachte: wurde einer davon mit einer Silberpatrone erschossen? Sie sind ja völlig durch den Wind, Zurdo, was ist denn los?; Morgenstund hat Gold im Mund, haben Sie schon gefrühstückt? Keinen Appetit. Schon wieder? Er antwortete nicht. Müssen Sie früh los? Um zwanzig nach acht. Genügend Zeit, um was zu essen, ich werde Ihnen Eier mit zarten Zwiebelchen und Putenspeck braten, die so köstlich sind, dass Sie um Vergebung für Ihre Sünden bitten werden. Später. Nichts da später, ich kann Sie nicht mit leerem Magen aus dem Haus lassen, keine Widerrede, Sie werden es mir noch danken, und rasieren Sie sich, schließlich sind Sie ein anständiger Mensch, ich will nicht, dass man Sie für einen Bettler hält.

Viertel nach neun am Vormittag. Sie passierten die Mautstelle an der Autobahn Culiacán-Mazatlán und hielten an, um in dem kleinen Laden auf der rechten Seite einen Kaffee zu kaufen. Rund zwanzig Meter weiter vorn hatte die Verkehrspolizei ein mobiles Antidoping-Labor aufgestellt, wo der Urin und, falls nötig, das Blut von Truckern und Lkw-Fahrern auf den Grad ihrer Vergiftung kontrolliert wurden. Vergnügt beobachtete Mendieta, wie sich gerade ein Trupp Fahrer auf den Weg in Richtung Toilette machte; einige ihrer Kollegen kamen sichtlich amüsiert von dort zurück. Mein Kaffee mit einem Löffel Zucker, wir treffen uns dann im Wagen, sagte er zu Gris und ging aufs Klo. Ein kleingewachsener Mann hielt in der einen Hand eine Flasche Wasser, aus der er trank, und in der anderen mehrere, mit einer gelblichen Flüssigkeit gefüllte Fläschchen.

Wie geht's, mein Chapo, was machen die Geschäfte?, zwei Trucker, die gerade ihre Ration kaufen wollten, wurden nervös. Mein Zurdo, was für eine Freude, dich zu sehen, er umarmte ihn herzlich. Wenn du erlaubst, bediene ich erst die Herren hier zu Ende, die Trucker bezahlten den Urin und begaben sich zur *Antidoping*-Kontrolle; den nächsten Kunden bat er, in einer Minute wiederzukommen. Der Chapo Abitia und Mendieta waren Freunde aus Kindertagen. Altes Haus, ich hätte nie gedacht, dass du dich mal so mausern würdest. Gute Zeiten, mein Zurdo, solange die Bundespolizei hier ist, klingelt's bei mir in der Kasse, und du?, ich hab im Radio gehört, dass du an einer großen Sache dran bist. Die Justiz schläft nicht, mein Chapo, das weißt du ja. Wenn's dabei was zu holen gibt, denk an mich, meine Familie wird's dir danken. Putz dir mal die Ohren, ich muss wissen, wer gern mit Neun-Millimeter-Patronen aus Silber rumballert. Mein lieber Schwan, was für ein Luxus, so einen Tod hätte ich auch gern, damit wurde Canizales erschossen? Ich warte auf deinen Anruf, und dass du mir deine Nieren ja nicht überstrapazierst, wie viel von dem Zeug verkaufst du pro Tag?

Nicht der Rede wert, gestern waren's zweiundfünfzig. Heute kommst du jedenfalls mit prall gefüllten Taschen nach Hause. Na ja, die Kinder gehen noch auf die Schule und machen mich arm. Aber es lohnt sich, oder? Begoña studiert sogar schon an der Uni. Chapo, mein Guter, ich hoffe, dass sie nicht nach dir kommt. Wieso? Sonst endet sie noch als alleinerziehende Mutter. Du bist vielleicht eine Giftspritze, mein Mädchen tritt blütenweiß vor den Traualter, du wirst schon sehen. Wie auch immer, halt die Ohren auf, ich brauche Ergebnisse.

Als er die Toilette verließ, standen im Vorraum sieben Trucker mit besorgter Miene, während der Erste, den er gesehen hatte, längst in seinem Laster saß und unbehelligt Richtung Stadt aufbrach.

Sie legten die hundertsechsundachtzig Kilometer Autobahn in anderthalb Stunden zurück und erreichten den schönsten Hafen des Pazifiks.

Hier ist das Meer die elfte Muse.

Die städtische Tanzschule, an der die Delfos-Tanzkompanie ihr Seminar abhielt, lag im Stadtzentrum, neben dem Ángela-Peralta-Theater, an der Plaza Machado. Empfangen wurden sie von Claudia Lavista, ihrer größten Förderin. Mendieta fand sie attraktiv, verkniff sich aber jeden Kommentar. In ihrem Büro teilten sie ihr mit, dass sie Frank Aldana zu sprechen wünschten. Was Schlimmes? Nein, wir haben nur ein paar Fragen.

Sieben Minuten später trat Aldana ein, zweiunddreißig, große, dunkle Augen, Brauen wie Frida Kahlo. Als er hörte, dass sie von der Polizei waren, wurde er nervös. Was machst du hier?, wollte Gris wissen, die ihrer Absprache gemäß den Hauptteil des Verhörs führen sollte. Ich arbeite an meiner Limón-Technik, weil ich eine Choreografie auf die Beine stellen möchte, was wollt ihr von mir? Die Fragen stelle ich, fährst du ab und zu nach Culiacán? In den vergangenen zwei Wochen war ich nicht ein einziges Mal dort, und ich hab auch nicht vor, in der nächsten Woche hinzufahren. Wer weiß, dass du hier bist? Meine Kompanie und meine Familie. Vermisst du die Stadt? Dafür hab ich keine Zeit, der Unterricht schlaucht, und außerdem will ich nichts verpassen, wann hat man schon mal eine Spitzenlehrerin aus New York. Wann hast du Bruno Canizales zum letzten Mal gesehen? Vor drei Monaten, sechs Tagen und etwa acht Stunden. Das weißt du so genau? Ist vielleicht ein bisschen zwanghaft, aber das ist eben meine Art, meine Sehnsucht nach ihm auszudrücken. Hat er dich angerufen? Nein, zumindest hat er mir keine Nachricht im Hotel hinterlassen, und ein Handy habe ich nicht. Was hast du in der Nacht von Donnerstag auf Freitag gemacht? Geschlafen, um zehn war hier Schluss, und am Freitag sollte es um neun wieder losgehen, dieses Verhör erinnert mich an einen Krimi, ist was passiert? Gibt es einen Zeugen für deine Angaben? Ich wohne im Hotel La Siesta, kann mir kaum vorstellen, dass jemand an der Rezeption mich gesehen hat, am Freitag habe ich um acht gefrühstückt und war um neun hier, das können alle aus der Kompanie bestätigen. Wenn Canizales gegen vier Uhr dreißig getötet worden war, hatte dieser Kerl genügend Zeit, um nach Culiacán zu fahren und zum Frühstück wieder zurück zu sein, dachte Mendieta, der überrascht feststellte, dass Franks Augen feucht wurden, als Gris Toledo ihm mitteilte, dass Bruno Canizales ermordet worden war.

Als er sich wieder gefangen hatte, fragte er: Wie ist es passiert? Kopfschuss. Das war diese Schlampe, da bin ich mir sicher, die hat ihn schon die ganze Zeit bedroht, aus purer Boshaftigkeit. Von wem sprichst du? Von Paola Rodríguez, einer Ex-Freundin, die mich gehasst hat und ihn auch, eine affige Tussi, die meinte, mit ihrem Aussehen und den Gedichten von Sor Juana könnte sie alles und jeden kriegen; sie hat ihm immer Bücher mitgebracht, um sie zusammen mit ihm zu lesen. *Nachrichten aus dem Imperium*, zum Beispiel? Er nickte. Würdest du gegen sie aussagen? Ich würde sie am liebsten umbringen, diese neidische Kuh, weil sie selber nicht glücklich sein konnte, hat sie alles getan, damit auch sonst keiner glücklich war. Einige Stunden nach Canizales' Tod hat man auch sie tot aufgefunden. Wundert mich nicht, das hat sie schließlich so angekündigt, erst würde sie ihn und dann sich selbst umbringen, soll sie in der Hölle schmoren. Dann brach er in Tränen aus. Was empfindest du, wenn du abdrückst? Hab ich noch nie. Wenn du keine Zeugen dafür hast, dass du in der Nacht von Donnerstag auf Freitag hier warst, müssen wir dich mitnehmen. Macht ruhig, ist mir egal, die Choreografie, die ich geplant habe, war ihm gewidmet, seinetwegen besuche ich auch diesen Kurs, irgendwann hätte er sich das Stück angesehen und wäre danach zu mir in die Garderobe gekommen, er hätte mich umarmt und geküsst, und dann wären wir wieder glücklich gewesen, und sei es für ein paar Tage oder Stunden, er war, wie er war, und ich habe keine großen Ansprüche gestellt. Alle schwiegen, wer hatte nicht schon mal einen geliebten Menschen verloren. Wir müssen los, sagte Mendieta sanft, Aldana stand auf. Wenn Sie erlauben, hole ich noch meine Sachen.

Was meinen Sie, Chef? Wenn Liebe mit im Spiel ist, bin ich überfordert, ich hab noch nie verstanden, warum man sich deswegen gegenseitig umbringen oder verstümmeln muss. Auch nicht, als Sie selber verliebt waren? Nein, außerdem weiß ich gar nicht mehr, wann das war, log er, wahrscheinlich im Kindergarten. Wenn ich Rodo nicht hätte, wüsste ich nicht, wie's bei mir aussähe. Darum beneide ich dich, log er wieder, nichts Schöneres als eine feste Beziehung. Chef, darf ich Sie was fragen?, auf dem Präsidium wird so einiges über Sie gemunkelt. Was denn zum Beispiel? Dass Sie über eine unglückliche Liebe nicht hinwegkommen, dass Sie früher fröhlicher und umgänglicher waren. Glaub denen kein Wort, die spinnen. Chef, ich schlage vor, wir lassen diesen armen Kerl in Ruhe, soll er doch hierbleiben und weiter seinen Unterricht nehmen, warum seinen Kummer noch vergrößern? Claudia Lavista kam herein, hochgewachsen, schlank, weiße Hose, schön. Verzeihung, ich dachte, Sie wären zusammen mit Frank aufgebrochen. Was? Sie rannten raus auf die Straße, Fußgänger versperrten ihnen die Sicht. Tut mir leid, Chef, murmelte Gris Toledo. Irgendeinen Grund muss es ja haben, warum wir immer alle für schuldig halten, selbst wenn das Gegenteil bewiesen ist. Verstehe, Frank Aldana hat gerade den Fehler seines Lebens begangen. Wir werden ihn schon kriegen.

Die Straßen von Mazatlán waren eng; entweder führten sie zum Meer oder ins Nirgendwo. Lavista bestätigte, dass Aldana am Freitag um neun Uhr in der Schule gewesen war und am Vortag tatsächlich um zehn Schluss gemacht hatte, dann fügte sie noch hinzu, er sei ehrgeizig und habe alles, um mal ganz groß rauszukommen. Sie gingen in den Saal zu den anderen Tänzern, die fassungslos waren; sie unterstützten die Meinung der Direktorin, verstanden nicht, warum er weggerannt war. Sogar seine

Schuhe hat er da gelassen, sagte ein blasses Mädchen, Gris Toledo warf einen Blick auf die Mokassins, die in einer Ecke standen, und lächelte still: das Gegenstück zu dem ungleichen Paar, das sie in Canizales' Wohnung gefunden hatten, sie steckte sie in eine Plastiktüte und blinzelte Mendieta zu. Die Direktorin begleitete sie hinaus. Sollte er zurückkommen, sagen Sie uns bitte Bescheid, er wird es Ihnen danken.

Was meinst du? Sie haben in Culiacán oder Mazatlán eine Nacht zusammen verbracht und dabei die Schuhe vertauscht. Irgendeinen Grund muss seine Flucht ja haben. Und natürlich hatte er genügend Zeit, um hin- und zurückzufahren.

Sie durchkämmten die Straßen, vergeblich. Im Hotel La Siesta fanden sie seine Habseligkeiten. Nichts. Sie nahmen ein Foto mit, die beiden Arm in Arm, lächelnd, und einige auf dünnem Papier geschriebene Nachrichten: »Wir sehen uns um neun bei L, bring ein Geschenk mit. B« und »Bitte dräng mich nicht, ich komme schon zu dir. B«. Der letzte Zettel war offenbar zerknüllt und wieder glatt gestrichen worden. Zarter Duft. Vom Meer wehte ein sanfter Wind zum Fenster herein.

Gris wartete ungeduldig, was Mendieta zu sagen hatte, als nichts kam, hakte sie nach. Sicher, zwei Dinge sprechen eindeutig gegen ihn, trotzdem, die Wahrheit ist ein launisches Geschöpf, immer zeigt sie sich verschleiert, warten wir lieber ab, bis wir handfeste Beweise haben. Indizien sind wichtig, aber nicht entscheidend. Gris war anderer Meinung, schwieg aber lieber. Alle hatten ihr gesagt, dass Zurdo ein merkwürdiger Polizist war, dass er sich aber auch selten irrte. Und die Silberpatrone? Das hätte er auch gern gewusst.

Das gelbe bittere Meer von Mazatlán wimmelte von Schatzsuchern.

Capitán Noriega, wie wird in Mazatlán Teufelsrochen zubereitet? Zurdo, du Nichtsnutz, was treibt dich hierher? Um diese Jahreszeit zieht einen der Hafen magisch an, und wir wollen gut essen. Mit wem bist du gerade zusammen? Mit Shakira O'Neill. Schwarz oder weiß? Hast du rassistische Anwandlungen? Nein, ich will mir nur ein Bild machen, wobei, so wie ich dich kenne, ist sie weiß. Sie ist der dunkle Typ. Sag mal, weißt du noch, wo das Bahía ist? Schon möglich. Wir treffen uns dort in einer Viertelstunde, und ich will ein Autogramm von Shakira, vorausgesetzt, sie ist nicht nur für dich reserviert. Noriega war der Überflieger bei der Polizei von Mazatlán. Sie hatten in Tijuana zusammen einen Kurs über Ermittlungsmethoden besucht, durch den sie hinterher dümmer waren als vorher, wie Mendieta behauptete, der nur schwer zufriedenzustellen war. Tatsächlich waren sie vier Tage durch Kneipen gezogen und hatten gesoffen, und dann noch zusätzlich zwei Tage mit LH, der für sie der größte Bandit überhaupt war.

Noriega war dunkel, groß, etwas pummelig und trank jedes Bier, das in seine Reichweite kam. Bier regt mein Denken an, sagte er. Bier regt höchstens deinen Bauch an, schau dich doch mal an. Bin ich zu dick?, fragte er Gris, die rot wurde. Im Sitzen fällt's jedenfalls nicht auf. Da hörst du's, oder willst du einer so schönen Frau etwa widersprechen? Malú tischte ein Gericht nach dem anderen auf: ungeschälte Garnelen, Tintenfisch, Jakobsmuscheln, Teufelsrochen und das Ceviche, für das das Lokal berühmt war. Dazu tranken sie ein Pacífico. Sie erzählten ihm von dem Fall und von der Flucht des Tänzers, gaben ihm ein Foto von ihm. Wenn deine Assistentin hierbleibt, helfe ich gern bei der Suche, sagte Noriega. Das ist nicht geplant, Capitán, es sei denn, mein Chef hat sich's anders überlegt. Willst du hierbleiben? Natürlich will sie, schau nur, wie allein schon der Gedanke ihr ein Lächeln ins Gesicht zaubert. Chef, vergessen Sie das mit Rodo nicht, ist wirklich wichtig für mich. Ihr Freund hat Geburtstag, sagte der Detective. Wann? Am Samstag. Soll er eben am Samstag herkommen, dann haben die beiden Zeit, sich zu vermissen, bis dahin bringe ich dir bei, wie man Marlin, Schwertfisch und Hai fängt; Sie müssen eine ganz besondere Frau sein, diesen Rüpel zu ertragen ist nämlich nicht einfach, und den Tänzer finden wir schon. Gris stieß Mendieta mit dem Fuß an, damit er ihr aus der Verlegenheit half. Im Augenblick ist sie unabkömmlich, du weißt ja, dass wir chronisch unterbesetzt sind, warum kommst du nicht einfach mit uns? Mein Hafen würde um mich weinen und ich um ihn.

Nach dem Essen verabschiedeten sie sich.

Sie kamen zur Rushhour in der Stadt an. Chef, ich nehme ein Taxi zum Fórum und kauf noch was für Rodo, wir sehen uns dann im Büro. Wirklich? Ich hab da ein Superangebot gesehen. Ruf an, vielleicht brauche ich dich gar nicht mehr.

Auf dem Schreibtisch lag eine Nachricht von Ortega, der die Fingerabdrücke auf der Supermarkttüte und den Bierdosen analysiert hatte: »Sind von Jack.« Laut Röntgenfluoreszenzanalyse hatte Paola Rodríguez mit der Beretta geschossen. Seine Stimmung hatte sich so sehr aufgehellt, dass er beschloss, Doktor Parra nicht anzurufen. Ganz sicher war er sich nicht, aber er blieb standhaft.

Auf dem Weg nach Hause fuhr er im Guayabo vorbei.

Die Band spielte ein Beatles-Potpourri. Er trank drei Bier, zwei Tequilas und brach auf, als die Erinnerung an seine unglückliche Liebe sein Herz tränkte, nur was unlösbar ist, lohnt sich, dann rekapitulierte er die Ereignisse des Tages: dieser idiotische Tänzer, zuerst lullt er uns ein, und dann das.

18

Luigi, Marianas schwarz-weißer Cockerspaniel, lag auf dem Teppich und beobachtete sie. Erinnerst du dich noch, wie wir Paola einen Schreck eingejagt haben? Nicht wir: du, mir war's nämlich ganz recht, dass sie was mit Canizales hatte. Ich habe die beiden nackt im Bett erwischt und ihnen eine Riesenszene gemacht, dem hat's vielleicht die Sprache verschlagen, und ich war außer mir, habe sie aufs Übelste beschimpft, gedroht, ich würde sie umbringen; und dann habe ich dieses Flittchen an den Haaren gepackt und weggezerrt. Das hattest du mir gar nicht erzählt, und mitkommen sollte ich ja nicht, sondern im Auto bleiben. Nur ein paar Meter, den Flur entlang, ich hätte nie gedacht, wie widerstandsfähig Kopfhaut ist; Bruno hat mich angefleht, ob sie sich nicht wenigstens anziehen dürften, man könne doch reden wie zivilisierte Menschen; tja, Irrtum, wenn's um Liebe geht, leben wir noch in der Steinzeit und bekämpfen uns mit Keulen. Ich scheiß auf die Zivilisation, hab ich gesagt und ihm so dermaßen eine gescheuert, dass es mir selbst in der Seele wehtat, sie war irgendwie abwesend, hat nur zugeschaut, wie wir uns gestritten haben oder vielmehr, wie ich mich mit ihm gestritten habe, während er mich beruhigen wollte, sanft auf mich eingeredet hat, vollgesülzt mit diesem Quatsch von der Kleinen Bruderschaft Panamerikas, aber ich war nicht zu bremsen: Du Arschloch, wie soll ich mich beruhigen, wo du gerade diese Schlampe gefickt hast?, und du, du dreckige Hure, fang schon mal an zu beten, du wirst mich nämlich noch kennenlernen, sie hat mich nur angestarrt, als wäre sie in einer anderen Dimension, was die wohl genommen hatte?, ich glaub nämlich nicht, dass die wirklich so cool war, wie ein Statue hat sie dagestanden, die Schlampe. Ich habe dich schreien hören und bin ausgestiegen, ich wollte dich nur zu gern unterstützen. Samantha verstummte, spürte etwas, das sie gar nicht kannte: den Drang zu weinen, am liebsten hätte sie weiter von Bruno gesprochen, den sie zu vermissen begann. An diesem Vormittag hatte ihr Sohn zwei Mal nach ihm gefragt, da war ihr bewusst geworden, dass er ihr fehlte, vor allem als César ihr von seinem Versprechen erzählt hatte, mit ihm im Ernesto-Millán-Park Ruderboot zu fahren. Am Frühlingsfeiertag, ist doch bald, oder? Sie trank ihren Gin aus. Scheißleben, es kommt immer anders, als man denkt. Mariana nahm sie in den Arm, als sie ihre feuchten Augen bemerkte. Schon gut, murmelte sie. Jetzt bist du die dumme Gans, du wirst mir wegen dieses Arschlochs doch nicht schwach werden oder gar zusammenbrechen. Sie saßen auf dem weißen Sofa in Marianas Wohnzimmer vor dem Fenster, durch das eine Brise hereinwehte. Das haben wir gemeinsam durchlitten, ich mehr als du. Mariana Kelly war hellhäutig und hatte kurze, schwarze Haare, eine raue Schönheit mit blauen Augen, denen man sich nicht entziehen konnte, sie war fast einen Kopf kleiner als Samantha. Sie küssten sich sanft. Ich verstehe auch nicht, was mit mir los ist, murmelte Samantha. Du musst es César sagen. Ja, das wäre das Beste. Luigi wedelte mit dem Schwanz.

Es klingelte. Sie erwarteten Ernesto Ponce, den Mariana abgrundtief hasste. Bitte, Sam, nicht mehr als fünf Minuten, sagte sie. Samantha hatte Spaß daran, sie ein bisschen zu quälen, nutzte ihre Eifersucht und Ängste aus, wann immer sich eine Gelegenheit bot, sie riss sich zusammen und nahm sich vor, sich vom Gringo ausführen zu lassen, wenn er halbwegs präsentabel war.

Aber der Gringo war geschmacklos angezogen, sein Schmuck wirkte billig. Guten Abend, Señorita Samantha; Señorita Mariana, wie geht's Ihnen? Gut, danke. Was ist los?, was gibt's so Dringendes?, hätte das nicht bis morgen Zeit gehabt?, polterte Samantha und zündete sich eine Zigarette an. Ponce nahm ihnen gegenüber Platz, in einem der schwarzen Ledersessel, modernes Design. Urteilen Sie selbst, Señorita, es geht um zwei Dinge: Erstens, Ihr Vater will den Tany Contreras nicht bezahlen, und ich fürchte, dass die ganze Sache auffliegt; vor zwei Tagen habe ich ihn darauf angesprochen, und er hat mich einfach auflaufen lassen, gestern Abend hat er mir wieder eine Abfuhr erteilt, wir hätten mit der Aktion so viel Staub aufgewirbelt, dass ihn sogar die Generalstaatsanwaltschaft angerufen hat. Diese Arschlöcher, diese Blutsauger, manchmal denke ich, dieser Idiot von Mendieta hat recht, wir füttern den Abschaum des Landes durch, und das Zweite? Ich habe den Eindruck, dass Tany es gar nicht war; sonst brüstet er sich gern mit seinen Taten, aber diesmal hat er keinen Ton gesagt. Vielleicht hast du zu schnell abgedrückt. Ernesto Ponce betrachtete seine Hände: er sah seine Magnum, und wie Contreras, am Herz getroffen, zusammensackte. Anschließend hatten seine Männer ihn kastriert und ihm die Zunge abgeschnitten. Contreras hatte es mit einem Mädchen getrieben, das einem seiner Jungs gehörte, und das musste gerächt werden. Die Sache ist aus dem Ruder gelaufen, wenn Sie verstehen, was ich meine. Ach ja? Wie dem auch sei, ich brauche dieses Geld. Und ich brauche meinen Anteil, aber ich kann Ihren Vater nicht länger hintergehen, das wäre der reinste Selbstmord. Wurde die Leiche identifiziert? Ja, aber das ist kein Problem, die Jungs haben ihn schon abgeholt und auf einer kleinen Ranch vergraben, soll ich ein Geschenk an Moisés Pineda schicken, für alle Fälle?, hab ich schon gemacht. Dann belass es dabei, man muss ja keine Perlen vor die Säue werfen; aber wenn wir es nicht waren, wer war's dann?, wer hat Canizales umgelegt? Mariana musterte sie. Wenn's keiner war, der noch eine Rechnung mit ihm offen hatte, hat er sich wohl selber umgebracht. Selbstmord scheidet aus, er wurde mit einer Silberpatrone erschossen, hatte keine Schmauchspuren an den Händen, und außerdem wurde in der Wohnung keine Waffe gefunden. Mariana entspannte sich, sie sah, dass zehn Minuten vergangen waren, und zwinkerte Samantha zu. Gringo, führst du mich zum Essen aus? Ponce verschluckte sich fast: Mit dem größten Vergnügen, Señorita. Mariana wurde bleich, aber das scherte Samantha einen Dreck, sie nahm ihre Tasche und stand auf.

Luigi stellte sich vor den Gringo und knurrte ihn an.

19

Mendieta wohnte in einem einstöckigen Haus, das seinem Bruder Enrique gehörte. Vier Zimmer, Küche, Garage und ein kleiner Garten nach hinten raus. Ger, die resolute Frau, die es in Ordnung hielt, weckte ihn um sieben: Zurdo, aufstehen, möchten Sie Ihre Machaca mit Ei? Ich hab Ihnen Tortillas mitgebracht, da können Sie bestimmt nicht Nein sagen, und das Wasser für Nescafé hab ich auch schon aufgesetzt. Ich konnte erst um vier Uhr einschlafen, hab mir drei Spielfilme, eine Reportage über vierhundert Jahre Don Quijote und ein Special über John Lennon angesehen, in dem Yoko Ono eine ihrer Brüste zeigt. Sie sind mir vielleicht einer, Männer müssen früh aufstehen und zur Arbeit gehen, die Pistole habe ich schon geputzt, und Ihre Kleidung liegt auch bereit. Die Pistole? Das mache ich nicht zum ersten Mal, vergessen Sie nicht, dass mein Vater beim Militär war. Wann bist du überhaupt gekommen? Ich hab keine Uhr, was ich verdiene, reicht gerade mal fürs Essen, bei den Preisen heutzutage kann ich mir keine Uhr leisten; stehen Sie auf, ich muss nämlich gleich los, zu einem Elterntreffen in der Schule, Marco Antonio hat mal wieder was ausgefressen. Der Sohn von Buki? Wer sonst?, hat sich nicht verändert, der Lausejunge, nur dass ihm jetzt die ersten Barthärchen sprießen. Und deine Tochter? Welche, die von Chespirito oder die von Vicente Fernández? Die von Chespirito. Die ist in die Hauptstadt gefahren, um ihren Vater zu besuchen, mit zwei Theaterstücken im Gepäck, die sie selber geschrieben hat, er soll sie sich mal ansehen, wirklich witzig, was sie schreibt, kaum fängt man an zu lesen, kommen einem schon die Tränen vor Lachen, denken Sie nur, wenn die erst mal aufgeführt werden. Trotzdem, das mit Santana glaub ich dir nicht. Ich schwör's Ihnen bei Gott, es war in Tijuana, er war so jenseits von Gut und Böse, dass sich nicht mehr viel bei ihm gerührt hat, und Joan Manuel Serrat hatte keine Lust, ein echter Gentleman, ach, wie gern hätte ich ein Kind von ihm, damals habe ich nicht weiter insistiert, weil ich meine Tage hatte, sonst hätte ich noch einen Musiker in der Familie.

Möchten Sie noch mehr Tortillas? Danke, ich bin satt. Dann schenke ich Ihnen noch Kaffee nach, in Ihrem Job brauchen Sie Energie, essen Sie schön auf, Zurdo, und rasieren Sie sich, Sie wollen doch nicht aussehen wie ein Penner, gestern hab ich ein Auge zugedrückt, weil keine Zeit war, aber heute gehen Sie mir so nicht aus dem Haus, wie war's in Mazatlán, alles gut gelaufen? Mehr oder weniger, hör mal, du verlangst doch wohl nicht, dass ich noch mal ins Bad gehe. Warum nicht? Bevor Sie nicht anständig aussehen, setzen Sie mir keinen Fuß vor dir Tür, wie gesagt, Ihre Mutter, Gott hab sie selig, würde es mir nicht verzeihen, Sie so verlottert unter die Leute zu lassen. Gegen dich kommt man einfach nicht an, er stand auf und ging sich rasieren.

Kaum hatte er das Handy eingeschaltet: Kavallerie. Mendieta. Spielverderber, wieso hast du das Mäuschen wieder mitgenommen?, sie hätte hier so viel Spaß haben können, nachts hätte sie es schön warm gehabt, Rundumservice. Du hast ihr gefallen, hat sie mir gesagt, sie steigt aber erst mit dir in die Kiste, wenn du zwanzig Kilo abgenommen hast, in deinem jetzigen Zustand hat sie nämlich Angst, du kriegst einen Herzinfarkt, was gibt's Neues? Dein Tänzer ist wie vom Erdboden verschluckt, aber er muss noch hier sein, gestern haben wir auf dem Crestón eine Razzia durchgeführt, oben beim Leuchtturm, alle Festgenommenen wurden verhört, aber Fehlanzeige, nicht mal gekannt haben sie ihn. Okay, schick mir den Bericht per Mail. Könnte Gris Toledo ihn nicht persönlich abholen? Von mir aus, aber mail ihn mir trotzdem.

Auf seinem Schreibtisch fand er eine Nachricht von Guillermo Ortega vor. Er ging zu ihm ins Büro, wo sich überall Krimskrams stapelte, Überbleibsel von zighundert Fällen, gleich daneben lag das Labor. Alles klar, Meister, hör mal, bevor ich's vergesse, mein Sohn muss einen Aufsatz über *Pedro Páramo* schreiben, das Buch hast du doch bestimmt, kannst du's mir leihen? Sei nicht so geizig und kauf deinem Sohn gefälligst ein Exemplar, kostet nicht mal hundert Pesos. Aber wenn du das Buch doch hast, warum soll ich Geld dafür ausgeben? Damit du wenigstens eins zu Hause hast. Bah, wenn die Prolls jetzt auch noch intellektuell werden, ist die Welt nicht mehr zu retten. Ist zwar ein gefährliches Buch, aber passieren wird eh nichts, dein Sohn ist dir so ähnlich, dass er nicht über den Klappentext hinauskommen wird, darauf verwette ich meinen Arsch. In meinem Leben war Lesen so unnötig wie ein Kropf, also kann der Junge nicht ganz verkehrt liegen, trotzdem, ich will nichts riskieren, also halt die Klappe und leih's ihm; okay, ich hab zwei Dinge für dich, auch wenn ich weiß, dass du ein Loser bist und den Schuldigen nie finden wirst. Da hast du recht, die Schuldigen finden nämlich mich. Solange sie auf der Suche nach dir sind, soll's an uns nicht scheitern, also: auf beiden Exemplaren von *Nachrichten aus dem Imperium*, auf dem, das ich dir gegeben habe, und auf dem, das ich hier habe, wimmelt es von Paola Rodríguez' Fingerabdrücken, das, das ich dir gegeben habe, war von ihr, und wenn ich mich recht erinnere, waren darauf auch seine Fingerabdrücke und welche von Unbekannt; was die Silberpatronen betrifft, da gibt es eine Fabrik in Tucson, hier die Adresse und Telefonnummer, und jetzt darfst du mir die Eier küssen, und vergiss das Buch für Memo nicht. Merkwürdig, dass er sich die Hausaufgaben nicht aus dem Internet runtergeladen hat. Hat er, aber der Blödmann von Lehrer ist ihm auf die Schliche gekommen. Hab ich's nicht gesagt?, ganz der Vater. Treib's nicht zu weit, meine Familie ist mir heilig. Wie sie denn deine ist.

Kaum war er aus Ortegas Büro, hatte er Lust zu rauchen.

Zurück an seinem Schreibtisch, zündete er sich eine Zigarette an.

Er ging die Notizen in seinem Palm durch: »Brun Caniz Paol da ver üp.« Was soll das heißen? »Ripal, Parf, nac&h Verd, Pa%l Rodrix, F Ald, p3, Queteco V&ld M Kell, Saman Va., Laur%, 46Z%&f!?tQ.« Da hab ich mir wohl einen Virus eingefangen. Er stellte das Gerät aus und warf es in die rechte Schublade. Die Technik und ich werden in diesem Leben keine Freunde mehr. Wenn Laura Frías recht hat, könnte jeder der Mörder sein, sogar Paola Rodríguez, die ihr Versprechen mehr als erfüllt hat; da wären also: Paola, Samantha, Mariana, Frank Aldana, der Queteco Valdés. Dazu die Leute von der KBP: Ripalda, Figueroa, Dania, auch Laura selbst. In welchen Zeiten leben wir eigentlich?, da himmelt alle Welt einen Mann an, und plötzlich ist er suspekt, was wirft man ihm vor? Ein Gott zu sein, um nicht zu sagen: ein Heuchler. Wenn sogar John Lennon ermordet wird, dann diese arme Sau erst recht, niemand kommt gut mit allen aus, wenn's anders wäre, hätten sie ihn nicht umgelegt. Neue Freunde? Laura sagt, davon wüsste sie nichts, aber so nett, wie der Typ war, darf man es nicht ausschließen. Ein Auftragskiller, geschickt vom Vater? Motiv: weil er ganz nach oben will. Möglich, warum?, welche Gefühle weckt ein Mensch mit diesen Eigenschaften in seinem Umfeld? An manchen Tagen ein Zuckerbaby, wenn man Laura glauben durfte, und an anderen ein Kotzbrocken, liebevoll zu den Kindern, toller Liebhaber, guter Freund; ich muss mit seiner Mutter sprechen, sie hat er angerufen, um ihr zu sagen, wie glücklich er ist.

Aus wie vielen Facetten besteht der Mensch? Verbrechen aus Leidenschaft, aus Rache? Könnte auf alle Verdächtigen zutreffen, es war allerdings ein Kopfschuss, und es gibt keine Spuren von roher Gewalt, dieser Respekt vor der Leiche spricht eine andere Sprache, und was hat es mit den Silberpatronen auf sich?, dem Duft?, hat in dieser Stadt schon mal ein Mörder Silberpatronen benutzt? Keine Ahnung. Ich muss in Tucson anrufen. Jeder Mörder möchte etwas mitteilen, was will dieser Mörder sagen?, was ist sein Ziel?, wen will er provozieren?, er zündete sich eine Zigarette an, die Gesellschaft?, die Polizei? Hat er Geld? Besitzt er Grundstücke, Häuser, Kunstwerke?, hat er sein Testament gemacht?

Gris kam mit einer Diätcola herein: Schmeckt's? Gesüßtes Gift. Er rief in Tucson an.

Nach zwei Frauen hatte er schließlich Gary Cooper in der Leitung, den leitenden Manager von Tucson Weapon Ltd. Ich bin Detective Edgar Mendieta von der mexikanischen Bundespolizei und hätte einige Fragen an Sie. Ich war schon seit Jahren nicht mehr in Mexiko, sind die Straßen immer noch in einem so verheerenden Zustand?, damals lagen überall tote Hunde herum, wie in einem Dorf. Der Detective ignorierte die Bemerkung und kam gleich zur Sache: Wie viele mexikanische Kunden haben Sie? Sie glauben doch nicht im Ernst, dass ich die Namen meiner Kunden preisgebe? Ich will nur wissen, ob auch Mexikaner darunter sind. Jede Menge, aber mehr sage ich nicht, ich habe keine Lust, meine Zeit mit einem Beamten der korruptesten Polizei der Welt zu verschwenden. Wie viele davon stammen aus Sinaloa? Etwa zwanzig, wie gesagt, Namen bekommen Sie nicht von mir, das können Sie sich abschminken. Und diese Kunden kaufen alle Silberpatronen? Sie sind ja wohl der dümmste Polizist, den mir je untergekommen ist. Das können Sie den Kollegen von Interpol ausrichten, die Ihnen bestimmt gern mal einen Besuch abstatten würden. Sollen sie kommen, meine Bücher sind in Ordnung, Sie haben kein Recht, mich zu behelligen. Mendieta änderte seine Taktik: Bitte entschuldigen Sie, Señor Cooper, ich bin Ihnen für Ihre Kooperationsbereitschaft sehr dankbar, wir haben es hier nämlich mit einem Psychopathen zu tun, der US-Amerikaner mit Silberpatronen erschießt, und das FBI hat uns um Zusammenarbeit gebeten, Ihre Auskünfte genügen mir vorerst, wenn Sie mal in der Gegend sind, führe ich Sie gern in die Sierra de las Siete Gotas, dort wimmelt es nur so von Hochwild, Ozeloten und Jaguaren. Von dieser Gegend habe ich schon gehört. November wäre ideal, da beginnt die Jagdsaison, die Kosten übernimmt die Bundespolizei. Verstehe, dann geben Sie mir doch mal Ihre E-Mail-Adresse; ah, noch was, sagen Sie Ihren Freunden von Interpol, dass ich mich kooperationsbereit gezeigt habe. Keine Angst, die mexikanische Polizei hat alles unter Kontrolle.

Eine Stunde später druckte er eine Liste mit achtzehn Namen aus.

Den Ersten auf der Liste, Carlos Alvarado, fand er im Telefonbuch. Agrícola Culiacán, meldete sich eine Frau. Ich hätte gern mit Señor Alvarado gesprochen. Senior oder Junior? Senior. Eine freundliche Stimme: Wie kann ich Ihnen helfen? Mein Name ist Bond, James Bond, dachte er, sagte aber: Hier ist Edgar Mendieta von der Bundespolizei, Sie haben Silberpatronen bei einer Firma in Tucson gekauft, darf ich fragen, wozu Sie die benutzen? Ach, darum geht's, Sie haben mir einen gehörigen Schreck eingejagt, wenn einen die Polizei anruft, befürchtet man immer das Schlimmste, bitte nehmen Sie mir diese Bemerkung nicht übel; vor etwa fünf Jahren habe ich einen guten Freund von mir, Federico Villegas – er möge in Frieden ruhen –, nach Tucson begleitet, Federico hat diese Dinger gern verschenkt, da habe ich auch eine Schachtel gekauft, die ist immer noch vollzählig und steht jetzt in der Vitrine, als Kuriosum. Wann ist dieser Freund von Ihnen gestorben? Vor drei Jahren. Könnten Sie mir die Telefonnummer eines Familienangehörigen geben? Selbstverständlich, ich geb Ihnen die von Ernestina, einer Freundin von mir, 5139831, sie wohnt in Chapule, in der Doctor Romero, das sind die Besitzer von Landwirtschaftsgeräte Villegas, einer alteingesessenen Firma hier im Tal. Kennen Sie sonst noch jemanden, der Silberpatronen verwendet? Ich kenne jede Menge Leute, die gern schießen, aber nicht mit Silberpatronen, die sind viel zu teuer, ich hab rund dreißig Dollar pro Patrone bezahlt, und das war vor fünf Jahren, die verschenkt man höchstens. Ich danke Ihnen für Ihre Hilfe, Don Carlos. Teniente Mendieta, darf ich Sie was fragen, bevor wir auflegen, wie ist der Stand der Dinge im Fall Canizales? Erzählen Sie's nicht rum, aber wir stehen kurz davor, den Mörder zu schnappen. Wir wären Ihnen sehr verbunden, wenn Sie uns über die Ermittlungen auf dem Laufenden halten könnten, der Ingenieur ist hier in Palacio nämlich sehr beliebt. Palacio scheint genau das richtige Fleckchen Erde für ihn zu sein. Das finden wir auch. Vielen Dank noch mal, Don Carlos. Nichts zu danken, Capitán, stets zu Ihren Diensten.

Gris und Angelita kümmerten sich um die anderen Personen auf der Liste. Elf waren gestorben, und außer Don Carlos und Ernestina de Villegas, die gerade auf Reisen war, lebte der Rest in den USA, was die Anrufe zu einer kostspieligen Angelegenheit machen würde. Sie überprüften lieber die Namen, keiner hatte eine Vorstrafe, alle waren schon älter und stammten aus mächtigen Familien. Diese Liste brachte sie nicht weiter, die Leute waren zu alt, gab es auch jüngere Leute, die Silberpatronen benutzten?, und wenn ja, wo kauften die ihre Munition? Nein, es war eine Sackgasse, er beschloss, diese Spur vorerst nicht weiterzuverfolgen. Sie mussten sich was anderes überlegen. Ein Profi weiß, dass sich die Wahrheit immer dort versteckt, wo keiner sie vermutet.

Mit diesem Gedanken im Kopf fuhr er noch mal zu Canizales' Wohnung.

Was suchte er? Wenn er das bloß wüsste.

20

Figueroa ergriff das Wort: Ich habe euch heute so früh zusammengerufen, weil ich der Meinung bin, dass wir ein bisschen Druck ausüben müssen, sonst kriegt der Mörder unseres Kollegen und Freundes Bruno Canizales nie, was er verdient, wenn wir es einfach laufen lassen, wird unsere nichtsnutzige Polizei den Fall zu den Akten legen, das ist so sicher wie das Amen in der Kirche. Moreno, schlank, weiß gekleidet. Das dürfen wir auf keinen Fall hinnehmen, wir sollten uns an die Medien wenden, Zeitungen, Radio, alles, und unserem Unmut Ausdruck verleihen; am besten wir gründen zwei Ausschüsse, der eine schickt einen Bericht an das Büro der UNO-Menschenrechtskommission, der andere redet mit dem Polizisten, der mit dem Fall betraut ist, oder besser noch, mit seiner Assistentin; wenn sie nicht reagieren, wenden wir uns eben an ihren Vorgesetzten oder gleich an den Staatsanwalt. In dem weißgestrichenen Büro der KBP hörten ihm zehn Personen gelangweilt zu; nur Laura Frías und Dania Estrada zeigten wirklich Interesse, Letztere ergriff das Wort: Wir sind ganz deiner Meinung, unsere Organisation darf nicht untätig bleiben, unseren Freund können wir nicht wieder lebendig machen, aber wir dürfen nicht zulassen, dass der Mörder einfach so davonkommt. Laura und ich nehmen uns den Polizisten und seine Assistentin vor; also, wer kümmert sich um das Schreiben an die Presse? Niemand. Eine Fliege setzte sich auf einen Schuh. Wer kontaktiert das Menschenrechtsbüro? Auch keiner. Na gut, ich schreibe den Brief, meldete sich schließlich Figueroa, und ich bringe ihn persönlich im Menschenrechtsbüro vorbei, zum Gedenken an unseren Freund und zum Wohl der KBP, aber jetzt lasst uns zu den anderen Punkten übergehen, erstens: soll Doktor Ripalda weiterhin für uns arbeiten? Weil keiner seine Meinung äußerte, beantwortete er die Frage selbst, Meditation sei wichtig für das spirituelle Wachstum, für jeden einzelnen, aber auch für die Welt im Allgemeinen, Doktor Ripalda könne vorerst bei ihm übernachten. Anschließend hielt er einen Vortrag über globale Erwärmung und das Ozonloch, ohne dass ihm jemand zuhörte.

Nach dem Treffen rief Laura Mendieta an, aber sein Handy war ausgeschaltet.

21

Drei Uhr Nachmittag. Strahlender Sonnenschein. In der Buchhandlung Mexico in der Avenida Obregón kaufte er ein Exemplar von *Pedro Páramo*. Bevor er zu Canizales fuhr, machte er halt im El Cotorra de la R und genehmigte sich ein Ceviche, zwei Bier und einen Teller Schnecken, die ihm anschließend schwer im Magen lagen. Wie sagt Rudy immer: Das Essen war nur dann gut, wenn's hinterher ein bisschen wehtut.

Er hielt vor dem Haus. Das gelbe Band lag auf dem Boden, nirgends ein Polizist. Er blieb im Auto sitzen und betrachtete die Fassade, die Tür, die offene Garage, das Auto, die Blumen und das weiße Gitter. Hier ist vor ein paar Tagen ein Mensch ermordet worden, dachte er, jemand, der diesen Menschen kannte, ist durch diese Tür gegangen und hat ihn erschossen, sind sie zusammen angekommen?, hat der Mörder draußen oder drinnen gewartet?, war das Opfer schon zu Hause?, warum? Mit seiner Flucht hat Aldana sich zwar verdächtig gemacht, aber mein Gespür sagt mir, dass er es nicht war; wer jemanden ermorden kann, dem geht etwas ab, was Aldana im Übermaß besitzt: die Fähigkeit zu trauern. Und wie ein Verbrechen aus Leidenschaft sieht es nicht aus; manche Täter wissen ganz genau, wie die Polizei tickt, könnte es also sein, dass jemand es nur wie einen kaltblütigen Mord inszeniert hatte? Durchaus möglich, dieser blöde Palm, ich muss mal wieder ins Notizbuch schreiben. Parfüm. Er ist zusammen mit dem Mörder nach Hause gekommen und wurde erschossen, bevor er sich den Pyjama anziehen konnte; nein, der Mörder hat auf ihn gewartet; nein, er hat ihn erschossen, bevor er sich hingelegt hat, und ihn dann aufs Bett verfrachtet. Schade, dass Montaño seinen Mageninhalt nicht analysieren konnte, oder sonstige Körperflüssigkeiten, egal, nicht so schlimm, vermutlich würde das auch nicht weiterhelfen. Es ging so schnell, dass er sich nicht wehren konnte; hatte er Schmauchspuren im Gesicht? Wenn er aus nächster Nähe erschossen wurde, müssten da ja welche sein; und wenn es die Drogenmafia war? Die wären nicht so zimperlich vorgegangen, schon gar nicht, wenn der Queteco Valdés sie geschickt hat, die fühlen sich so unangreifbar, dass sie immer übertreiben. Das mit den Schmauchspuren lässt sich jetzt nicht mehr klären. Paola, hast du erst ihn und dann dich selbst getötet, so wie du es angekündigt hattest? Erzähl's mir; du hast nach vier Uhr dreißig noch mal angerufen, wieso? Weil du es nicht warst, logisch. Wo kann man in dieser Stadt Silberpatronen kaufen? Don Carlos hat seine alle noch. Mariana Kelly ist in Guadalajara geboren, im Mai wird sie vierunddreißig, hat sie womöglich die Munition besorgt?, hat jemand einen Auftragskiller engagiert?, wer kommt sonst noch in Frage? Der Vater, der Präsident werden will, der Bruder, der ihm nachgeeifert hat, der Anwalt, der ein Arschloch ist, die Leute von der KBP, Laura, ein Einbrecher, Mónica Alfaro, seine Assistentin, ein Stricher, den er auf dem Boulevard Sinaloa aufgegabelt hat, ich, die Opfer der Narcos, Gris, Pineda. Alle sind wir schuldig, solange nicht das Gegenteil bewiesen ist. Ich muss den Queteco Valdés verhören.

Er stieg aus und nahm den Sedan unter die Lupe, der in der Garage stand. Unter den verwelkten Rosen stach eine rote Knospe hervor. Die Scheiben waren verschmutzt, Insekten klebten daran, der typische Dreck einer Überlandfahrt, auch vorn am Kühler; Canizales war ein Ordnungsfanatiker, aber sein Auto ist verdreckt. In sein kleines Notizbuch schrieb er: »Auto schmutzig«. Wie man einen Palm benutzt, würde er schon noch lernen. Er öffnete die blaue Haustür, auf der laut Spurensicherung die Fingerabdrücke von Jack the Ripper waren, sprich: von allen möglichen Leuten, viel Spaß bei der Tätersuche. Im Wohnzimmer fiel sein Blick auf das Bild von Kijano, Grautöne, in der Mitte eine rothaarige Nymphe. Jeder Pinselstrich ein Lockruf des Lebens, der Sinnlichkeit, des Genusses. Paola Rodríguez? Vielleicht. Mit seiner subtilen Formensprache gelang es dem Maler, die gleiche Leere zu erzeugen, wie sie die Fotos in ihrem Zimmer zeigten.

Würdest du mit einer traurigen Frau schlafen? Nein, würdest du nicht, du standst mehr auf Frauen mit rauer Stimme.

Makellose Sauberkeit im Gästezimmer. Ebenso im Bad. Alles an seinem Platz. Auch im Arbeitszimmer. Die Computerverpackung ordentlich verstaut. Er zog eine Schublade nach der anderen auf. Kaum Unterlagen. Kurzer Blick auf die Telefonrechnung vom Dezember. Ortsgespräche. Ferngespräche, eins nach Mexiko-Stadt, und eins nach Palm Springs am 24. Er steckte die Rechnung ein.

Das Zimmer, in dem man die Leiche gefunden hatte, war unverändert, nicht einmal die Laken hatte man entfernt. Er ging noch mal alles durch, erst im Geist, dann in der Wirklichkeit, die vor ihm lag. Irgendwie hatte er das Gefühl, dass beides nicht deckungsgleich war.

Er rief Guillermo Ortega auf dem Handy an. Ortega ging nicht ran. Dann probierte er es bei ihm zu Hause. Seine Frau wies ihn darauf hin, dass er gerade Siesta hielt.

Sarita, weck ihn bitte auf, meine Frage ist dringend. Zurdo, ihr bringt mir meinen Mann noch um, der Arme kommt ja überhaupt nicht mehr zur Ruhe, offenbar werden im Moment so viele Leute wie noch nie getötet, und mein Mann muss sich um jeden einzelnen Fall kümmern, er hat diese täglichen Narcoopfer einfach satt, verstehst du? Bitte, Sarita, geht ganz schnell, er muss nur kurz antworten, dann kann er sich wieder hinlegen, versprochen. Typisch, nur weil du niemanden hast, der für dich sorgt. Jetzt sei nicht so, er könnte längst wieder schlafen. Ach, Zurdo, du bist so was von rücksichtslos. Wehe, es ist nicht wichtig, sagte Ortega. Bist du wach? Mein Herzblatt hat mich mit ihrem Geschrei geweckt. Okay, Frage: habt ihr Canizales' Auto untersucht? Ich glaub ja, ein Vectra, Baujahr 2004 oder 2005, innen top, außen voller Spinnweben, den Bericht schick ich dir dann. Und die anderen Zimmer? Ebenfalls, aber wir haben nichts gefunden, du hast ja mitgekriegt, dass wir praktisch rausgeschmissen wurden. Hör mal, du musst mir einen großen Gefallen tun, ich hab da so einen Duft gerochen, in Canizales' Zimmer, und der will mir nicht mehr aus der Nase, ein starker Duft, durchdringend, vielleicht ist das eine wichtige Spur. Warum hast du nur so großen Spaß daran, mir immer noch mehr Arbeit aufzuhalsen? Damit du keinen Bauch kriegst. Ich krieg gleich was ganz anderes. Danke, altes Haus, träum was Schönes.

Kaum war er im Büro, Kavallerie: Wie geht's, du Faulpelz. Gut, nur dass ich schuften muss wie ein Irrer, wenn ich dieses Jahr keinen Orden kriege, weiß ich auch nicht. Seit wann bist du so ehrgeizig?, noch dazu bei dem Chef, den sie dir da vor die Nase gesetzt haben. Sprich nicht so über meinen Chef, kapiert?, du kennst ihn nicht, wie er zwischen allen Parteien vermittelt, das ist phänomenal. Dabei sieht sein Gesicht so aus wie meine Eier. Das können nur du und er beurteilen. Hör mal, dein Tänzer hat sich in Luft aufgelöst, und ich muss mich um zwei Fischer kümmern, die auf hoher See mit einer Kalaschnikow weggepustet wurden, du kannst dir ja denken, woher der Wind weht; heute Morgen bin ich zu der Tanzschule gegangen und hab mich mit Aldanas Kollegen unterhalten, du, da liefen Weiber rum, für die würde ich einen Herzinfarkt riskieren, ich war richtig geblendet von so viel Schönheit, und die Direktorin ist ja auch ein heißer Feger. Warum belegst du nicht mal einen Kurs? Wäre eher was für deine Mutter, Gott hab sie selig, sie lachten; jedenfalls ist niemandem was Merkwürdiges aufgefallen, Freitagabend war er platt wie alle anderen, einer glaubt gesehen zu haben, wie er gegen zwölf aus dem Shrimp Bucket kam, in Begleitung eines Mannes, der größer war als er, aber er ist sich nicht sicher; das lässt ihm immer noch genügend Zeit, um nach Culiacán und wieder zurück zu fahren; er war oft im Café Altazor, also habe ich den Besitzer gefragt, einen Journalisten, der prinzipiell eine Scheißlaune hat, und der hat ihn aus der Schule rennen sehen, und rein in eine Pulmonía, du weißt schon, diese offenen Taxis, und ab zum Kai; mehr hab ich nicht. Dir ist hoffentlich klar, dass ich mir nur deshalb den Arsch aufreiße, damit du mir deine süße Assistentin Toledo vorbeischickst, hübsches Ding, 1-A-Hintern, und ihre Brüste sind auch vom Feinsten, klein, spitz, wenn ich an denen mal nuckeln dürfte, würde ich endlich erwachsen werden. Wäre auch Zeit. Was hat diese Frau eigentlich bei der Verkehrspolizei gemacht? Den Leuten über die Straße geholfen. Und wer ist auf die Idee gekommen, sie zu euch zu holen?

Ich, sie besitzt eine räumliche Intelligenz, da können die meisten von uns nicht mithalten. Außer dir natürlich, schließlich bist du zur Uni gegangen. Und außer dir, schließlich hast du dir die Uni schon mal von außen angeschaut. Siehst du, noch ein Grund mehr, sich bestens zu verstehen, zu heiraten und viele räumlich intelligente Kinderchen zu kriegen, deren glücklicher Patenonkel du sein wirst, hör mal, was macht eigentlich die Blondine? Welche Blondine? Du kannst mich mal, du Idiot, wenn du weiterhin den Blödmann spielst, wird es schlimm enden mit dir. Jetzt mach mal halblang. Wir sehen uns. Vergiss deine Sonnencreme nicht.

Angelita stand in der Tür: Chef, Abelardo Rodríguez sucht Sie, der Vater von Paola, soll ich Ihnen was zu trinken holen? Wenn du zum Oxxo gehst, bring mir einen Kaffee mit, er streckte ihr einen Geldschein hin, und Gris? Besorgt sich gerade eine Diätcola, spendieren Sie mir auch eine? Zwei.

Señor Rodríguez trat ein, khakifarbene Arbeitskleidung und Bauarbeiterschuhe, Alkoholfahne. Versprochen ist versprochen, Mendieta, hier ist der Waffenschein, soll ich ihn hierlassen oder machen Sie eine Kopie? Setzen Sie sich einen Augenblick, Señor Rodríguez, möchten Sie was trinken? Haben Sie einen Kaffee? Davon würde ich eher abraten, unser Budget reicht nur für gefärbtes Wasser. Das macht nichts, er setzte sich an einen Schreibtisch, auf dem ein kaputter Computer verstaubte. Sie wissen ja, ich habe immer meinen eigenen Vorrat dabei; er überhörte die Anspielung. Wie ich sehe, kommen Sie gerade von der Arbeit. Trauer hin, Trauer her, das Leben muss weitergehen, wie kommen Sie im Fall Canizales voran? Schleppend, der Täter ist nicht so leicht zu fassen, aber wir kriegen ihn schon, verlassen Sie sich drauf. Das haben sie auch in *Wächter der Nacht* gesagt. Diese Journalisten fantasieren sich alles Mögliche zusammen, das dürfen Sie nicht immer glauben. Hoffentlich lösen Sie den Fall bald, sonst schmälert es noch die Chancen des Herrn Ingenieurs, vermutlich wissen Sie, dass seine Partei ihn ins Rennen um das Präsidentenamt schicken will. Der ideale Kandidat. Wäre schlimm, wenn er jetzt darüber stolpern würde. Señor Rodríguez, ich hätte noch einige Fragen zu Ihrer verstorbenen Tochter, eigentlich wollte ich Sie nicht damit behelligen, aber wo Sie schon mal hier sind: Glauben Sie, dass zwischen dem Tod von Canizales und dem ihrer Tochter ein Zusammenhang besteht? Darüber habe ich auch schon nachgedacht, Sie haben ja gehört, was Beatriz gesagt hat, Paola hat ihm gedroht für den Fall, dass er sie verlassen sollte, aber ich kann es mir einfach nicht vorstellen. Canizales wurde mit einer Silberpatrone erschossen. Ach ja?, woher sollte meine Tochter eine Silberpatrone haben? Wo hat Paola schießen gelernt? Von mir, ich hab's ihr als junges Mädchen beigebracht, als wir in den Bergen ein Haus gebaut haben, dort hat sie tagelang geübt; später ist mir klar geworden, dass sie depressiv ist, und ich habe es bereut, leider konnte ich es nicht mehr ungeschehen machen. In der Nacht vor ihrem Tod, haben Sie da mit ihr gesprochen? Nein, sie hat nicht mal mit uns zu Abend gegessen, ihre Mutter und sie kamen nicht gut miteinander aus, deshalb hat sie oft allein gegessen. Sind Sie an besagtem Abend weggegangen? Ja, gegen neun, ich hatte noch geschäftlich in Tijuana zu tun, wo es eine Stunde früher ist, wie Sie wissen, mein Computer zu Hause hat leider keine Webcam; gegen Mitternacht war ich wieder zurück. War außer Ihnen noch jemand im Büro? Der Nachtwächter, keine der Antworten kam zögerlich. Señor Rodríguez, vielen Dank, Ihren Waffenschein lassen Sie bitte hier, ich bringe ihn dann bei Ihnen vorbei. Es wird mir ein Vergnügen sein, Sie zu einem Drink einzuladen, aus richtigen Gläsern, diese Plastikdinger sind ja fast eine Beleidigung. Gern, Ihre Frau ist soweit wohlauf? Sie wird darüber hinwegkommen, schwerer getroffen hat es meine Tochter, sie hat mich gefragt, ob sie in der Hauptstadt Theater studieren darf. Es ist hart, eine Schwester zu verlieren. Sie waren ein Herz und eine Seele, ich werde ihr den Wunsch wohl erfüllen, Paolas Spanienträume sind damals geplatzt, das soll mir mit Beatriz nicht passieren. Eine kluge Entscheidung. Noch was, das Stück, in dem sie auftritt, heißt *Muchacha del alma*, ich hab's mir angesehen. Können Sie's mir empfehlen? Nicht wirklich, da wird mir zu viel gefummelt. Sie verabschiedeten sich.

Der Waffenschein war vom Sekretariat des Verteidigungsministeriums ausgestellt worden und gültig.

Er hatte keine Lust, noch weiter im Büro herumzuhocken, aber für einen ersten Drink war es noch zu früh. Er nahm sein Notizbuch zu Hilfe, um seine Gedanken zu ordnen, aber sein Gekritzel war vollkommen unleserlich, das ist ja schlimmer als mit dem Palm. Was ist nur los mit mir?, bin ich schon völlig verblödet? Er brach auf und saß zwanzig Minuten später im Kino, *Capote*. Als er Popcorn kaufen wollte, lief es ihm eiskalt über den Rücken.

22

Sechs Uhr morgens. Minerva betrat das kleine Büro ihres Mannes, in der Hand einen dampfenden Kaffee. Valdés machte Abrechnungen, schrieb Zahlen in ein Notizbuch, der Schreibtisch war überhäuft mit Dollarbündeln verschiedenster Noten. Guten Morgen, wie geht's uns heute? Dieser Duft bringt mich um, er nahm die Tasse und nippte daran. Willst du ihn hier trinken?, du hast nämlich Besuch. Wer? Hildegardo Canizales, er sagt, ihr seid verabredet. Stimmt, ruf Ulises her, er soll die Gelder ausbezahlen, was übrigbleibt, kommt erst mal auf eine der drei Banken, die ich ihm noch nennen werde, und kann später überwiesen werden. Kaimaninseln oder Schweiz? USA, das ist sicherer, er weiß Bescheid, sollte er trotzdem Fragen haben, hier steht alles drin, er deutete auf das Notizbuch. Führ den Ingenieur in das Gartenzimmer. Werden wir ihn unterstützen? Wir schauen erst mal, was er anzubieten hat. Mach ihm keine zu großen Hoffnungen, du weißt ja, was man über das Gartenzimmer sagt: Wen du dort empfängst, der kriegt alles, was er will. Die Gegenpartei habe ich auch dort empfangen. Wäre schade, wenn das Gartenzimmer seinen Mythos einbüßen würde. Übrigens, wir werden vorerst nicht auf die Ranch ziehen. Warum? Im Moment herrscht zu viel Wirbel, gestern wurde mir zugetragen, dass die Regierung hart durchgreifen will. Na und? Ich kann nicht abtreten, ohne eine neue Ordnung auszuhandeln. Was willst du vorschlagen? Den Drogenhandel zu legalisieren, sie lächelte. Meinst du, sie werden deinem Vorschlag folgen? Natürlich nicht, auch er lächelte. Verstehe.

Hildegardo Canizales setzte ein trauriges Gesicht auf, als der Capo ihm sein Beileid bekundete: Danke, Don Marcelo, er war mein ganzer Stolz, ein wunderbarer Junge mit einer großen Zukunft; manchmal haben wir an Gottes Willen schwer zu tragen, aber was soll man tun? Man muss nach vorn schauen, Ingenieur, das Leben geht weiter, dem können wir uns nicht entziehen, womit kann ich Ihnen dienen? Sie setzten sich, Valdés schenkte seinem Gast Kaffee aus der Thermoskanne ein und nahm einen Schluck aus seiner Tasse, die Bodyguards waren wachsam. Vertreter aller drei Flügel meiner Partei haben ein Interesse daran, dass ich mich zur Wahl stelle, nach der Beerdigung meines Sohnes haben sie mir zu Hause ihre Aufwartung gemacht und diesen Wunsch an mich herangetragen, zuerst habe ich abgelehnt, da haben sie gelächelt und mir das Versprechen abgenommen, es mir noch einmal zu überlegen, obwohl es nichts zu überlegen gebe, er machte eine Pause, Valdés betrachtete ihn unvoreingenommen, ich habe sie darauf hingewiesen, dass ich eine solch wichtige Entscheidung nicht treffen kann, ohne vorher Sie konsultiert zu haben, deswegen bin ich hier. Valdés nickte beifällig, nahm wieder einen Schluck Kaffee: Es wäre von großem Nutzen, wenn Sie dieses Amt bekleiden würden, von Ihrem innerparteilichen Konkurrenten halte ich nicht viel. Ihr Wunsch ist mir Befehl, es liegt jetzt alles an Ihnen. Der Capo nickte zustimmend, begriff, dass Canizales ein guter Kandidat war, zumindest besser als alle, die bisher um seine schützende Hand gebeten hatten; es könnte sich durchaus lohnen, die zwei Millionen Dollar zu investieren, um den Ingenieur nach ganz oben zu befördern. Durchaus. Ingenieur, ich freue mich über Ihre Ambitionen und bin bereit zu investieren, was nötig ist, aber unter einer Bedingung. Wie gesagt, Don Marcelo, Ihr Wunsch ist mir Befehl. Ich möchte, dass Sie die Banken und das Großkapital mit ins Boot holen, die riskieren nämlich nie etwas und fordern ihr Stück vom Kuchen, wenn er längst gebacken ist, außerdem kriegen sie den Hals nicht voll. Sie können sich darauf verlassen, Don Marcelo. Ich werde Ihnen eine Liste mit den Namen zukommen lassen, damit Sie wissen, wen ich mit dabei haben will. Sie nippten wieder an ihren Tassen. Da ist noch eine Sache, die mir Kopfzerbrechen bereitet, Ingenieur, sein Blick war jetzt hart, wenn Sie wirklich das Präsidentenamt anstreben, kommt es eher ungelegen, dass die Medien täglich über Ihren Sohn berichten. Ich denke, das lässt sich lösen, Señor Valdés, Staatsanwalt Bracamontes träumt von einer Beförderung und würde alles dafür tun. Keine schlechte Idee.

Als sie das Gartenzimmer verließen, strahlte Canizales übers ganze Gesicht. So sah ihn von der Tür des kleinen Büros aus der Gringo, der Ulises mit den Geldkoffern half.

Auch Valdés machte einen beschwingten Eindruck.

23

Als er aus dem Citicinemas kam, machte er das Handy an, sofort ertönte die wohlbekannte Fanfare der Kavallerie. Chef, wo stecken Sie denn? Ich war in der Messe. Sie haben doch so früh noch nichts getrunken, oder? Ich bin Abstinenzler, ein unzeitgemäßes Leiden, ich weiß. Hauptsache, Sie übertreiben's nicht; hören Sie, zwei Dinge: vergessen Sie nicht, dass am Samstag Rodo Geburtstag hat, wir überlegen, ob wir nicht mal rausfahren, wäre es okay, wenn ich am Freitag schon am Nachmittag Schluss mache? Mal sehen, und das zweite? Mariana Kelly hat angerufen, sie sagt, sie sei bereit und erwarte sie heute Abend um neun bei sich zu Hause, soll ich mitkommen? Nicht nötig, ruf lieber Laura Frías an und statte ihr einen Besuch ab, gut möglich, dass sie mir nicht alles über Canizales erzählt hat, lass deinem Spürsinn freien Lauf. Was suchen wir? Weiß nicht, Indizien nennt man das wohl, streng einfach deinen Grips an; hat Mariana ihre Nummer hinterlassen? Notieren Sie. Ruf sie an, sag ihr, dass ich komme, hat Ortega was geschickt?, ja, über den Vorgarten, den Hinterhof, das Auto und die Garage; das mit dem Auto ist interessant, sie haben Mautquittungen für die Autobahn Culiacán-Mazatlán gefunden, mit dem Datum der Mordnacht, in einer Tüte, in die sie nicht reingeschaut hatten, was sagen Sie nun? Schau mal einer an, dann ist also nicht Aldana hergekommen, sondern Canizales hingefahren. Trotzdem ist er der Täter, oder? Natürlich, so wie der uns verarscht hat, das verzeihen wir ihm nicht. Ich leg den Bericht auf Ihren Schreibtisch. Ruh dich aus, damit du am Samstag genügend Energie hast, ah, und mach mir einen

Termin mit der Mutter aus, sie soll mir ihre Anschuldigungen näher erläutern. Noch was, ich bin noch mal in der Sozialbehörde vorbeigegangen, Mónica Alfaro war nicht da, aber eine der Sekretärinnen hat mir erzählt, dass an besagtem Donnerstag kurz vor Feierabend ein wutentbrannter junger Mann hereingestürmt kam und damit gedroht hat, sich Canizales' wegen umzubringen. Noch einer, der nicht ohne ihn leben konnte, was ist nur los?, find seine Adresse raus, wir statten ihm morgen einen Besuch ab, jetzt mach erst mal Laura ausfindig. Und Sie legen sich derweilen auf die faule Haut? Mit der Geschwindigkeit, die wir vorlegen, gibt es bald nur noch Chinesen auf der Welt, die Zeit bis dahin muss man nutzen; ah, ruf im Büro von Rodríguez an, frag den Nachtwächter, bis wie viel Uhr sein Chef am Donnerstagabend dort war. Okay, wenn Sie mich brauchen, rufen Sie mich an; noch eine Kleinigkeit, vor sechs Monaten hat Mariana Kelly einen Schießkurs besucht, in Phoenix.

Einige Minuten später klingelte das Telefon schon wieder, der Detective stand immer noch auf dem Kinoparkplatz und dachte über Capote nach, über das Thema Homosexualität, das unerwünschte Erinnerungen in ihm wachrief. Bardominos, ganz in Weiß gekleidet, das Hemd bis obenhin zugeknöpft. Mendieta. Können wir uns treffen? Sicher, gibt's was Neues? Ich würde gern Druck auf Sie ausüben, damit Sie den Mörder von Bruno finden. Woran hattest du gedacht? An eine Massage vom Typ »Weinen garantiert«. Lieber nicht. Jedenfalls wollen wir nicht, dass der Mord an unserem Freund ungesühnt bleibt. Sag den Leuten, die dich geschickt haben, dass wir alles Menschenmögliche unternehmen und auf einem guten Weg sind. Und wenn es meine eigene Idee war?

Wäre es gelogen, aber wir können uns trotzdem gern treffen, ich möchte nämlich, dass du mir mehr über die Beziehung zwischen Canizales und Samantha Valdés erzählst, was hältst du davon, morgen gemeinsam zu frühstücken, so gegen neun? Wo? Im Miró, da kannst du wieder einen Salat essen. Und Sie ein Sandwich mit Schweinkram, ginge auch um elf?

Beim Abschied lächelten beide. Es wird höchste Zeit, das ich etwas über die Eltern rauskriege, was nicht in den Akten steht, dachte der Detective.

Das Gebäude, in dem Mariana Kelly wohnte, war diskret beleuchtet. Er parkte auf der Straße und nahm den Aufzug in den dritten Stock. Stille. Es duftete nach Wald. Als sich die Tür öffnete, stand Goga Fox vor ihm, fast wäre er umgekippt. Er war in eine Falle getappt, die Waffe ziehen?, brüllen wie ein Wahnsinniger?, Verstärkung rufen? Nein, alles zwecklos.

Dreizehn Monate zuvor.

Altata, Party von Omar Briseño, der gerade befördert worden war, ihre erste Begegnung. Schön wie die erste gemeinsame Nacht mit der Liebe deines Lebens. Groß, zartes, sinnliches Gesicht, platinblonde Haare, kurz geschnitten. Sie stand in einer Gruppe von Frauen, während die Männer über Geschäfte, Politik und Fußball redeten. Ist wohl mit einem dieser Dumpfbacken verheiratet, dachte er und wurde schon allein bei ihrem Anblick nervös. Sie hörte den anderen aufmerksam zu, ermunterte sie immer wieder mit einem erfrischenden Lächeln und nickte freundlich zu ihren Bemerkungen. Mendieta ging mit seinem vierten Whisky hinaus auf den Hof, auf dem gerade zwei große Boote kalfatert wurden, und weiter zum Strand, der von einer sandbedeckten Straßenlaterne so sanft beleuchtet wurde, dass es dem Vollmond nicht die Wirkung nahm. Das Meer bei Nacht ist die ferne Vergangenheit, dachte er, unergründlich, aber immer in Bewegung, voller Portugiesen unter dem Kommando von Ferdinand Magellan, die in einem Tag um achtzig Welten fahren. Das Meer ist ein guter Ort, um Mensch zu sein, ohne bei dem Versuch ums Leben zu kommen.

Verzeihung, ich glaube, ich habe mich geirrt, murmelte er mit trockenem Mund und klopfendem Herzen. Willst du mich gar nicht begrüßen, Edgar Mendieta? Er wollte sie küssen, ausziehen, an Ort und Stelle mit ihr schlafen, ganz so wie es der Erfinder der Schiebetüren sich gedacht hat; ihren schlanken Körper noch einmal sehen, wie sie ins Bad geht mit diesem verstörenden Wiegen in den Hüften; sie hatte die merkwürdige Angewohnheit, sich sofort nach dem Sex zu waschen und diese Palmenshow aufzuführen. Was für eine Überraschung, er küsste sie auf die rechte Wange. In Europa gibt man zwei Küsse, es stiftet immer Verwirrung, wenn man bloß eine Wange küsst, sie hielt ihm ihr Gesicht hin, und er gehorchte. Das gleiche Parfüm. Roter Rock, weiße Bluse mit schrillem Muster. Erinnerungen, die in seinem Kopf Pingpong spielten. Der Duft, das Lächeln, ihr Blick machten ihn benommen; der selbstkreierte Duft aus Rosenessenzen und, was war noch mal der andere Bestandteil? Er nahm ihn mit dem Magen wahr.

Entweder bist du traurig oder Dichter. Warum nicht Bildhauer? Er wusste nicht, wo er hinschauen sollte, auf ihr Haar, das im Mondlicht glänzte, oder auf ihr Lächeln. Dafür wirkst du zu cool. Damals hatte er dank Doktor

Parra seine Ängste im Griff. Wollen wir spazieren gehen? Ich heiße Edgar Mendieta und werde mich gleich in einen Werwolf verwandeln. Georgina Fox, aber alle nennen mich Goga, was muss ich tun, damit du nicht über mich herfällst? Nett zu mir sein. Verstehe, du gehörst zu der Sorte Männer, die glauben, mit einer Frau an ihrer Seite wäre die Welt in Ordnung. Mendieta gehörte nicht zu dieser Sorte. Im Gegenteil, meiner Meinung nach würde die Welt endgültig im Chaos versinken, wenn Frauen an die Macht kämen. Noch mehr Chaos, geht das überhaupt? Hast du schon mal Gogacola getrunken? Nein, was ist das? Ein zähflüssiges Getränk, transparent, es gibt eine süße und eine saure Variante. Wo kann man die kaufen?, muss ich unbedingt probieren. Das verrate ich dir später, er wollte sagen, dass sie umwerfend gut roch, aber er traute sich nicht, wie kommt es an bei einer Frau, wenn man ihr Parfüm lobt? Er wusste es nicht.

Er wollte schon wiederholen, dass er sich geirrt habe, als hinter Goga Samantha Valdés und Mariana Kelly auftauchten und neckisch grinsten: Na, Comandante, was macht das Heldenleben?, sind Sie ein anonymer oder eponymer Held? Guten Abend, sagte Mariana mit einem kühlen Lächeln und dunklen Ringen unter den Augen, obwohl du ein Arschloch bist, kannst du dich über den Empfang nicht beschweren, oder, Bulle? Samantha musterte ihn, sie hatten sich aufgedonnert, hinter Goga stand Luigi und wedelte mit dem Schwanz. Meine Liebe, wir haben noch was zu erledigen, da draußen treiben sich Kerle rum, die eine Silberpatrone verdient haben, außerdem habt ihr bestimmt einiges zu bereden und müsst euch gegenseitig auf den neuesten Stand bringen, also, wenn ihr zählen könnte, dann zählt nicht auf uns, ah, der

Hund ist übrigens gut erzogen, wenn er sieht, wie zwei Leute sich küssen, zieht er Leine. Sie ließen ihn einfach in der Tür stehen. Hatte er Lust, sie zurückzuhalten und ihnen ihr böses Spiel vorzuwerfen? Nein, hatte er nicht. Würde er sie davon abhalten, dass sie den Aufzug betraten? Auch nicht. Würde er die Flucht ergreifen und was trinken, um einen klaren Kopf zu bekommen? Oh Herr, verschlungen sind die Wege, auf die du deine Schäfchen führst. Alle Menschen kauen an Bleistiften. Er sah ihnen nach und wandte sich dann wieder Goga zu, die ihn mit einer Verbeugung hereinbat.

Eine Woche später stand er wie verabredet um zwanzig nach neun auf dem Parkplatz des Supermarkts Ley Tres Ríos und wartete mit trockenem Mund und rasendem Herzen. Er sah, wie sie aus einem Audi A6 ausstieg, dem Jungen mit der schwarzen Baskenmütze die Einkaufsliste gab und auf seinen weißen Jetta zukam; weiße Bluse mit Muster, roter Volantrock: gutes Zeichen.

Ich hätte nicht gedacht, dass ihr euch kennt. Wir sind zusammen zur Schule gegangen, aufs Monfe. Und seit damals sind die beiden ein Paar? Du kommst ja gleich zur Sache, immer noch der brillante Ermittler, sie gab Eiswürfel in zwei Gläser und schenkte Whisky ein, die Antwort lautet Ja; Mariana war von je her lesbisch, Samantha weniger, deshalb hat sie geheiratet und musste erst diese brutale Erfahrung mit ihrem Mann machen, wie sie selber sagt; wirklich getrennt waren sie aber nie, und jetzt sind sie wieder richtig zusammen, Prost, du hast dich kein bisschen verändert. Prost, wollte er sagen, weil er sie noch schöner fand als früher, aber noch hatte er sich nicht ganz gefangen. Luigi saß vor dem Sofa und sah sie erwartungsvoll an.

Sie wollte nicht in ein Motel gehen, aber weil er keine Freunde mit geeigneter Wohnung hatte, landeten sie doch in einem. Kaum hatten sie die Tür geöffnet, fielen sie mit Küssen übereinander her: Küsse, bei denen sich die Augenlider, die Haut, das Schamhaar sträubten, Küsse, bei denen alle Pflichten und Träume nichtig wurden, Küsse, die alles mit sich rissen: die Kleidung, die Zukunft, das Denken. Straffer, nach Parfüm duftender Körper, feste Brüste, die Entdeckung ihres Wesens. Alles, was ein Orgasmus verrät, ein leicht geöffneter Mund, geschlossene Augen. Sie stand auf und ging ins Bad, zum ersten Mal sah er diesen prachtvollen Hintern auf dem Weg zur Dusche.

Goga küsste ihn samtweich, aber er war kalt, widerspenstig, verwirrt. Er sah Parras Bart Ratschläge erteilen, ein dunkles Zimmer. Im Grunde wollte er Distanz wahren; er hatte genug gelitten, als hätte er nie *Die Liebe in den Zeiten der Cholera* gelesen. Sie setzten sich dem Hund gegenüber.

Du bist mir also noch böse, sagte sie und sah ihm in die Augen. Mendieta betrachtete seine Hände und schwenkte sein Glas, er fühlte sich schwach, fand keine Worte, um seine Verwirrung auszudrücken: Wann bist du zurückgekommen? Montagabend, der Detective nippte an seinem Drink, sein Herz raste. Schwarz steht dir gut, das habe ich dir schon mal gesagt, oder? Er nickte. Wenn einem vor lauter Gründen der Kopf schwirrt, weiß man nicht, welchen Grund man anführen soll, er wollte sagen, dass er die Botschaft ihres Outfits begriffen hatte, aber er war blockiert. Verstehe, sagte sie und trank ihr Glas in einem Zug aus.

Vier Monate lang hatten sie sich einmal in der Woche

getroffen. Er war glücklich gewesen. Zum ersten Mal seit vielen Jahren hatte er sich von seinen Spinnweben befreien können, sie hatte es genossen. Dann, eines Tages, war sie plötzlich verschwunden. Immer wieder fuhr er ihre Straße ab, beschattete ihre leere Wohnung, wurde Stammgast im Miró, selbst der Junge mit der schwarzen Baskenmütze wurde Zeuge seiner Verzweiflung. Das Schlimmste: Eines Nachts machte sich Bardominos wieder bemerkbar, so stark wie noch nie, also musste er wieder zu Doktor Parra in Behandlung. Er war so besessen von ihr, dass es ihm wie eine Heldentat vorkam, nicht nach ihr zu suchen. Am Ende stellte sich heraus, dass ihr Mann Produzent in Hollywood geworden war und sie nach Los Angeles gezogen waren, eine weitere Heldentat: kein Ticket zu kaufen und sofort zu ihr zu fliegen.

Ich lebe jetzt in Santa Monica, sie schenkte sich wieder ein, und bleibe zwei Wochen hier, jetzt haben wir erst mal diese Nacht vor uns, die Mädels werden bei Samantha übernachten, jeder Vorschlag ist willkommen, und sei er noch so versaut, sie machte es sich auf dem Sofa bequem und enthüllte siebenundachtzig Prozent ihrer Beine. Mein Wolfsmensch. Mendieta hatte das Gefühl, ans Ende der Welt gelangt zu sein. Die Antike hatte recht: Die Erde ist eine Scheibe, an deren Rand das Wasser in die Tiefe stürzt, was für ein Lied sang sie da? Was hätte er dafür gegeben, wenn das alles vor einem halben Jahr passiert wäre, *Ich habe Zeugen: das Morgengrauen, ein Hund, die Kälte*, es ist zu spät, dachte er, er war kein Frauenheld, verstört stand er auf: Ich gehe jetzt lieber, es war schön, dich wiederzusehen, er stockte, ich kann nicht bleiben, das wäre gegen meine innere Überzeugung. Edgar, du brauchst nicht zu gehen, wir sind erwachsene Menschen, wir können uns den Umständen anpassen, unsere Beziehungen selbst steuern, aber er hörte nicht auf sie, wollte nicht auf sie hören, konnte nicht auf sie hören, er stellte sein Glas auf eine Anrichte, öffnete die Tür und ging die Treppe hinunter, ohne Luigi zu beachten, der unermüdlich mit dem Schwanz wedelte.

Er setzte sich an die Bar des Hotels Lucerna, wo er soff und heulte wie ein Mann, umringt von aufgebrachten Fußballfans, die im Fernsehen verfolgten, wie die mexikanische Nationalmannschaft im Elfmeterschießen gegen die USA verlor.

Nein, nein und nochmals nein.

24

Mitternacht.

Sind Sie's, mein Poli? Wer denn sonst? Christina Aguilera, zum Beispiel, die jeden Augenblick ein Kind von mir zur Welt bringen wird. Aha. Sind Sie betrunken? Wie kommst du darauf?, was gibt's? Als ich heute Morgen aufgewacht bin, habe ich einen Drang verspürt, anständig zu sein, und dieser Drang hat sich im Laufe des Tages noch verstärkt, jetzt wehre ich mich nicht mehr dagegen und will der Gesellschaft einen Dienst erweisen. Sag bloß. Fragen Sie bloß. Hast du schon beim Tierschutzbund angerufen? Denen wollte ich's erzählen, aber die haben mich an Sie verwiesen, an den Zurdo Mendieta, den besten Bullen der ganzen Stadt. Willst du ein Geständnis ablegen? Sie klingen wirklich aufgewühlt, mein Poli, stimmt was nicht? Alles okay, also, ich höre. Führen Sie mal den Zeigefinger zur Nase. Es reicht jetzt, wieso rufst du so spät noch an? In der Nacht, in der mein Feind getötet wurde, war ich in der Nähe und hab vielleicht einen Schuss gehört und die Person gesehen, die ihn abgegeben hat, hören Sie mir zu? Erzähl weiter. Da sind Sie baff, was?, warum haben Sie sich besoffen? Aus Liebeskummer. Wie ich, aber ich hab was dagegen unternommen und rate Ihnen, meinem Beispiel zu folgen, wollen Sie auch eine Linie, oder sind Sie bloß ein romantischer Polizist, der Marihuana raucht? Du weißt, dass ich dich wegen Zurückhaltens von Informationen fünfzehn Jahre und wegen Drogenmissbrauchs sieben Jahre einbuchten kann? Sie wissen, dass mein Vater mich in beiden Fällen in sieben Minuten wieder raushätte? Wer ist dein Vater?

Das wüssten Sie wohl gern, aber das müssen Sie schon selber rausfinden, schließlich sind Sie Bulle, ist Ihr Mädchen auch gestorben? So gut wie. Es ist die Hölle, mein Poli, stimmt's oder hab ich recht?, in meinem ganzen Leben habe ich mich noch nicht so beschissen gefühlt, deshalb will ich, dass Sie persönlich die Verhaftung vornehmen, zum Polizisten des Monats gekürt werden und einen Scheck erhalten, damit es Ihnen nie an Koks und Bier mangelt und Sie über Ihre Trauer hinwegkommen. Na dann, schieß los. Nicht am Telefon, da sitzen zu viele Vögelchen auf der Leitung, nur so viel: am Tag der Bluttat habe ich die Königin aus dem Haus kommen sehen, so gegen halb vier Uhr morgens, da habe ich mich auf mein Bike geschwungen und bin ihr vorausgeeilt, geschwind, geschwind, ich dachte mir nämlich schon, wo sie hinwollte, also habe ich mich vor dem Haus des Feindes postiert, aber sie ist nie dort angekommen, was ich gesehen habe, wird Sie was kosten, was halten Sie von der Hälfte des Schecks, den Sie kriegen werden? Scheint mit angemessen. Schlagen Sie einen Treffpunkt vor, ah, aber erst morgen, ich bin nämlich gerade beschäftigt, wissen Sie, was mir mein Mädchen hinterlassen hat?, ein Buch. Bist du sicher, dass diese Frau dich geliebt hat?, jemand, der dich zum Lesen animieren will, hasst dich abgrundtief. Klappe halten, mein Poli, Klappe halten. Hast du gesehen, wie der Mörder reinging oder wie er rauskam? Na, na, mein Poli, nicht unverschämt werden, morgen spucke ich alles aus, aber erst gegen Abend, tagsüber muss ich meinen Drang zur Anständigkeit ausleben. Sag bloß. Fragen Sie bloß. Wieso nicht jetzt gleich? Weil jetzt was anderes ansteht, etwas Süßeres, Schöneres. Um sechs im Miró. Lieber um sieben im Las Ventanas.

25

Ger hielt ihn auf: Zurdo, Sie sind spät dran, aber ich werde Ihnen noch schnell Ihr Horoskop vorlesen, während Sie sich fertigmachen, Steinbock: »Wann immer du etwas lernen kannst, lerne, denn es wird dir nützen, das Zusammentreffen zweier Planeten wird dir Glück und Geld bringen; sei offenen Herzens, aber schütze dich, eine alte Liebe hält dich in ihrem Bann, und es ist fraglich, ob du genügend Kraft hast, ihr zu widerstehen. Deine Glückszahl ist die Acht, deine Glücksfarbe Rot.« Was sagen Sie dazu? Wenn der Geldsegen kommt, denken Sie an Ihre Ger; hier ist Ihr Seven-up mit Zitrone, wird Ihnen guttun, Sie sehen nämlich aus, als wären Sie in die Hände von Indios geraten, soll ich sie Ihnen bringen? Bitte, er konnte nicht lesen, sah nur die einzelnen Buchstaben von *Nachrichten aus dem Imperium*, denn er dachte die ganze Zeit an sie.

Er frühstückte mexikanische Eier, bevor er sein Handy anmachte, womit auch sein Arbeitsbeginn registriert wurde. Er rief Gris Toledo an: Besorg einen Haftbefehl gegen Mariana Kelly und schaff sie in mein Büro. Ist sie Ihnen entwischt? Schlimmer, ich wäre fast dabei draufgegangen. Wie komme ich an den Haftbefehl? Selber schreiben, unterzeichnen und ausführen, ich bin um elf mit Laura Frías im Miró verabredet, eine Stunde später wäre perfekt, irgendwas Neues? Na ja, hier lachen alle über Sie. Was habe ich denn jetzt schon wieder angestellt? Jemand hat Ihnen einen Strauß roter Rosen geschickt, das ganze Präsidium duftet schon danach. Schenk ich dir, stell ihn auf deinen Schreibtisch. Ich hab auf ihn aufgepasst wie auf meinen Augapfel, Chef. Bloß keine Spekulationen, Gris Toledo, warst du bei Laura Frías? Gestern Abend noch, hätte ich fast vergessen wegen der Sache mit dem Blumenstrauß. Laura Frías hatte ihr Guayabasaft und Kekse serviert und nicht viel Neues zu berichten gehabt, bis auf zwei Dinge, die ihr wichtig erschienen waren. Wussten Sie, dass Brunos Vater Präsident werden will? Don Carlos Alvarado hat so was erwähnt, es gab wohl die Überlegung, dass er den jetzigen Kandidaten der Partei ersetzen soll. Genau darum geht's, vor rund einem Monat hat er Bruno gedrängt, sich zusammenzureißen, er wolle nicht angreifbar sein, weil er einen homosexuellen Sohn habe. Sieh mal einer an, und mir hat er gesagt, er hätte seit vier Jahren nicht mehr mit ihm gesprochen. Noch was, Chef, Bruno hatte sich in letzter Zeit oft als Frau angezogen, Laura bewahrt seine Kleidung auf und hat sie mir gezeigt, schicke Sachen. Wo ist er damit aufgelaufen? Auf privaten Partys, vielleicht hatte er auch eine Affäre, Genaueres konnte sie mir nicht sagen. Ich muss unbedingt die Mutter verhören, mach mit ihr einen Termin für heute aus.

Ortega in der Leitung: Wie schaut's, du Schwuchtel, ich hab's schon gehört, du solltest diskreter sein, sonst glauben noch alle, die ganze Polizei ist vom anderen Ufer. Na und?, wenn Gott es weiß, soll die ganze Welt es wissen. Die ersten Verehrer sind jedenfalls schon aufgetaucht, das erklärt auch, warum man dich schon seit langem mit keiner Frau mehr gesehen hat. Die Entscheidung ist mir nicht leicht gefallen, aber jetzt habe ich mich entschlossen, bis zum Sommer mein Coming-out zu geben, übrigens stehst du auf meiner Liste ganz oben. Nix da, so was bringt sieben Jahre Unglück, hör mal, du hast mich doch auf den Sedan von Canizales angesetzt, jemand ist in der Mordnacht damit unterwegs gewesen, das verraten die Viecher auf dem Kühlergrill, die schmutzige Windschutzscheibe und die Mautzettel. Canizales ist vor seinem Tod nach Mazatlán gefahren, in seinem Hotelzimmer haben wir das andere Paar ungleiche Schuhe gefunden. Andererseits sind da diese Schmetterlinge auf dem Kühlergrill, Guasachiatas, und die gibt's nur im Norden, in der Gegend von Guamúchil, er könnte also auch dahin gefahren sein; vielleicht war er auf Abschiedstournee. Haben wir einen Verhafteten? Nein, die Spurensicherung soll das Zimmer siebzehn im Hotel La Siesta in Olas Altas auf Fingerabdrücke durchsuchen. Da sind sie abgestiegen?, wie geschmacklos. Wieso geschmacklos? In dem Hotel hat schon Jack Kerouac genächtigt. Wer ist das? Ein berühmter Autobahnpolizist aus Massachusetts. Hotelzimmer sind das natürliche Terrain von Jack the Ripper. Wir kriegen den Tänzer schon. Wie lautet deine Theorie? Canizales hatte um sechs Feierabend und ist sofort nach Mazatlán gefahren, das Mautticket wurde um achtzehn Uhr dreiundvierzig ausgestellt, er hat sich dort mit Aldana getroffen, sie haben bis elf oder zwölf gevögelt, dann ist er zurückgefahren, um ein Uhr zweiundvierzig hat er die Mautstelle passiert; bevor er zu Hause ankam, hat er noch jemanden aufgegabelt, der nicht wusste, was er mit seiner Silberpatrone anstellen soll. Hat der Anruf in Tucson was ergeben? Eine Liste von Honoratioren, die zu nichts führt. Na gut, ich maile den Jungs in Mazatlán Canizales' Fingerabdrücke und bitte sie, besagtes Hotelzimmer danach abzusuchen, ich melde mich dann bei dir. Prima, antwortete er und dachte: auch wenn mir mein Gefühl sagt, dass Aldana es nicht war. Wieso? Wenn er das wüsste, vielleicht haben sie sich gestritten, und er hat ihn im Affekt getötet, hat er gelogen, als er sagte, er hätte noch nie mit einer Waffe geschossen?, und die Silberpatronen?, ist er dafür kaltblütig genug? Wie dem auch sei, wenn ich ihn einbuchten kann, buchte ich ihn ein, diesen Schisser, wie sieht's aus mit Memos Buch? Hab ich im Auto, in anderthalb Stunden kriegst du's. Das hast du schon mal gesagt. Was ist mit dem Parfüm? Wir waren da, aber konnten nichts feststellen, hatte sich wohl schon verflüchtigt. Vor ein paar Tagen habe ich eine Probe an LH geschickt, mal sehen, was dabei rauskommt. Der Typ ist ein Spinner. Aber er hat ein Näschen wie ein belgischer Schäferhund. Wenn er nichts findet, erfindet er was, stimmt es eigentlich, dass er bei der Polizei aufgehört hat, um einen Teeladen aufzumachen? Negativ.

Er wollte gerade die Morelosbrücke überqueren, als der Chapo Abitia anrief: Mein Zurdo, was macht das Leben? Es plätschert so vor sich hin, was gibt's, mein Chapo? Ich hab da was für dich, wie lautet der Code heute? Z-47. Aha. Ein Kolumbianer namens Estanislao Contreras hat Silberpatronen ins Land gebracht, hergestellt in Indonesien, und dieser Contreras ist einige Tage im San Marcos abgestiegen, hat aber plötzlich die Fliege gemacht, ohne sein Gepäck abzuholen, geschweige denn die Rechnung zu bezahlen, am Botanischen Garten bog er links ab. Sehr gut, mein Chapo, ist notiert, ich komm dann bei dir vorbei, um mich zu revanchieren. Du weißt ja, wo du mich findest, mein Zurdo, und wenn du Urin brauchst, ich hab das beste in der ganzen Gegend. So so.

Hose rosafarben, Bluse ebenfalls, nur einen Tick heller.

Laura Frías kam zehn Minuten zu spät. Mendieta, der von dem nächtlichen Exzess gezeichnet war, trank einen Espresso. Comandante, so wie Sie aussehen, sind Sie offenbar gerade dabei, sich selbst ins Grab zu bringen, sagte sie lächelnd. Nichts wünsche ich mir sehnlicher, als dass dieses Leben endlich ein Ende hat. Setzen Ihnen die Wechseljahre zu oder bekommen Sie Testosteron gespritzt? So was in der Art. Haben Sie den Täter gefasst? Noch nicht, er soll noch ein bisschen zappeln, Frühstück? Nur Orangensaft. Ihr wollt also Druck ausüben? Figueroa hat uns gestern zusammengetrommelt, aber ich glaube nicht, dass sich jemand ein Bein ausreißen wird, jeder macht einfach weiter wie gehabt, und außerdem waren nicht alle gut auf Bruno zu sprechen, einigen war er viel zu freigeistig, das hat eher ihren Argwohn geweckt, vielleicht auch ihren Neid. Sag ihnen, dass wir gut vorankommen, sieben Leute verhaftet haben und es nur eine Frage der Zeit ist, bis einer gesteht. Stimmt das? Nein, aber das wird die Gemüter beruhigen. Der Kellner brachte den Orangensaft, Rudy hatte Haferkekse dazugelegt. Dann wollen wir mal zusammenfassen, du hältst Paola Rodríguez für die Täterin. Es könnte auch die Geliebte von Samantha Valdés gewesen sein. Wieso nicht ihr Vater? Hätte der ihn töten wollen, wäre er diskreter vorgegangen und hätte es wahrscheinlich sogar zugegeben. Canizales wurde mit einer Silberpatrone erschossen. Ach?, wissen Sie, was Bruno immer gesagt hat?, wenn man ihn umbringen wolle, dann am liebsten mit einer Silberpatrone. Tatsächlich?, das heißt, sein Mörder kannte ihn und wollte ihm einen Gefallen tun? Klingt nach Liebe, haben Sie schon mal an Frank Aldana gedacht? Wir wollten ihn in Mazatlán verhaften, aber er ist uns entwischt, die Meute ist schon auf ihn angesetzt, irgendwann kriegen wir ihn. Ein so sanfter Mensch, glauben Sie wirklich, dass er es war? Bisher ist alles nur ein Bauchgefühl, ausschließen kann ich nur Paola, die sich mit einer Beretta erschossen hat, während Canizales mit einer Smith & Wesson getötet wurde. Die Beretta gehört Paolas Vater, ich hab den Waffenschein gesehen, wie hat Canizales Samantha kennengelernt? Sie war seine Klientin, irgendwann wurden ihre Röcke immer kürzer, und Bruno hat sich willig in ihre Fänge begeben. Und Mariana Kelly? Von ihr weiß ich nur, was ich Ihnen schon gesagt habe, sie hat ihn bedroht, ob sie Silberpatronen benutzt, weiß ich nicht, jedenfalls hat sie gute Beziehungen, sie ist Publizistin, hat sowohl für die Regierung als auch für Privatunternehmen gearbeitet.

Kavallerie. Mission erfüllt. Quetsch sie schon mal ein bisschen aus, ich bin gleich da. Sie sagt, sie hätte keine Aussage zu machen, und verlangt einen Anwalt. Gib ihr eine Cola light, sie soll keinen Aufstand machen.

Wieso verdächtigst du niemanden von der KBP? Ich glaube nicht, dass einer von uns so kaltblütig ist, wir sind friedliebende Menschen und verabscheuen Waffen. Den Aggressionstrieb könnt auch ihr nicht abschalten, denk nur an Hitler, erst hat er seine Kräuterchen gefrühstückt, dann die Juden in die Brennöfen geschickt. Kann sein. Und wer sagt, dass nicht einer von euch stinksauer auf ihn war. Möglich, aber davon ist mir nichts zu Ohren gekommen, gewildert hat er immer aushäusig. Wie läuft's bei deinem Job? Gut, heute habe ich vier Patienten, den Ersten in zwanzig Minuten, gleich hier um die Ecke; gestern Abend war Gris bei mir, warum sind nicht Sie gekommen? Ich hatte woanders zu tun, apropos, Gris war von

Brunos Kleiderschrank ziemlich beeindruckt, warum hast du mir nichts davon erzählt? Weil es mir peinlich war, vielleicht auch, weil ich Vorurteile habe, ich fand es einfach nicht richtig, dass dieser Punkt ans Licht kommt, außerdem dachte ich, ihr würdet dem Fall dann nicht mehr die gleiche Aufmerksamkeit widmen. Hat er dir von dem Gespräch mit seinem Vater erzählt? Dass er zum neuen Kandidaten seiner Partei gekürt werden sollte und Bruno ihm mit seinen Ausschweifungen und seinem Exhibitionismus schaden würde. Warum verdächtigst du den Vater nicht? Das wäre zu abgeschmackt. Wer Macht hat, den darf man nicht unterschätzen. Schon, aber so was? Die Mutter behauptet steif und fest, dass er ihn getötet hat. Ach ja?, ihr Gesicht verdüsterte sich, aber sie fügte nichts hinzu. Was hat die Frau eigentlich? Bruno hat's mir nie so genau gesagt, nur ironische Bemerkungen gemacht, von wegen dass sie emotional ein bisschen entgleist sei. Stille. Ich muss los, wollen Sie nun eine Massage oder nicht? Wollen will ich schon, nur bin ich wie Brot: die eine Hälfte ist tot. Sie sind total verspannt. Das ist der Kater, hast du noch Kontakt zu Brunos Eltern? Nein, zumal auch er sie selten besucht hat. Warum hat er sich als Frau verkleidet? Er sagt, weil es in war, aus Spaß, Freunde von ihm hätten es auch gemacht. Wie kommt es eigentlich, dass du so viel von ihm weißt. Schön wär's.

Sie verabschiedeten sich.

Mendieta. Hier ist Noriega, hör zu, dieser blöde Tänzer muss ein Profi sein, hat keine Spur hinterlassen, gar nichts. Muss ich jemanden schicken oder findet ihr ihn auch so? Gris Toledo ist immer willkommen, mit ihrem weiblichen Instinkt wäre sie eine große Hilfe. Sieht so aus, als wäre der Tote am Tatabend in Mazatlán gewesen, er hat nämlich einen Schuh von Aldana mitgenommen und einen von sich dagelassen, als Liebesbeweis, außerdem haben wir Mücken auf dem Kühler gefunden, und die Scheiben waren verdreckt. Ich war dir zwar keine große Hilfe, aber ich habe durchaus meine Verdienste, also hoffe ich, dass ich deine schöne Assistentin bald wiedersehe, ich hab schon drei Mal von ihr geträumt. Ich will nicht schuld sein, dass du in Trauer versinkst, nächste Woche kriegst du sie. Wehe, du hältst nicht Wort, dann kannst du dich auf was gefasst machen. Wie war's auf hoher See? Routine, wir haben aufs Wasser geglotzt, ein paar Fischer befragt, die von nichts wussten, und sind wieder zurückgefahren.

Er parkte im Fórum, schaltete sein Handy aus und ging ins Kino, um sich *Brokeback Mountain* anzusehen. Einer der Oscar-Favoriten.

Weil er einen Anflug von Angst verspürte, ging er dem Glaskasten mit dem Popcorn lieber aus dem Weg. Bevor er den Kinosaal betrat, kehrte er um: Es kann doch nicht sein, dass ich jetzt sogar vor Popcorn davonlaufe, bevor Parra damit angefangen hat, hab ich doch auch Popcorn gegessen. Ich kauf mir jetzt eine Riesentüte, und wenn die Dinger nach Brennnessel schmecken. Er schwitzte. Während er anstand, behielt er die Hände in den Hosentaschen und sah sich die Poster an.

Er kaufte süßes Popcorn, gebrannte Mandeln, Coca-Cola und suchte sich einen Platz in der Mitte. Dann entspannte er sich: Das nenne ich Leben, endlich bin ich all diese Irren los, die sich für ein paar Pesos oder ein bisschen Liebe gegenseitig massakrieren. War es denkbar, dass Laura Frías ihren Freund umgebracht hatte? Er würde Gris auf sie ansetzen. Alles war gut, die schmalzige Musik, die Bilder, bis die Cowboys sich küssten. Riss. Popcorn auf dem Boden. Drang zu schreien. Zu rennen. Zu sterben. Acht Uhr abends. Acht. Pater, ich muss jetzt los, sagte er zu Pfarrer Bardominos, meine Mutter und ich müssen zu einem Abendessen. Bardominos nahm dich in den Arm, du spürtest seinen heißen, bebenden Körper, rochst seine Wollust. Mein Junge, stammelte er, du bist der Süßeste von allen, deshalb hab ich dich so gern in meiner Nähe; du bist der Hübscheste, der Artigste, der Intelligenteste. Du erstarrtest. Und jetzt hattest du sein widerliches Lächeln wieder vor Augen, seine Hände, die deine Hose runterzogen und deine Pobacken betatschten. Als er aufsprang, verschüttete er auch noch sein Getränk. Die Leute pfiffen und schrien. Popcorn oder Coca-Cola hatte er ihm nie gekauft, erinnerte er sich jetzt, aber ihn zwischen den Beinen gestreichelt.

Er rannte fast aus dem Kino. Setzte sich in den Jetta, ohne den Motor anzulassen. Wieder stürzte er in ein bodenloses Loch, Erinnerungen, von denen er geglaubt hatte, er hätte sie unter Kontrolle, flammten auf wie Feuerzungen. Parra hatte ihn überzeugt, dass er damit leben konnte, und tatsächlich hatte er sich eine Zeitlang im Griff gehabt, aber jetzt schnürte ihm diese Untat wieder die Kehle zu. Goga hatte ihn wieder zum Mann gemacht, hatte ihm seine Würde wiedergegeben, warum führte er sich jetzt so auf?, was war er nur für ein Schlappschwanz. Er würde sich bei ihr bedanken, Goga, ich hab's dir nie erzählt, aber du hast mir damals das Gefühl gegeben, der Allergrößte zu sein, und dafür möchte ich dir danken, mit deinen Orgasmen hast du mir mein Selbstvertrauen als

Liebhaber wiedergegeben, danke, auch wenn du danach einfach abgehauen bist und ich am Boden zerstört war.

Kurz darauf fuhr er den Malecón von Valadés entlang, an dem Mariana Kelly wohnte, und hatte das Gefühl, eigentlich Goga zu suchen: Goga, du bist das Beste, was mir je passiert ist. Kurz bevor er anhielt, beschleunigte er wieder. Ich lasse lieber alles, wie es ist.

Goga Fox: Die Sehnsucht nach ihr war, als würde ihm jemand an den Eiern ziehen, warum ließ er sich auf dieses Spiel ein? Hatte Samantha Valdés sie eingeladen, um sich über ihn lustig zu machen, oder war sie aus eigenem Antrieb gekommen? Das Leben hat so viele Facetten, und die Hälfte kennt man nicht. Eine Minute später verspürte er schon wieder den Drang, zu ihr zu fahren, sich vor sie hinzustellen und sie zu küssen, bis die Kleidung wie von selbst von ihr glitt, aber seine bittere Erfahrung hielt ihn davon ab. Er verspürte die Angst vorm Verlassenwerden und hätte am liebsten geheult, warum auch nicht? Scheißleben. Wie sagte schon Gracián: Was kann man vom Leben erwarten, wenn schon gleich am Anfang die Mutter kreischt und das Neugeborene heult? Am besten, ich schlage mir Goga ein für alle mal aus dem Kopf, die Blondine, wie meine Freunde sie nennen.

Er wusste, dass Mariana Kelly auf dem Präsidium wartete, aber er wollte sie noch schmoren lassen, damit sie wusste, was es bedeutete, in der schwächeren Position zu sein. Sie hatte Beziehungen zur Regierung? Sollte sie sie doch spielen lassen, sollte sie den Gouverneur oder seinen Sekretär doch anrufen. Er glaubte nicht, dass sie die Täterin war, tippte eher auf einen Mann, irgendein armer Kerl hatte nicht verwunden, dass dieser Lustmolch von Canizales ihn hatte sitzen lassen, ein Kerl, der ein bestimmtes Parfüm benutzte. Oder war es doch ein Profi gewesen? Auf diesem Gebiet kannte er sich aus, ein Profi hält sich an Regeln, ist leicht berechenbar, aber wenn nicht? Wen die Leidenschaft treibt, der hält sich nicht an Regeln. Er drehte die Stereoanlage auf, *My Way*, Frank Sinatra.

Er dachte an Valdés, dass er ihn verhören musste, und fuhr in Richtung Colinas de San Miguel. Aber noch vor der Lomitakirche überlegte er es sich anders und kehrte um.

Es war Viertel vor vier, als er schließlich im Präsidium eintraf. Gris erwartete ihn. Briseño hat sie laufen lassen und sich bei ihr entschuldigt. Er hat mich zur Sau gemacht und mir befohlen, mich nicht von der Stelle zu rühren, bevor Sie hier auftauchen: Er ist in seinem Büro. Es duftete. Die Rosen glänzten so prächtig, dass es beinahe wehtat. Ich hab dir doch gesagt, du sollst diesen Mist mitnehmen. Bitte, Chef, putzen Sie mich nicht auch noch runter, einmal am Tag reicht, irgendwie spinnen sie hier alle rum. *Wir* spinnen alle rum, meine Liebe, du gehörst auch dazu. Kann ich jetzt essen gehen? Ja, aber leg mir den Bericht von Ortega auf den Schreibtisch, wird Canizales uns empfangen? Er ist heute nach Mexiko-Stadt aufgebrochen, man konnte mir nicht sagen, wann er wiederkommt, die Mutter hat uns für sieben Uhr morgens bestellt. So früh? Um die Uhrzeit fährt sie immer mit dem Fahrrad spazieren, wir sollen sie begleiten. Im Ernst? Würde ich Sie je verarschen? Das will ich nicht hoffen, fährst du gern Fahrrad? Nein, aber ich werd schon hinterherkommen. Lad mir diesen Figueroa von der KBP vor, du weißt schon, diesen dünnen Lulatsch, und jag ihm einen gehörigen Schreck ein. Und Sie kümmern sich um die Menschenrechtsleute. Hast du mit dem Nachtwächter gesprochen? Ja, er hat bestätigt, dass Rodríguez das Büro um 23.40 Uhr verlassen hat. Gut.

Tag, Chef. Was ist los mit dir, Mendieta? Mutierst du jetzt zum Einzelkämpfer, oder was?, ich sitze schon den ganzen Scheißtag hier herum und warte auf dich, nicht mal essen bin ich gegangen, und jetzt schneist du hier rein, als wär nichts gewesen; hast du dein Büro neuerdings auf der Straße? Ich habe mich nach dem Fall Canizales erkundigt, aber niemand weiß was, hättest du mir gesagt, dass die Sache streng geheim ist, hätte ich's erst gar nicht versucht. Briseño war sonst ein ruhiger Typ, besaß sogar Humor, aber wenn er sauer war, hatte er etwas Wildes im Blick, wehe dem, der dann in seiner Nähe war. Was ist los mit dir, Zurdo? Möchtest du am Eingang Wache schieben und Getränke für die Belegschaft besorgen? Ich möchte wissen, was mit Canizales ist, und zwar sofort, er schlug mit der Faust auf den Schreibtisch; der Staatsanwalt hat mich den ganzen Tag zu erreichen versucht, und ich bin weder ans Telefon noch ans Handy gegangen, weil ich genau wusste, dass es um Canizales geht, ich hab nämlich überhaupt keine Lust, dass er mir deinetwegen die Ohren langzieht. Schließlich rückte er mit dem heraus, was ihm wirklich unter den Nägeln brannte: Quiroz hatte ihn angerufen, und er hatte nicht gewusst, was er antworten sollte; in *Wächter der Nacht* wurde jede Menge Blödsinn verzapft und ihm in den Mund gelegt, und das wollte er sich nicht bieten lassen. Nur über meine Leiche, versicherte er. Auf dem Schreibtisch standen drei Schachteln Riesengarnelen, an denen ein Kärtchen hing.

Briseño riss es ab und steckte es ein. Chef, wenn Sie mich die Hauptverdächtige nicht verhören lassen, gibt's auch nichts zu berichten; dass Paola Rodríguez sich mit der Beretta ihres Vaters erschossen hat, wissen Sie schon, und dass Frank Aldana uns entwischt ist, aber gestern in Mazatlán gesehen wurde, auch, und wie Samantha Valdés sich aufgeführt hat, ebenfalls; die Leute von der KBP üben Druck auf mich aus und drohen, eine Kampagne gegen Sie zu fahren, wenn es nicht bald Ergebnisse gibt, was wollen Sie?

Du hast Mariana Kelly herbestellt und sie den ganzen Tag warten lassen, was ist nur in dich gefahren? Gar nichts, sie ist eine Verdächtige und muss verhört werden, seit wann sind Sie so rücksichtsvoll?, das Telefon klingelte. Das ist bestimmt wieder der Staatsanwalt. Sagen Sie ihm, dass wir den Täter haben, ist jedenfalls besser, als gar nicht ranzugehen. Briseño nahm ab: Gut, er gab ihm mit dem Zeigefinger zu verstehen, dass er richtig geraten hatte, ich höre, Herr Staatsanwalt, er nickte zwei Mal, sagte: aha, gut, wie Sie wünschen, kein Problem, natürlich, ich verstehe. Er legte auf, ließ sich mit geschlossenen Augen in seinen Stuhl zurückfallen, machte eine theatralische Geste und lächelte Mendieta plötzlich freudestrahlend an: Zurdo, du hast vielleicht Schwein, ehrlich, du bist wirklich zu beneiden. Was haben Sie denn gedacht, Chef?, schließlich bin ich Polizist. Du könntest auch Tacosverkäufer oder Maurer sein, jedenfalls bist du unter einem Glücksstern geboren. Wären Sie mein Kunde, wäre ich bald stinkreich. Du hast so dermaßen Schwein, dass du den Fall bald abschließen wirst. Das müssen Sie mir genauer erklären. Du bist jemandem ziemlich auf die Füße getreten. Dachte ich's mir, überlegte er und sagte: dabei stehen wir noch ganz am Anfang. Anruf aus der Hauptstadt: bei allem, was uns lieb und teuer ist, Marcelo Valdés ist unantastbar, Anweisung von ganz oben, wir sollen keine Erklärungen verlangen, so sieht's aus. Tja, so sind sie eben, die Hauptstädter, was soll man machen, die sitzen da in ihrem Moloch und haben keine Ahnung, was im restlichen Land passiert, angeblich sind wir die gewalttätigste Stadt des Landes, und gleichzeitig trifft die Bundesstaatsanwaltschaft faule Absprachen und bindet uns die Hände. Aber einfach ignorieren können wir diese Anweisung auch nicht, oder? Sie sind der Boss. Aber du bist der Detective. Ich werde Marcelo Valdés jedenfalls nicht meinen Arsch hinhalten. Reg dich nicht auf, sag den Leuten von der KBP, dass wir fleißig ermitteln, und leg den Fall zu den Akten, ich weiß doch, dass du ein kluges Kerlchen bist. Ich soll also ein Auge zudrücken? Hör zu, damit tun wir uns selbst einen Gefallen, kapiert?, dieser Fall ist eine Nummer zu groß für uns, du sagst doch selbst immer, dass du mit den Narcos nichts zu tun haben willst, also, wir reichen den Fall ans Drogendezernat weiter, und damit hat sich die Sache, wir rufen Pineda an, übergeben ihm, was wir haben, und schon sind wir das Problem los, okay? Wie gesagt: Sie sind der Boss. Gut, du wartest morgen früh im Büro, bis Pinedas Leute auftauchen, und dann ist der Fall für uns gegessen.

Als er das Präsidium verließ, hätte er beinahe laut losgelacht. Wollte der Ingenieur Canizales wirklich, dass er weiterermittelte? Oder hatte er das nur aus Höflichkeit gesagt? Die ganze Sache stank zum Himmel. Leider hatte er keine Ersparnisse, sonst könnte er den Dienst quittieren, irgendwo ein Häuschen kaufen und den Rest seiner Tage in Frieden leben.

In der Lobby des Hotels San Marcos wimmelte es von elegant gekleideten Menschen, die an einer Strafverteidigertagung teilnahmen. Er sah einige Vertreter der Zunft, die für ihre Tricksereien berühmt waren, und dachte, esset und küsset munter, denn die Welt geht bald unter. Estanislao Contreras hatte zwei Nächte dort verbracht. Am dritten Abend war er nicht zurückgekommen. Man zeigte ihm einen schwarzen Koffer mit zwei Garnituren Wäsche, einem Bild des heiligen Judas Thaddäus und einer halbvollen Schachtel Patronen: aus Blei. Bei der Anmeldung hatte er als Wohnort Tucson, Arizona, angegeben, das Mutterland der Silberpatronen.

Kavallerie. Mein Poli, ich werd's nicht schaffen, ich häng gerade mit meinem Schwager ab, und das kann dauern, nicht weinen, Sie werden's überstehen. Wann treffen wir uns dann? Morgen, gleicher Ort, gleiche Uhrzeit, wenn man Sie fragt, warum Sie heulen, sagen Sie, dass Sie was ins Auge gekriegt haben.

Er hielt vor dem El Quijote, stieg aber nicht aus, zwei junge Männer im Versace-Hemd, Cowboystiefeln und mit dicken Goldkettchen standen Wache. In der Nähe ein Ford Hummer. Soll ich reingehen und sie ein bisschen ärgern? Lieber nicht, man muss dem Teufel ja nicht auf den Schwanz treten.

Er fuhr nach Hause, wo eine Flasche Tequila und ein Kühlschrank voller Bierdosen auf ihn warteten. Doktor Parra? Soll mich am Arsch lecken, es gibt viele Arten, sein Leben zu leben, und diese ist eine davon. Er legte *Questions 67 and 68* von Chicago auf. Ger hatte ihm Fleisch mit Kartoffeln hingestellt, was ihm das Wasser im Mund zusammenlaufen ließ, er stellte einen Teller in die Mikrowelle, aber er kam nicht mehr dazu, ihn wieder herauszuholen. Draußen hielt leise ein Auto, die Scheinwerfer wurden ausgestellt. Quietschen des Gittertors. Schüsse. Schüssehagel. Ducken. Hinter den Küchentresen. Splitterndes Glas. Geräusche. Salve auf die Tür. Ganzes Magazin. Stille. Sie warteten auf ihn. Er wusste, dass ihm die Beretta einen Scheiß nützen würde, aber er zog sie trotzdem. Zwei leergeballerte Automatikgewehre. Die Projektile schlugen im Wohnzimmer, im Esszimmer und im Herd ein. Er verschoss seine fünfzehn Patronen und wartete.

Ein Ford Lobo fuhr gemächlich los. Noch immer lief Chicago.

Er stand auf und wählte die Nummer von Briseño: Chef, würden Sie jemanden herschicken, ich hab gerade ein R-32 abgekriegt. Alles okay? Ich werde mich von diesen Arschlöchern doch nicht umbringen lassen.

Nachbarn kamen herbei, Mendieta beruhigte sie, bat sie, wieder nach Hause zu gehen. Mein Zurdo, Sie können auf uns zählen, Sie wissen ja, Sie sind einer von uns, und wir werden nicht zulassen, dass man Sie abknallt, wer immer es war. Sagen Sie einfach Bescheid, boten auch die Friedlicheren unter ihnen an.

Einige Minuten später trafen Gris Toledo, Jesús Ortega und zwei Leute von der Spurensicherung ein, dazu zwei Streifenwagen. Warst du schon auf dem Klo? Schon zwei Mal, Gris, geh schlafen, hier gibt's nichts für dich zu tun. Danke, Chef, fahren wir nach Navolato? Wieso nicht?, du müsstest mich allerdings abholen, der Jetta ist etwas ramponiert. Dann bis morgen um sechs. Ruh dich aus. Die Leute von der Spurensicherung sammelten die Hülsen ein und zählten sie: hundertzwei. Durchsiebte Tür, zerfetzter Vorhang, kaputte Scheiben. Er schloss sein Auto auf, die hinteren Kotflügel waren völlig ruiniert, der Kofferraum durchlöchert, die Heckscheibe zersplittert, er gab Ortega das Exemplar von *Pedro Páramo*, du kannst auch nach Hause fahren, das waren Kalaschnikows, wahrscheinlich Leute vom Queteco Valdés. Wie kommst du darauf? Vorhin habe ich einen seiner Leibwächter vor dem El Quijote gesehen und hatte so ein ungutes Gefühl; und heute haben wir Mariana Kelly ein paar Minuten lang festgehalten, weißt du, was Briseño gemacht hat?, er hat sich bei ihr entschuldigt und sie nach Hause geschickt; und das ist noch nicht alles, morgen übergeben wir die Ermittlungen ans Drogendezernat, wie findest du das? Er hat den Schwanz eingezogen. Genau das habe ich ihm zu verstehen gegeben, sag Memo, dass ich ihm das Buch schenke, aber er soll es bis zu Ende lesen, damit er nicht so ein Idiot wird wie sein Vater. Oder sein Onkel Zurdo. Wir sehen uns morgen.

26

Chef Matías, wie geht's Ihnen?

Sehr gut, entschuldige, dass ich dich so spät noch anrufe, aber wir vermissen dich hier, wie geht's deiner Mutter? Bestens, Chef, nett, dass Sie sich nach ihr erkundigen. Wie läuft's denn so bei den ruppigen Kollegen? Gut, ich habe mich schnell zurechtgefunden, wir arbeiten an einem interessanten Fall, der jede Menge zu bieten hat: Verdächtige, tote Zeugen, Leute auf der Flucht; gerade wurde mein neuer Chef Opfer eines Attentats, zwei ganze Magazine einer Kalaschnikow wurden auf ihn abgefeuert.

Ist das nicht viel zu gefährlich für ein so sanftes Mädchen wie dich?; irgendwann erwischt's dich mal, was Gott verhindern möge, oder du wirst zum Krüppel.

Im Leben gibt es nichts umsonst, Chef Matías, das wissen Sie ja, aber die Gefahr hat auch ihren Reiz, danke, dass Sie sich solche Sorgen um mich machen, was verschafft mir die Ehre zu so später Stunde?

Wie gesagt, wir vermissen dich, ohne das Licht, das du verbreitest, sind wir verloren; mein Anruf hat aber noch einen anderen Grund, ich wollte dir nämlich vorschlagen, zur Verkehrspolizei zurückzukehren; ich hab das Gefühl, dass die Mordkommission nichts für dich ist, dafür bist du zu zart und zu gut erzogen.

Vielen Dank, Chef, ehrlich.

Was meinst du?

Was soll ich sagen? Ihre Worte rühren mich, und ich muss gestehen, dass ich die Atmosphäre bei der Verkehrspolizei manchmal vermisse, aber ich muss auch sagen, dass ich mich hier sehr wohl fühle, meine Kollegen behandeln mich mit Respekt, und ich lerne viel.

Bei uns bist du die Lehrerin, ist das nicht viel reizvoller?

Natürlich.

Noch was, vor meinem Anruf bei dir habe ich mit Comandante Briseño gesprochen, er hat mir versichert, dass er nichts dagegen hat, ich hatte fast den Eindruck, dass man dort auf deine Mitarbeit keinen großen Wert legt, hier hingegen brauchen wir dich dringend, es gibt so viele Kinder und ältere Menschen, die auf die Hilfe der Verkehrspolizei angewiesen sind. Gerade eben habe ich zu Rodolfo gesagt, dass du wiederkommen wirst, und er hat sich riesig gefreut, also pack deine Sachen zusammen, gib deine Pistole und deine Dienstmarke ab, wir sehen uns dann morgen früh um zehn in meinem Büro, über Arbeitsmangel können wir uns wirklich nicht beklagen; um elf stellen wir das neue Verkehrserziehungsprogramm vor, Vertreter aller Staatsgewalten werden anwesend sein.

Er legte auf.

Gris rief Mendieta einmal auf dem Handy und fünf Mal zu Hause an. Nichts.

Sie war traurig, fühlte sich verlassen, unverstanden; am liebsten würde sie diese Heuchler auf den Mond schießen, sie hatten ihr also nur vorgegaukelt, sie als Kollegin zu akzeptieren. Diese Schufte.

Am Nachmittag, als sie auf ihren Freund gewartet hatte, hatte sie ihre Tage gekommen. Auch das noch.

27

Das Handy war ausgeschaltet. Das Telefon hatte fünf Mal geklingelt. Die Einsamkeit sollte ihm den Rest geben.

Seit Stunden kämpfte er gegen die Versuchung an, eine Linie zu schnupfen, sich Heroin zu spritzen, LSD zu nehmen, einen Joint zu rauchen. Der Mensch ist immer ein Opfer. Opfer von wem? Der Mücken, der Stürme und der Menschen, die nicht da sind. Mein Bruder lebt weit weg, und andere Verwandte habe ich nicht; meine Arbeitskollegen sind nicht meine Familie, eher schon die Leute aus dem Viertel, wie sich gerade gezeigt hat. Ich bin ein Loser mit verkorkster Vergangenheit, eine arme Sau, die sich in die falsche Frau verliebt hat, wer verliebt ist, der träumt, der malt sich Dinge aus, die nie eintreten. Er rauchte eine Zigarette nach der anderen, trank Bier, ohne es zu übertreiben, weil es ihm wie Wasser vorkam, und hörte die ganze Nacht Oldies, gerade lief *Mr. Tambourine Man* von den Byrds. Obwohl er wusste, dass seine Feinde nicht wiederkommen würden, machte ihn jedes Autogeräusch nervös.

Im Morgengrauen schlief er ein. Endlich taten die Beruhigungsmittel und der Alkohol ihre Wirkung. Ger weckte ihn auf: Zurdo, alles in Ordnung?, du meine Güte, kaum passe ich mal nicht auf, werden Sie fast umgebracht, um wie viel Uhr wurden Sie denn beschossen?; solche Schufte, die haben ja fast das ganze Haus ruiniert, von der nächsten Sonderzahlung müssen Sie was für die Renovierung abzweigen, aber Hauptsache, Ihnen ist nichts passiert, haben Sie einen von denen erwischt?, wer immer das war, er hat es nicht besser verdient, kann ich schon saubermachen oder kommen erst Señor Ortega und seine Leute, um nach Spuren zu suchen?, gestern Abend in *Wächter der Nacht* hat Daniel Quiroz Sie in den höchsten Tönen gelobt, Ihre Arbeit sei von größter Bedeutung, Sie hätten die Polizei modernisiert und was weiß ich noch alles; hörte sich jedenfalls gut an. Mendieta setzte sich auf. Sagen Sie mal, ist über Nacht der Teufel in Sie gefahren oder was?, duschen Sie erst mal, ich mache Ihnen währenddessen einen Nescafé und Eier mit Chilisoße in Olivenöl, damit Sie wieder auf die Beine kommen; dass Sie sich immer schwarz anziehen müssen, hat mir noch nie gefallen, Sie sollten auch mal andere Farben tragen, und hören Sie auf Ihr Horoskop. Nur Kaffee, bitte, du kannst ruhig sauber machen, Ortega war gestern Nacht schon da. Mit leerem Magen lasse ich Sie nicht aus dem Haus, nur damit Sie's wissen, wollen Sie lieber Garnelen?, wie wär's mit Camerones Rancheros?, ich mein ja nur, weil Sie heute Nacht ja nicht gemütlich mit Lesen zugebracht haben. Ich bin bald wieder da, und dann frühstücke ich, räum erst mal auf; weißt du, ob Gris da war?; sie sollte mich um sechs abholen. Wenn sie da war, hat sie sich wahrscheinlich die Finger wund geklingelt, Zurdo, haben Sie jemanden im Verdacht? Alle. Alle verdächtigen heißt keinen verdächtigen. Wenn ich wieder da bin, weiß ich vielleicht, wer es war. Wahrscheinlich eine Frau, der Sie nicht den Hof machen wollten. Er lächelte: So was in der Art. Ring, das Telefon klingelte, der Festnetzapparat, den Mendieta praktisch nie benutzte. Soll ich rangehen? Lass es klingeln, also klingelte es drei Mal jeweils siebzehn Sekunden lang.

Bevor er zum Präsidium fuhr, machte er einen Abstecher nach Nuevo Culiacán, oben auf den Hügel, zum

Büro von Foreman Castelo, einem Klassenkameraden aus der Grundschule, der vom Straßenguerillero zum Leiter einer Killerbande aufgestiegen war, die diskret und erfolgreich im ganzen Land operierte. Einmal war Castelo nachts bei ihm aufgetaucht und hatte ihn um ein Alibi gebeten, einer seiner Männer hatte einen hohen Beamten der Präventiven Bundespolizei getötet und war auf der Flucht, und deswegen wollte man jetzt ihm an den Kragen. Mendieta schützte ihn, überzeugte Briseño davon, dass nicht immer alles so ist, wie es scheint, und dass argentinisches Fleisch das beste der Welt ist. Briseño ließ seine Beziehungen spielen, Castelo schickte drei Monate lang Pakete mit Ryb-Eye-Steaks, und die Sache war geritzt. Als Mendieta ihn seinerseits um einen Gefallen gebeten hatte, hatte er zwar geflucht wie ein Rohrspatz und literweise Kaffee mit Zimt getrunken, aber er hatte Wort gehalten, drei Mal schon. Mendieta wiederum hatte ihm seine Akte zugeschanzt, ein umfangreiches Dossier von dreihundertsechzehn Seiten.

Was hast du denn hier schon wieder verloren?, hätte ich gewusst, dass du mal so nerven würdest, hätte ich dir damals den Hals umgedreht und dich in einen Steinbruch geworfen, Galindo und Chema hätten mir mit Kusshand geholfen. Er hatte ein kleines Büro im Hinterzimmer einer Autowerkstatt, mit einem Schreibtisch aus Metall, zwei bequemen Stühlen, einer Jungfrau von Guadalupe an der Wand und einer Büste des heiligen Malverde in der Ecke. An beiden steckten Blumen, die jeden Tag gewechselt wurden. Castelo trank Kaffee aus einem halbvollen Becher und sagte: Wir sind ja nicht die Einzigen in diesem Geschäft, und dieser Edelkram mit den Silberkugeln passt nicht zu uns, unser Werkstoff ist vernickeltes Metall, wir sind da eher bodenständig, wenn du weißt, was ich meine. Wer könnte solche Neigungen haben? Klingt mir eher nach feinen Pinkeln, du weißt ja, Leute mit Kohle haben oft einen Sprung in der Schüssel; wir kriegen immer mehr Anfragen, bei denen das Opfer zerstückelt, hinter einem Auto hergeschleift oder kastriert werden soll, geht's noch?, wir sind ein ehrenwertes Unternehmen, solche Aufträge haben wir nie angenommen, schließlich wird da ein Mensch getötet und kein Tier; aber wie gesagt, in unserem Metier tummeln sich viele Leute. Hat dich Hildegardo Canizales schon mal engagiert? Stell mir nicht solche Fragen. Hab ich dich beim Abschlussexamen abschreiben lassen oder nicht? Was willst du denn jetzt schon wieder von mir, du Nervensäge? Dass du ein, zwei Anrufe tätigst und mir Bericht erstattest, auf der Karte ist meine Nummer.

Er machte das Handy an, das sofort klingelte, Briseño, er ging nicht ran, sieben Anrufe in Abwesenheit, sechs von seinem Chef. Nur du kannst so ein folkloristisches Gebimmel haben. Nur ich hab was in der Hose. Bück dich schon mal. Mein Foreman, du musst mir einen großen Gefallen tun. Noch einen? Hör mal, ich bin doch nicht dein Papi. Der Queteco Valdés sitzt mir im Nacken, gestern hat er mir eine Warnung in Form von hundertzwei Maschinengewehrhülsen zukommen lassen. Was für eine Verschwendung, jeder meiner Leute hätte dich mit einer einzigen Kugel weggepustet, dann würdest du jetzt nicht hier sitzen und mir auf den Sack gehen. Leih mir deinen gepanzerten Wagen. Castelo lächelte: Wie kommst du darauf, dass ich einen habe? Weil du kein Idiot bist. Lange kann ich ihn dir nicht leihen, ist ein wichtiges Arbeitsutensil für mich. Ist nur für ein paar Tage, ruf mich an, wenn du ihn brauchst. Und deine eigene Karre? Wurde übel zugerichtet, da zähl ich auf deine Freunde, einer davon wird ihn schon wieder auf Vordermann bringen. Bestimmt, überleg dir schon mal, was zu mir zum Vatertag schenken willst.

Es war ein blauer BMW mit Vollverpanzerung.

Seine kugelsichere Weste war aus England. Das nenne ich eine Rüstung, dachte er, als er an zwei Ford Hummer vorbeifuhr, deren Fahrer in einem Meeresfrüchtelokal ihren Kater auskurierten. Er fand die zwanzig besten Hits von Santana, genau die richtige Musik, um sich am Vormittag in Schwung zu bringen.

Kavallerie. Er vergewisserte sich, dass es nicht Briseño war. Mendieta. Ein 7-27 auf dem Boulevard Maquío Clouthier, ganz in der Nähe des Ernesto-Millán-Parks. Verstanden, schick mir Gris Toledo hin.

28

Der Junge mit dem Fahrrad brach früh zu dem Job auf, den ihm sein Schwager am Vorabend besorgt hatte. Es war sein erster Arbeitstag, und er wollte nicht zu spät kommen. Was bewog einen dreiundzwanzigjährigen Luftikus dazu, eine Arbeit anzutreten? Er wollte sein Leben radikal ändern, sogar das Studium an der Tec von Monterrey wollte er aufnehmen, so wie es sein Vater immer von ihm gefordert hatte. Wenn du schon studierst, dann an einer Uni, die es wert ist: an der Tec. Deshalb hatte er den Detective angerufen. Er würde ihm seine unglaubliche Geschichte erzählen. Außerdem hatte er beschlossen, Beatriz Rodríguez zu heiraten, er hatte zwar immer nur Paola geliebt, aber jetzt blieb ihm keine Wahl, Paola war tot und Beatriz schwanger. Beatriz wollte abtreiben und sich unter dem Vorwand, Schauspiel zu studieren, aus dem Staub machen, aber das würde er nicht zulassen, er würde Verantwortung übernehmen, klar würde er Verantwortung übernehmen, er war ja kein Arschloch, er würde sie behandeln, als wäre sie Paola, die ihm seine dürftige Ausbildung und seinen schlechten Geschmack immer vorgehalten hatte. Señor Rodríguez interessierte ihn nicht, und er hoffte, dass die Mutter einlenken würde, ging es nicht den meisten so? Auch seine Schwester und sein Schwager hatten von der verbotenen Frucht genascht, bevor sie vor den Traualtar getreten waren. Zufrieden trat er in die Pedale, es war eine gute Entscheidung, vielleicht war es an der Zeit, vernünftig zu werden: Der Mandrágoras brennt darauf, meinen Posten in der Clique einzunehmen, soll er doch, der Wichser, aber bis er der Fieseste von allen ist, wird es eine Weile dauern. Wenn ein Mann die Liebe seines Lebens verliert, ist er gut beraten, eine neue Geschichte anzufangen, und sei sie noch so blöd, genau in dieser Situation befand er sich jetzt; er hatte Angst, dass die Tote zu einer Obsession werden könnte, und er würde alles unternehmen, damit es nicht so weit kam. Das Buch, das sie ihm hinterlassen hatte, fand er von Tag zu Tag schwieriger und komplizierter, da musste er dem Bullen recht geben. Er erinnerte sich, dass er Bruno Canizales mehr als einmal hatte umbringen wollen. Trotzdem war es besser so, womöglich wäre sie sonst vor Kummer gestorben und er wäre verloren oder säße im Knast; vorerst würde er sich mit der Schwester begnügen, die vielleicht nicht so hübsch, aber auch nicht zu verachten war. Eine Frau, die nicht schön ist, ist gar nichts, sinnierte er, während er mit Schwung den Anstieg der Avenida Clouthier in Angriff nahm.

Er keuchte, als neben ihm ein Pick-up mit getönten Scheiben auftauchte, er erkannte den Fahrer und zog ihm eine Grimasse, die in dem Moment erstarrte, in dem ihn der Schuss am Kopf traf und er, immer langsamer werdend, sanft auf den Asphalt kippte.

Menschenleere Straße. Obwohl Culiacán mehr als eine Million Einwohner hat, fegen viele Frauen jeden Morgen den Gehweg vor ihrer Haustür. Diesmal war keine einzige zu sehen.

Der Pick-up verschwand in Richtung der Costerita.

29

Neun Uhr morgens. Mendieta und Quiroz trafen gleichzeitig am Tatort ein. Irgendein Kommentar, mein Zurdo? Das Opfer wurde von einem Meteoriten aus der Saturnregion am Kopf getroffen und war sofort tot, der verantwortliche Gesteinsbrocken wird gerade verhört. Eines Tages werde ich den ganzen Quatsch, den du da verzapfst, veröffentlichen. Du willst wohl den Rest deines Lebens Strichlein machen und sonntags Bohnen mit Knochen essen. Möchtest du das wirklich riskieren? Stell mich auf die Probe, Zurdo, es geht das Gerücht um, dass ein Anschlag auf dich verübt wurde, stimmt das? Ich war gerade auf dem Weg zu dir, als ich hierher beordert wurde. Wer hat dir davon erzählt? Javier Valdés von *Riodoce*. Negativ, dieser Fettwanst war schon immer eine Tratschtante, der sitzt den lieben langen Tag lang im Los Portales, schaut den Weibern auf den Arsch und spielt den Weltenlenker; du solltest mal hören, wie er über die Leute aus Guamúchil herzieht. Vergiss nicht, dass ich dir noch was schuldig bin, eine Hand wäscht die andere; hör mal, was ist eigentlich mit meiner Freundin? Ich seh sie nirgends. Er hatte recht, Gris Toledo war nirgends zu sehen, was war los?, hatte man ihr nicht Bescheid gesagt? Er rief sie auf dem Handy an. Ausgeschaltet.

Die Spurensicherung hatte den Tatort abgesperrt, an dem sich so viele Schaulustige drängelten, als würden die Tigres del Norte ein Konzert geben. Wer hat noch mal gesagt, ich hasse Bands mit Tiernamen? Ein Blick genügte, und er wusste, wer der Tote war. Das war ja nicht schwer, murmelte er, dann rief er Montaño an, der sich gerade in einem Motel mit einer Medizinstudentin vergnügte, die gern ein Praktikum bei der Polizei absolvieren wollte. In diesem Moment fertigte ein Praktikant Notizen an, aber die Leute von der Spurensicherung scheuchten ihn weg. Die richten nur Chaos an. Mendieta betrachtete das Gesicht des Jungen und hatte das Gefühl, dass es ihm etwas sagen wollte, vielleicht das, was er ihm heute Abend erzählt hätte? Aber er konnte es nicht entschlüsseln. Offensichtlich wusste noch jemand, dass der Junge etwas gesehen hatte. Er machte drei Fotos mit dem Handy. Hoffentlich waren sie nicht verwackelt.

An der Tür eines Nachbarhauses stand eine Frau und beobachtete die Szene. Guten Morgen. Von wegen guten Morgen, wann unternehmt ihr endlich was gegen die Gewalt?; ich höre immer nur Versprechungen, die Politik, die Polizei, die Armee, aber es hört einfach nicht auf mit den Toten, alle sagen, sie wollen die Gewalt bekämpfen, aber am Ende ist doch wieder alles nur Geschwätz, wohin soll das noch führen?; schaut euch nur diesen armen Jungen an, was hat er verbrochen? Waren Sie diejenige, die im Präsidium angerufen hat? Ich bin doch nicht verrückt, hinterher wird man so oft einbestellt, dass man am Ende nicht mal mehr Geld fürs Busticket hat, in diesem Land ist die Justiz in der Hand von Verbrechern, und solange ihr, die von der Regierung, wegschaut, wird es auch so bleiben. Wann haben Sie die Leiche entdeckt? Gegen sieben, zuerst hat Artemisa sie gesehen, die Mollige mit der geblümten Bluse und den langen Haaren, sie hat gerufen, ich soll rauskommen; sie hat auch die Polizei verständigt. Haben Sie was gehört? Einen Schuss, aber hier wird ja so viel geschossen, ich hätte nie gedacht, dass so was direkt vor meiner Haustür passieren könnte, ein so junger Kerl, die arme Mutter. Hat jemand aus ihrer Familie was gesehen? Nein, die haben alle einen tiefen Schlaf, und mein Mann hat nicht hier übernachtet. Ich würd nicht gern in seiner Haut stecken, wenn er nach Hause kommt. Was fällt Ihnen ein, so über meinen Mann zu sprechen?, Sie Klugscheißer, Sie könnten froh sein, wenn Sie auch nur ein bisschen was von ihm hätten, das hier ist sein Zuhause, und er kann heimkommen, wann's ihm passt, dafür hat er eine Frau, die auf ihn wartet, kapiert?, und jetzt verschwinden Sie. Wo war Gris Toledo? Er rief sie noch mal an. Nichts. Sie wusste, wie man mit hysterischen Weibern umging.

Señora Artemisa, Sie waren also die Erste, die die Leiche gesehen hat?, sie war jung und leicht übergewichtig, hatte aber ein hübsches Gesicht. Ich hatte gerade Wasser für einen Nescafé aufgesetzt, als ich den Schuss gehört habe, ein lauter, aber dumpfer Knall, ich bin rausgegangen, und da lag er, von dem Auto habe ich nur noch die Rücklichter gesehen, weiter die Straße rauf, etwa dort, wo das grüne Haus ist. Welche Marke? Was Größeres, ein Ford oder ein Chevrolet, da kenne ich mich nicht so aus, ich wollte immer einen VW, aber die werden ja nicht mehr gebaut, ich bin näher hin und hab gesehen, dass es ein junger Kerl war, der da neben seinem Fahrrad lag; ich kenne jemanden bei der Polizei, hab seine Nummer rausgesucht und es so lang klingeln lassen, bis jemand rangegangen ist. Wen kennen Sie? Sie lächelte schelmisch: Muss ich das preisgeben?; ist mir peinlich, das verstehen Sie doch, oder? Jedenfalls war es richtig, dass Sie es gemeldet haben. Er war gar nicht selber am Apparat, ich glaube, er fängt erst später an. Ist gut, Sie können es mir auch ein andermal sagen, hat sich jemand der Leiche genähert? Im

Gegenteil, alle haben einen großen Bogen drum gemacht, ein Typ wollte das Fahrrad klauen, aber wir haben ihn vertrieben, Señora Emma von gegenüber und ich, haben Sie schon mit ihr gesprochen?, sie kocht vor Wut, die Arme, ihr Mann rennt jedem Rock hinterher und ist gestern nicht nach Hause gekommen, das geht jetzt schon mehrere Nächte so. Hat Ihnen sonst noch jemand Fragen gestellt? Nein, niemand, hier im Viertel arbeiten alle nachts, der Einzige, der tagsüber arbeitet, ist Don Leopoldo, der Mann von Doña Emma, und der ist ja nicht nach Hause gekommen. Was machen Sie beruflich? Ich arbeite im Krankenhaus am Empfang, schau mal einer an, wer da kommt, Doktor Montaño stieg aus seinem Honda. Mendieta lächelte wissend. Sagen Sie ihm nichts, das wäre mir peinlich. Keine Angst.

Montaño ignorierte die Empfehlungen der Spurensicherung und die Notizen seines Assistenten, untersuchte schnell die Leiche, spreizte einen Arm ab, maß die Temperatur, betrachtete das Loch im Wangenknochen und stand auf. Mendieta stellte sich neben ihn. Blödmann, ich dachte, es handelt sich um ein hohes Tier. Du hast mir nicht gesagt, dass du beschäftigt sein würdest, außerdem bin diesmal nicht ich der Bösewicht, sie war diejenige, die dich angerufen hat, weil sie dich mal wiedersehen wollte, und sei es aus der Ferne. Montaño blickte verstohlen in Richtung Artemisa: Ave Maria, diese Frau wird kein bisschen älter, wir hatten mal was, als ich mein Berufspraktikum gemacht habe, du weißt gar nicht, wie dankbar ich ihr bin, im Bett ist sie eine richtige Künstlerin; gut, was die Leiche angeht, kann ich dir sagen, dass der Tod vor dreieinhalb Stunden eingetreten ist, Todesursache war ein Kopfschuss, die Kugel ist am Wangenknochen ein-

und am linken Ohr ausgetreten, die Todesstarre hat gerade erst eingesetzt. Der Junge war in Paola Rodríguez verliebt, und ich bin sicher, dass sein Tod etwas mit dem Mord an Bruno Canizales zu tun hat, daher hätte ich gern gewusst, welche Art von Patrone benutzt wurde. Das musst du Ortega fragen, und jetzt entschuldige mich, mich lockt das Weib, schau dir nur diesen Körper an, zum Anbeißen, und sie will, das spüre ich, sie lehnte am Auto und wartete. Um zwölf, okay? Reicht völlig.

Bevor Montaño losfuhr, umarmte er Artemisa innig.

Mendieta staunte, wie freudig sie sich begrüßten, und dachte, dass er nie eine Künstlerin im Bett gehabt hatte. Stimmte nicht, nur war er nicht bereit, dem Gedanken an Goga Fox auch nur einen Spaltbreit Raum zu geben. Die Zunge, auf die er sich biss, blutete immer dunkler, aber er würde trotzdem nicht zu ihr fahren und ins Verderben rennen.

Pfarrer Bardominos fiel ihm ein, und er dachte an Doktor Parra: Na los, Detective, streng deinen Kopf an und ruf dir positive Gefühle ins Gedächtnis, verdräng die alten Erfahrungen mit neuen und finde dein Gleichgewicht. Ein Spinner, der Erich Fromm persönlich kennengelernt hatte, ein hoffnungsloser Raucher und Säufer. Warum sträubt sich alles in mir dagegen, die Therapie bei ihm wiederaufzunehmen? Vielleicht, weil ich mir Bardominos selber austreiben muss.

Er rief im Präsidium an: Robles, ist Gris Toledo in der Nähe? Ich hab sie nicht gesehen, und Sie wissen ja, dass ihr Anblick mir immer eine Freude ist, er stellte zum Büro durch. Chef Mendieta? Angelita hatte Neuigkeiten. Sie ist heute früh gekommen und hat ihre Sachen abgeholt, ihre Dienstmarke und die Pistole hat sie auf den Schreibtisch gelegt. Wieso das? Weiß nicht, sie sah so elend aus, dass ich mich nicht getraut habe, sie zu fragen. Danke, Angelita. Wissen Sie, was passiert ist? Nein, keine Ahnung, tu mir einen Gefallen und lass dich von einem Streifenwagen zu ihr fahren, sobald du mehr weißt, rufst du mich an, gib mir noch mal Robles.

Robles, such mir die Telefonnummer von Rodolfo Uzeta raus, das ist der Freund von Gris Toledo. Ach, sie hat einen Freund?, wir hatten hier schon um sie gelost. Wer hat sie gezogen? Na, wer schon?, meine bescheidene Wenigkeit. Mein herzliches Beileid, ruf mich auf dem Handy an, sobald du die Nummer hast.

Er musste es der Mutter sagen.

Beatriz stand am Fenster von Paolas ehemaligem Zimmer, sie hatte eine böse Vorahnung, denn sie ging schnell nach unten und begriff sofort. Die Señora setzte sich einen Augenblick, Tränen standen ihr in den Augen, Beatriz nahm sie in den Arm, sagte, ihr Sohn sei ein vorbildlicher Mensch gewesen, und Gott wisse schon, was er tue; dann rief sie den Vater des Jungen im Büro an und reichte ihr den Hörer.

Beatriz war verstört, ihr Gesicht gerötet, schweißüberzogen; sie war so tief erschüttert, dass sie nicht mal weinen konnte. Sie lässt einfach nicht locker, murmelte sie und sah Mendieta an, nicht mal tot lässt sie ihn in Ruhe. Sie hat ihn kein bisschen geliebt, mit ihm geschlafen hat sie nur, um mich zu ärgern; wie sagt mein Vater immer, ein Unglück kommt selten allein, wissen Sie was?, vorgestern Abend hatte ich ihn so weit, er wollte mit mir zusammen sein, sich eine Arbeit suchen, ein normaler Mann werden; wir haben viel geredet, er hat getrunken, aber in Maßen, hat gesagt, er würde den wichtigsten Schritt seines Lebens machen. Wo war das? In meinem Zimmer, es war schon fast Mitternacht, aber ich war noch wach, wie Sie sich denken können, ist bei allen in der Familie die innere Uhr verstellt. Hat er dir gesagt, was er damit meint? Nein, er hat nur gesagt, danach würde die Hölle los sein und ich ihn vielleicht nicht mehr so lieben; dabei liebe ich ihn jetzt nur noch mehr und bin stolz, dass ich sein Kind in mir trage. Hat er dir gesagt, dass wir heute miteinander verabredet waren? Nein, manchmal hat er den Geheimniskrämer gespielt.

Die Mutter hörte sich an, wie der Vater versicherte, er würde sich um alles kümmern, aber jetzt wolle er mit dem Detective sprechen. Mit wem habe ich das Vergnügen? Sanfte, einnehmende, höfliche Stimme. Edgar Mendieta von der Bundespolizei. Sehr erfreut, Detective, ich habe nur Gutes von Ihnen gehört, hier spricht Alonso Barraza, ich nehme an, Sie wissen, wer ich bin. Natürlich, es war der stellvertretende Staatsanwalt. Wie soll ich es ausdrücken?, ich möchte nicht, dass diese Angelegenheit an die Öffentlichkeit gelangt, diese Frau hat zwei Kinder von mir, und ich bin sehr daran interessiert, dass niemand davon erfährt, ich hoffe, dies genügt Ihnen als Erklärung, ich wäre Ihnen dankbar, wenn Sie die Leiche sofort freigeben würden, Mendieta, wer mir einen Gefallen tut, dem zeige ich mich erkenntlich. Was für ein Verhältnis hatten Sie zu Ihrem Sohn? Ein schlechtes, er hat mich gehasst, aber so, wie der Fall liegt, möchte ich, dass alles seinen natürlichen Gang geht, wenn Sie verstehen, was ich meine. Ich verstehe vollkommen, keine Sorge, er hatte begriffen, dass Barraza seinen Sohn praktisch gar nicht kannte.

Beatriz bot sich an, die Schwester zu verständigen und die Leiche zu identifizieren. Der Detective rief zwei Leute an: zum einen versehentlich Montaño, der nicht ranging, zum anderen Ortega, um zu fragen, ob er die Patrone gefunden hatte, aber auch ihn konnte er nicht erreichen. Und Dante, der nach wie vor an seinem Zauberwürfel drehte, erklärte sich bereit, Beatriz zu begleiten, die in ihrem Zustand nicht Auto fahren konnte, die Mutter war immer noch bettlägrig, und Señor Rodríguez war bei der Arbeit. Während Beatriz sich fertigmachte, unterhielt Mendieta sich mit Dante. Wie lang brauchst du, bis alle Seiten eine Farbe haben? Schauen Sie selbst, er bewegte seine Hände mit irrsinniger Geschwindigkeit, und achtzehn Sekunden später war es vollbracht. Das nenne ich schnell, hast du einen Trick? Nein, kein Trick, gesunder Menschenverstand und ein bisschen Übung. Mendieta musterte ihn. Aha, dann nehmen wir mal deine Straße als Beispiel, dort hat es zwei Todesfälle gegeben, nicht weit voneinander entfernt und innerhalb weniger Tagen, einer davon in deiner nächsten Verwandtschaft, was sagt dir da dein gesunder Menschenverstand? Dante überlegte. Die beiden waren ein Liebespaar, also muss es zwischen den Todesfällen eine Verbindung geben. Was führt dich zu diesem Schluss? Die Gesetze der Mathematik und ähnliche Fälle, Romeo und Julia zum Beispiel, sagte er und drehte wieder an seinem Zauberwürfel, beide wurden bedroht, lebten in derselben Stadt, zur gleichen Zeit; jeder Fall ist eine Einheit, eine Gleichung, Sie müssen ein spezifisches Feld definieren und die Zufälle analysieren, Canizales könnte eine weitere Verbindung sein, auch Beatriz, sagte er, als er sah, dass sie auf sie zu kam.

Kavallerie. Man gab ihm die Nummer von Rodo durch, den er sofort anrief.

Haben Sie es schon auf ihrem Handy versucht? Mehrmals, mein lieber Rodo, ich verstehe nicht, was mit ihr los ist. Ich weiß nur so viel: Sie wurde zur Verkehrspolizei zurückversetzt, heute startet eine Aktion, Verkehrserziehung für Fußgänger, die muss sie leiten, merkwürdig, dass Sie das nicht wissen. Manchmal weiß die linke Hand eben nicht, was die rechte tut. Sie müssten jetzt im Hörsaal des DIF sein, fängt um halb zwölf an. Danke, Rodo, demnächst kriegst du dein Geburtstagsgeschenk von mir.

Was ging da vor sich? Der Fall Canizales wurde zu den Akten gelegt, obwohl es heiße Spuren gab, und seine Assistentin wurde strafversetzt, eine Frau, die ihm als Politesse mal einen Strafzettel verpasst hatte, obwohl er Polizist war, einfach weil das Gesetz es vorschrieb; die er dabei beobachtet hatte, wie sie einem Nachwuchsnarco die Stirn bot, der mit seinem Ford Hummer durch die Gegend gerast war, als wäre er auf einer Rennbahn, sie hatte es tatsächlich fertiggebracht, ihn zu stellen und einem Streifenwagen zu übergeben. Pech gehabt? Er war nicht gewillt, es einfach hinzunehmen.

Nachdem der Leichnam identifiziert war, fuhr er auf dem Boulevard Zapata zum DIF.

Endlich erreichte er Ortega: Ich will wissen, mit was für einer Waffe Ezequiel Barraza erschossen wurde, das ist ein junger Mann, dreiundzwanzig, der gerade im Leichenschauhaus liegt und in wenigen Minuten von dort abgeholt werden wird. Sieh mal einer an, der Sohn vom Queteco Barraza. Woher weißt du das? Das weiß doch jeder. Werden jetzt etwa meine Gespräche abgehört? Deine nicht, aber seine, aus Sicherheitsgründen. Tu mir den Gefallen, ja? Hör mal, wie läuft's mit dem Kerl, der dir die Blumen geschickt hat?, hast du ihn erhört?, er beendete das Gespräch, war nicht zum Scherzen aufgelegt.

Kavallerie. Chef, es war Angelita, ihre Mutter sagt, sie ist wieder bei der Verkehrspolizei. Er dankte ihr. Scharen von wohlriechenden Kindern in makelloser Schuluniform strömten in den Hörsaal des DIF. Er ging zum Besuchereingang und schlich sich hinein. Gris Toledo, in Politessenuniform, unterhielt sich mit dem Chef Matías, einem rund sechzigjährigen Glatzkopf mit Übergewicht, der eine ebenfalls makellose Uniform trug. Um sie herum waren weitere Beamte in Zivil und in Uniform versammelt. Gris stand reglos da, ihr ungeschminktes Gesicht gab ihr einen besonderen Touch, trüber Blick, dürre Lippen. Mendieta konnte es sich nicht verkneifen: Señorita Toledo, Sie sind verhaftet, er zeigte ihr seine Dienstmarke, folgen Sie mir, er nahm sie beim Arm und zog sie Richtung Ausgang. Matías packte Gris am anderen Arm: Sie führen Sie nirgendwo hin, weisen Sie sich aus oder es gibt Ärger. Die Verkehrspolizisten zogen ihre Waffen, Gris war zwar noch wie erstarrt, aber ihre Gesichtszüge entspannten sich bereits, fast hätte sie gelächelt, noch hatte sie kein Wort gesagt, aber es war ihr anzumerken, dass sie die Situation genoss. Steckt eure Schießeisen weg oder ich pisse drauf, denkt an die vielen Kinder, schließlich habt ihr eine Vorbildfunktion. Was wissen Sie schon von Vorbildern, Sie sind ein Gauner, ein Halunke, echauffierte sich der Chef Matías, und die Beamtin Toledo wird nicht zur Kripo zurückkehren, da können Sie sich auf den Kopf stellen. Ich bringe sie ja auch nicht zur Kripo zurück, ich verhafte sie wegen Vernachlässigung ihrer Pflichten. Briseño und Alonso Barraza, der stellvertretende Staatsanwalt, die ebenfalls zur Eröffnung eingeladen waren, stießen hinzu. Was ist hier los?, kurz sahen sich alle gegenseitig an. Stecken Sie Ihre Waffen weg, befahl Barraza, der Detective ging zu den beiden hin. Herr Staatsanwalt, ich bin Edgar Mendieta, Sie erinnern sich vielleicht. Natürlich, er lächelte, und ich bin Ihnen sehr dankbar, aber wer hätte gedacht, dass ich Ihnen den Gefallen so bald würde erwidern müssen. Briseño begriff nicht, warum er so hilfsbereit war. Zwei Dinge: Ich möchte, dass die Beamtin Toledo zu meinem Team zurückkehrt, er deutete auf Gris, und ich würde gern den Fall Canizales lösen, möglicherweise gibt es einen Zusammenhang zwischen dessen Ermordung und dem Tod Ihres Sohnes Ezequiel. Briseño hat mir gerade von Ihnen erzählt, warum fällt es Ihnen so schwer, sich zu fügen? Abgesehen davon, dass es zwei Tote gegeben hat und gestern Abend ein Anschlag auf mich verübt wurde, bei dem fast mein Haus in Schutt und Asche gelegt worden wäre, stürze ich mich eben gern in Schwierigkeiten. Der stellvertretende Staatsanwalt lächelte. Das besprechen wir nach der Eröffnung, in Ordnung, Herr Staatsanwalt?, unterbrach Briseño, um seine Autorität zurückzugewinnen. Jetzt holen sie diese Frau schon zurück zur Kripo, die andere Sache klären wir heute Nachmittag, könnte die Beamtin noch zur Eröffnung bleiben? Sie gingen los in Richtung Podium. Ich brauche sie aber jetzt. Gris wusste nicht, was sie tun sollte, Matías versuchte sie zurück in den Saal zu bugsieren, aber Mendieta stellte sich ihm in den Weg, Barraza machte Matías ein Zeichen, und er ließ sie los, Mendieta nahm sie beim Arm und führte sie nach draußen. Warum nimmt mich keiner ernst?, warum fragt keiner, was ich denke und wo ich gern sein würde?, sehe ich etwa aus wie ein kleines Mädchen? Lass uns im Miró frühstücken, dann höre ich dir so lange zu, wie du willst. Beantworten Sie wenigstens eine meiner Fragen. Ich wollte eigentlich nur rauskriegen, warum du zur Verkehrspolizei zurückgegangen bist, aber als ich dein Gesicht gesehen habe, war mir sofort klar, dass es gegen deinen Willen geschehen ist, sagte er lächelnd. Ein Schinkenbaguette und ein starker Kaffee wären jetzt nicht verkehrt. Ein doppelter Kaffee für die Señorita, bitte. Chef, diesmal zahle ich, und diese Panzerwagen? Hat nichts zu bedeuten, Beamtin Toledo, du weißt ja, Abwechslung ist bei mir Routine.

30

Laura Frías im weißen Kittel legte New-Age-Musik ein und bat den ersten Kunden herein: Don Pablo, wie geht's?, haben Sie beim Essen ein bisschen Maß gehalten, wie ich es Ihnen geraten habe? Habe ich nicht geschafft, Laurita, aber jeden Tag spazieren gegangen bin ich, und die Warzen am Rücken wurden mir entfernt. Und die in den Achselhöhlen? Nächste Woche, versprochen. Sie forderte ihn auf, sich bis auf die Unterwäsche auszuziehen und bäuchlings auf dem Massagetisch zu legen. Dann wollen wir mal, Don Pablo. Sie begann sanft, cremte den Rücken ein, der Alte verrenkte sich fast, um ihren Hintern zu betatschen. Laura nahm die lüsterne Hand, hob sie hoch und verdrehte sie, als gehörte es zur Massage. Der alte Mann stöhnte lustvoll auf: Er liebte dieses Ritual, mit dem er sich begnügte, seit er begriffen hatte, dass sie nie seine Gespielin werden würde. Sofort traktierte sie den Siebzigjährigen härter, bis er stillhielt und leise schnurrte.

Sie war gerade dabei, seine Schultern zu massieren, als zwei Männer eintraten. Bitte warten Sie draußen, die ihre Pistolen zogen, ich bin gleich bei Ihnen, und sie ihr an den Kopf hielten. Don Pablo, wie gelähmt, mit offenem Mund, Laura, unsicher, wohin sie schauen sollte. Die Chefin sagt, du sollst die Klappe halten, wenn dir dein Leben lieb ist, irgendwas hast du ausposaunt, was ihr nicht gepasst hat, der andere streichelte ihr gekonnt den Po. Weißt du was?, uns stinkt es, dass wir immer nur drohen dürfen, beim nächsten Mal puste ich dir den Schädel weg, selbst wenn wir dich eigentlich nur erschrecken sollten, kapiert? Laura nickte verkrampft; der Typ, der sprach, fuchtelte mit der Waffe vor ihrem Gesicht herum, der andere zögerte: Er war erregt, schließlich schoss er auf den Kassettenrekorder und warf alle Cremes und Öle auf den Boden. Dann zogen sie wieder ab.

Laura setzte sich und brach in Tränen aus, konnte ihren Kummer nicht mehr zurückhalten: Bruno, mein Lieber, ich werde für dich beten und dir Blumen bringen, ich werde an dich denken und dafür sorgen, dass dein Tod nicht ungesühnt bleibt. Wer ist diese Chefin?, der Alte, der auf der Massagebank saß, sah sie an. Wozu wollen Sie das wissen, Don Pablo? Darf ich dich daran erinnern, dass ich mal Richter war und mir einige Leute noch einen Gefallen schuldig sind?, ich sage nicht, dass ich etwas ausrichten kann, aber vielleicht ja doch. Don Pablo, das sind Narcos, Drogenmafia, einflussreiche Leute, Herren über Leben und Haziendas. Stimmt, das ist unverkennbar ihre Handschrift, aber vielleicht kenne ich sie noch aus der Zeit, als ich beruflich aktiv war, wenn nicht, werde ich nichts weiter unternehmen, versprochen, ich weiß ja, was dir sonst blüht. Ehrlich? Na ja, was habe ich zu verlieren?, es handelt sich um Samantha Valdés, die Tochter von Marcelo Valdés. Hoppla, mit dem ist wahrlich nicht zu spaßen. Sag ich doch, könnten wir ein andermal weitermachen? Natürlich, dieser Bruno, ist das der Sohn von Ingenieur Canizales? Ja, und mein bester Freund. Es wird gemunkelt, er hat sich des öfteren als Frau verkleidet und den Prostituierten am Markt von Izábal Konkurrenz gemacht. Alles Verleumdungen, Don Pablo, schmutzige Verleumdungen. Na gut, Laurita, sag mir Bescheid, wenn du einen Termin freihast.

31

Im Miró, mit ausgeschalteten Handys und großzügig umsorgt von Rudy, der ihnen Sandwiches mit Red Snapper und Garnelen servierte, Rezept meiner Mutter, analysierten sie in Ruhe die Situation.

Er berichtete Gris von dem Jungen mit dem Fahrrad, dass er im Morgengrauen des Mordtags jemanden aus Canizales' Wohnung hatte kommen sehen, und zwar nicht Paola. Dann streichen wir sie also von der Liste? Er nickte: Wir dürfen nicht vergessen, dass uns der Fall abgenommen wurde, heute muss ich alles, was wir haben, Moisés Pineda übergeben. Und Aldana war es auch nicht. Bei ihm bin ich mir nicht hundertprozentig sicher. Bleiben noch Mariana Kelly, Samantha und ihr Vater. Was ist mit Laura? Die Nachricht habe ich auf Ihren Schreibtisch gelegt, unter die Pistole. Sie ist aus Guasave, anständige Familie, studierte Psychologin, seit fünf Jahren bei der KBP, stand Canizales sehr nahe, Dania Estrada hat mir gesagt, dass sie oft bei Bruno im Gästezimmer übernachtet hat, sie war so etwas wie seine moralische Stütze. Deshalb weiß sie auch so viel. Sie dachten nach. Laura glaubt, dass es sich um ein Verbrechen aus Leidenschaft handelt, Canizales hat sich mal gewünscht, mit einer Silberpatrone erschossen zu werden, und ihr zufolge hat jemand ihm den Wunsch erfüllt, womöglich jemand, den wir noch gar nicht kennen, wieder Schweigen, Aldana schaut gern Krimis, aber das reicht nicht. Tja, das Böse lauert überall. Werden Sie Pineda in alles einweihen? Er zuckte mit den Schultern, obwohl er genau wusste, dass er ihm gar nichts sagen würde. Sie aßen zügig. Man sieht Ihnen an, dass Sie schlecht geschlafen haben. Ich komme eben in die Wechseljahre, und die Schießerei hat irgendwas in mir ausgelöst. Waren Sie bei Señora Canizales? Du wolltest mich doch abholen, oder? Stimmt, aber der Anruf vom Chef Matías hat mich aus dem Konzept gebracht. Na ja, steht jetzt auch nicht mehr an, wir müssen in unsere Köpfe kriegen, dass der Fall abgeschlossen ist, obwohl es mich schon interessiert hätte, was sie sonst noch über den Vater erzählt hätte, man schenkte ihnen Kaffee nach. Bei dem, was Sie essen, ist mir schleierhaft, warum Sie nicht zunehmen. Mir auch. Chef, stimmt es, dass Sie früher mal Narco waren? Mendieta betrachtete sein halb aufgegessenes Sandwich, warum ihr nicht einen Vertrauensbeweis liefern? Nach der Schule habe ich drei Autos voller Kokain überführt. Nach Nogales? Nach Yuma, drüben war der Stoff mehr wert. Und dann? Habe ich die Finger davon gelassen, die Hälfte der Kohle habe ich meiner Mutter gegeben, den Rest auf den Kopf gehauen. Was haben Sie studiert? Literatur. Wieso? Weil ich gern gelesen habe. Sie sind der erste Mensch, den ich kenne, der gern liest, warum sind Sie dann Polizist geworden? Weiß ich nicht mehr, und du? Weil ich es als notwendig empfand; ich habe Sie noch nie mit einem Buch gesehen.

Detective Mendieta, unterbrach Rendón. Ah, Professor, wie geht's?, er stellte Gris Toledo vor. Was macht die Sache mit Ihrem Auto?, waren Sie bei Urrea? Darüber wollte ich mit Ihnen sprechen, Urrea sagt, er wisse von nichts, in seinem Revier liege keine Anzeige vor. Haben Sie den Diebstahl nicht gemeldet? Natürlich habe ich ihn gemeldet, muss wohl irgendwie untergegangen sein; jedenfalls ist der Wagen wieder aufgetaucht, und jetzt will die Versicherung nicht zahlen, was soll ich Ihrer Meinung nach tun? Ihr Auto abholen und die Sache vergessen. Daran habe ich auch schon gedacht, allerdings ist der Wagen ziemlich alt, Baujahr dreiundneunzig, und ehrlich gesagt, wäre es mir lieber, die Versicherung würde zahlen. Verstehe, weiß man bei der Versicherung, dass der Wagen wiederaufgetaucht ist? Nein, niemand weiß davon, ich habe ihn zufällig auf dem Parkplatz der Verkehrspolizei entdeckt, für das Abschleppen und Unterstellen muss ich bezahlen, und zwar mehr, als das Auto wert ist. Gris mischte sich ein: Gehen Sie zu dem Parkplatz und fragen Sie nach Rodolfo Uzeta, sie schrieb etwas auf eine Serviette und faltete sie, geben Sie ihm das. Nur zu, Professor, Rodolfo ist ihr Verlobter. Das ist ja effektiver als eine Silberpatrone. Mendieta musterte ihn: Professor, trinken Sie einen Kaffee mit uns und erzählen Sie uns, was Sie über Silberpatronen wissen. Ein Bier wäre mir lieber, viel weiß ich nicht, warum benutzt der Lone Ranger Silberpatronen? Mendieta und Gris sahen sich an: Keine Ahnung. Weil sie schneller sind als die aus Blei, natürlich ist da auch der Mythos, aber die Geschwindigkeit könnte durchaus eine Erklärung sein, in einem Duell kann der Bruchteil einer Sekunde entscheidend sein. Was ist mit dem rituellen Aspekt? Rendón trank einen Schluck von seinem Bier. Sie meinen Freitagnacht, Wolfsmenschen, Vampire und dergleichen? Ja, und ihr Verhältnis zu Silberpatronen. Das müsste ich recherchieren. Würden Sie das tun?, er trank sein Bier aus. Übermorgen hier? Sonntag um elf, aber nicht vergessen. Und kommen Sie nicht zu spät. Rendón kehrte an seinen Tisch zurück, wo ihn eine Flasche Tecate erwartete.

Goga Fox kam mit einem koketten Lächeln auf sie zu, Edgar, parfümierte Aura, kann ich mit dir sprechen? Verwirrt: Natürlich. Ich bin Goga Fox, sie sah Gris abschätzig an, ich würde gern allein mit dem Herrn sprechen, sind Sie bei der Verkehrspolizei? Nein, antwortete Mendieta, sie arbeitet undercover. Wie interessant, sie strich eine Falte ihrer Bluse glatt. Gris, die nichts von ihrem Verhältnis wusste, aber weiblichen Instinkt besaß, stand auf und ließ sie allein. Rudy kannte Gogas Vorlieben von den vielen Vormittagen, die sie mit ihren Freundinnen in dem Café verbracht hatte, und ließ ihr sofort einen Irish Coffee bringen. Edgar, sie blinzelte, wie geht's dir?, du siehst so aus, als hättest du schlecht geschlafen. Falsch, ich habe selig geschlummert. Neulich Abend, das war nicht normal, ich hab jedenfalls eine andere Reaktion erwartet. Goga, nichts ist müßiger, als meine Reaktionen erklären zu wollen, weil deiner Meinung nach alles auf der Hand liegt, natürlich, und dass du mir Blumen geschickt hast, war eine Schnapsidee. Ich liebe dich, Edgar, ich weiß, dass du meinetwegen gelitten hast, verzeih mir, mein Mann hat mich damals bedrängt, hat immer heiklere Fragen gestellt, als er schließlich deinen Namen erwähnt hat, habe ich die Reißleine gezogen, kannst du das nicht verstehen? Gerade weil ich es verstehen kann, will ich meinen Frieden haben. Sei doch nicht so radikal, ich bin deinetwegen hier, und ich will nicht wieder abfahren, ohne mit dir zusammen gewesen zu sein, sie tat Zucker in den Kaffee. Ich habe auch ein Herz, musst du wissen. Nur eine Nacht, Edgar; mit dir, säuselte sie, die Hände vor der Brust, und sah ihm in die Augen. Mendieta fühlte sich angeknockt, wollte ihr klipp und klar sagen, dass er nicht wollte, aber er wusste nicht, wie, also sagte er einfach: Ich kann nicht. Goga lächelte gleichgültig: In Sachen Bruno Canizales bin ich auf deiner Seite, früher oder später wirst du rausfinden, wer es war; ich weiß nicht, ob eine der beiden fähig ist, einen Menschen zu töten, aber Mariana war furchtbar wütend auf Canizales, sie könnte jemanden beauftragt haben, was weiß ich, eines jedenfalls kann ich dir versichern, dass sie Angst hat, seit gestern wohnen sie in dem Haus in Altata; ich hatte den Eindruck, dass sie gern mit dir gesprochen hätte, etwas klarstellen wollte, aber Samantha hat was dagegen, Loser ist noch das Angenehmste, was sie über dich sagt, sie will dich erniedrigen, du sollst vor ihr kriechen und sie um Verzeihung bitten. Mendieta betrachtete sie, hörte ihr zu, versuchte, sich von dem geblümten Rock und der schwarzen Bluse nicht zu sehr verstören zu lassen. Von ihrem verführerischen Parfüm. Er erinnerte sich: Ich mag, wie du mich ausziehst, wie du mir die Blusen und Röcke vom Leib reißt, als wären sie die Staatsfeinde Nummer eins. Warum erzählte sie ihm das alles? Er würde sie nicht fragen, sie deutete auf Gris, die an der Kasse stand: Läuft da was mit ihr? Ja. Sie hat eine schöne Haut. Wir wollen heiraten. Sieh einer an, hat dich doch noch eine ergattert. Erst mal abwarten, ob sie nicht davonläuft wie die andere. Glaub ich nicht, macht einen patenten Eindruck, dann wurde sie ernst, sah zu Gris, die in aller Seelenruhe mit Rudy plauderte, entweder sie ist sich deiner sehr sicher oder du bist ihr scheißegal. Und bei dir? Alles bestens, er ist den ganzen Tag im Büro, und ich treibe mich in Museen und Galerien herum oder gehe ins Kino, ich selbst bin die Architektin dieses Schicksals, das ich gar nicht will, wie du das mal formuliert hast, jedenfalls glaube ich, dass man nur einmal liebt und dass alles, was danach kommt, nur Variationen sind; irgendwie bin ich an unsere Liebe gekettet. Er leistete keinen Widerstand mehr. Sollte es dich interessieren, du bist nicht nur die Architektin deines Schicksals, sondern auch meines.

Ein Polizist in Uniform trat ein: Mein Zurdo, der Chef schickt mich, er lässt fragen, warum Sie und die Beamtin Toledo nicht ans Handy gehen. Gris kam hinzu. Ruf mich an, sagte Goga und gab ihm eine parfümierte Visitenkarte. Gris, die von Rudy aufgeklärt worden war, hielt dezent Abstand. Goga stellte sich vor ihn hin, küsste ihn mit fiebrigen Lippen auf die Wange, er war versucht zu sagen, die andere auch, wie in Europa, aber noch hatte er sich nicht aus seiner Erstarrung gelöst.

32

Marcelo Valdés ging im Garten spazieren und telefonierte mit dem Handy. Culiacán lag unter ihm wie die Kralle eines Tigers. Drei Leibwächter behielten alles im Auge und überwachten unauffällig jede seiner Bewegungen. Du hast mich bitter enttäuscht, wie konntest du dich auf so einen Idioten wie den Gringo einlassen, nur um mir ein paar Pesos aus der Tasche zu ziehen?, ist dir nicht klar, wie viel Schaden du mir zufügst, mir und meiner Organisation?, wie konntest du nur so eigenmächtig handeln?; ich hab dir nie etwas abgeschlagen, vor deiner Hochzeit nicht und auch nach deiner Hochzeit nicht; dein Mann war ein Schwachkopf, und das hat er mit dem Leben bezahlt, ihr habt von meinem Geld gelebt, und auch als Witwe habe ich dich unterstützt; ich versteh dich nicht, Samantha, wirklich nicht, und allmählich hab ich genug von deinen Eskapaden, von deiner Rücksichtslosigkeit. Den Gringo trifft keine Schuld, Papa, ich hab ihn gezwungen. Wüsste ich das nicht, hätte ich ihn längst zu seinem Vater geschickt, möge er in Frieden ruhen. Sie schwiegen. Wofür hast du das Geld gebraucht? Ich werde eine Jacht kaufen, und meins hat eben nicht gereicht. Wofür willst du eine Jacht, wir sind Landmenschen, deine Mutter ist hier geboren und ich in Badiraguato. Um deine Geschäfte auf See zu überwachen, Papa, damit endlich mehr dabei rausspringt, er unterbrach sie. Wer hat dir dafür die Erlaubnis gegeben?, diese Idee ist genauso schwachsinnig wie der Zoo, den ich gespendet habe, damit die Tiere nicht sterben müssen. Papa, du bist krank, du kannst nicht alles allein stemmen, außerdem ist es längst an der Zeit, dass du mich stärker einbeziehst, unser Territorium ist heiß umkämpft, überall lauern die Geier, ein Flugzeug flog Richtung Norden. Wie du selber sagst, geht es um deine Organisation, eine Organisation, die von Tag zu Tag stärker werden muss. Das will ich nicht am Telefon besprechen, ich werde dir gleich eine halbe Million auf dein Konto überweisen, als Geschenk deiner Mutter. Und du? Von mir kriegst du eine Million, aber auf das Konto deines Sohns. Du hast immer das letzte Wort, oder? Ich bin fest davon überzeugt, dass es umgekehrt ist, es ist ja nicht das erste Mal, dass ich dich bitte, vernünftig zu sein, und genau solche Aktionen sind es auch, die mich krank machen. Jetzt übertreib mal nicht, Papa, immerhin lebst du in einem Paradies, er betrachtete die Blumen um sich herum. Belassen wir's dabei, pass auf dich auf und genieß das Meer und seine Früchte. Hast du nicht Lust auf einen guten Fisch? Über deine stärkere Beteiligung an den Geschäften reden wir, wenn du wieder da bist, und sag nie wieder, dass ich krank bin. Er legte auf. Dann dachte er kurz nach und tätigte einen weiteren Anruf: Kümmert euch um Ponce. Er legte wieder auf, wandte seinen Blick zur Stadt.

Ein Strahlen ging von ihr aus. Dummköpfe, immer nur kritisieren, dabei lebt ihr von uns; ich hab dieses Drecksnest zu dem gemacht, was es ist, ganze Stadtviertel habe ich errichtet und mehr Arbeitsplätze geschaffen als jede Regierung; ich werde nicht zulassen, dass ihr das vergesst; als ich angefangen habe, war das da unten eine staubige Ranch, und nun seht euch an, was daraus geworden ist; ihr werdet mich abservieren, ich weiß, aber vorher werde ich euch noch diesen dummen Polizisten vom Hals schaffen. Er tätigte noch einen Anruf: Mendieta liquidieren, sagte er und legte auf. Seine Frau kam heraus: Weißt du, wer am Apparat ist?, Don Pablo Villavelázquez, sie überreichte ihm das schnurlose Telefon.

33

Als sie ihre Handys anmachten, riefen bei ihr Rodo und bei ihm Ortega an: Hör zu, ich reich dich mal an jemanden weiter, der dich am liebsten auf den Mond schießen würde, er hatte keine Zeit, es abzulehnen. Zurdo? Wer spricht da? Memo. Hi, Memo, mein Junge, wie geht's so? Ich wollte mich bei Ihnen für das Buch bedanken. Und jetzt willst du es nicht mehr? Doch, doch, vielen Dank. Hast du damit angefangen? Ich bin auf Seite sechzehn. Du verstehst es nicht, stimmt's? Stimmt, aber ich werde es trotzdem lesen, damit mein Lehrer mich nicht durchrasseln lässt. Tu, was er sagt, damit er kapiert, dass du dich von nichts unterkriegen lässt. Okay, ich gebe Ihnen noch mal meinen Vater. Ciao, mein Junge, pass auf dich auf. Montaño sucht dich. Wieso das? Er hat die Leiche des jungen Barraza freigegeben, und Briseño hat ihn deswegen zur Sau gemacht, aber er hat es ertragen wie ein Mann. Da muss ich ihm wohl mal ein Bier spendieren. Spendier ihm lieber eine Frau. An Frauen mangelt es ihm nicht, der vögelt doch an dreihundertfünfundsechzig Tagen im Jahr und freut sich auf jedes Schaltjahr. Ah, bevor ich's vergesse, die Kugel, mit der Barraza erschossen wurde, ist aus Silber, neun Millimeter, wahrscheinlich abgefeuert aus einer Beretta. Was du nicht sagst. Das hattest du schon vermutet, oder? Ja. Wieso? Ich weiß nicht. Der Instinkt ist ein Werkzeug, das man nicht unterschätzen sollte. Heißt es immer so schön in Seminaren. Lass dich von ihm leiten, Zurdo, es wird Zeit, dass du rausfindest, was es mit all den Toten auf sich hat. Wo hast du sie gefunden? Die Señora gegenüber hatte sie. Emma heißt sie, glaube ich, eine dumme Gans, die wollte die Patrone doch glatt ihrem Mann schenken, aber der Typ wollte sie nicht haben, hör mal, wir sehen uns ja gleich. Warte, weiß du, warum der Lone Ranger nur Silberpatronen benutzt? Weil sie so gut zu seiner Haarfarbe passen. Er legte auf. Wir haben ein Muster, murmelte er, Gris, die immer noch mit Rodo sprach, antwortete nicht.

Briseño begrüßte ihn mit einem Lächeln.

Mendieta, zwei Dinge, Staatsanwalt Barraza hat mir erklärt, warum die Leiche ohne meine Zustimmung freigegeben wurde, kein Problem, ich mag es, wenn man Anordnungen, die ich nicht gebe, gewissenhaft ausführt; was den Fall Canizales angeht, da sind sich der Staatsanwalt und meine Wenigkeit einig, bleibt alles wie gehabt, also hör auf rumzuschnüffeln, und keine Widerrede, nimm dir ein paar Tage frei, dein Auto und dein Haus werden auf Staatskosten repariert, esset und kochet munter, denn die Welt geht bald unter. Tja, nur dass mein Schicksal mich ruft. Was willst du damit sagen? Dass auch Ezequiel Barraza mit einer Silberpatrone erschossen wurde, damit wären es schon drei. Silberpatronen, na ja, geltungssüchtige Spinner gibt's immer wieder. Dem Ingenieur Canizales wird die Einstellung des Verfahrens gar nicht gefallen. Dem Ingenieur ist die Kandidatur wichtiger als die Familie, mach dir da keinen Kopf und lass der Welt ihren Lauf, und wenn ich dich anrufe, gehst du gefälligst ran, kapiert, sonst streiche ich dir die kleinen Zuwendungen.

Gris, der Fall ist endgültig zu den Akten gelegt, wir kriegen ein paar Tage frei, du kannst also loslegen mit deiner Feier zu Rodos Ehren, ich hau ab und spann ein bisschen aus. Im Ernst? Sicher, alles in Ordnung. Jetzt verstehe ich gar nichts mehr. Es handelt sich um einen aussichtslosen Fall, an den sich bald niemand mehr erinnern wird, in unserem Bericht, den niemand lesen wird, schreiben wir, dass die Kraft des Faktischen wieder mal stärker war. Angelita erschien in der Tür und unterbrach sie: Zurdo, Robles fragt nach Ihnen. Sag ihm, ich schau bei ihm vorbei, er holte seinen Palm hervor, mit einer Handbewegung gab er Gris zu verstehen, dass sie gleich aufbrechen würden; dann nahm er den Blumenstrauß und warf ihn in den Mülleimer, wo er immer noch schön aussah, bedeutungsschwanger.

Bei Robles erwartete sie Frank Aldana.

Mendieta überließ ihn Gris. Señorita, ich hab ihn nicht getötet, ich schwör's, jemanden, den ich liebe, kann ich nicht töten, geflüchtet bin ich, weil ich Angst hatte, in diesem Land kann einem nichts Schlimmeres passieren, als der Polizei in die Hände zu fallen; Bruno war am Donnerstagabend in Mazatlán, ja, wir sind essen gegangen, und er ist gegen eins wieder gefahren; Sie können sich gar nicht vorstellen, wie dreckig es mir ergangen ist, ich kann einfach nicht mehr, wenn Sie mich festnehmen wollen, bitte schön, ich sitze lieber im Gefängnis, als mich weiterhin verstecken zu müssen. Gris trat ihm in die Eier, schlug ihm ins Gesicht und packte ihn am Hemd: Verpiss dich, du Wichser, ich will dich nie wieder sehen, hast du gehört? Wenn du mir noch einmal vor die Augen trittst, mache ich Hackfleisch aus dir. Wütend stieß sie ihn weg. Aldana, der nichts begriff, machte sich schnell aus dem Staub. Robles kam aus dem Staunen nicht mehr heraus. Ist was? Nein, nein, Beamtin Toledo. Als sie im BMW saßen, brachen sie in Gelächter aus.

Er fuhr sie zum DIF, wo sie ihren Wagen geparkt hatte.

Er machte das Radio an: »In diesem Jahr sind der Staatlichen Kommission für Menschenrechte drei Fälle bekannt geworden, in denen die Polizei mit den Entführern gemeinsame Sache gemacht hat, berichtete Óscar Loza Ochoa, seines Zeichens Präsident dieser Organisation. Der Letzte dieser dokumentierten Fälle, für den Professor Loza, der Ombudsmann, seine Empfehlung ausgesprochen hat, stammt vom 19. Januar dieses Jahres. Mehr dazu gleich in *Wächter der Nacht*. Am Mikrofon, Daniel Quiroz.«

Er machte das Radio wieder aus, Quiroz, du Idiot, was machst du nur wieder für ein Tamtam.

Wie ein Fluch stieg ihm aus der Hemdtasche der Duft in die Nase. Er zog das Kärtchen heraus, betrachtete die Nummer, schnupperte. Tolles Parfüm. An der Kreuzung Zapata und Bravo musste er an einer roten Ampel halten, zwei Schilder stachen ihm ins Auge: das eine wies nach Col Pop, das andere zum Ley Tres Ríos, auf dessen Parkplatz sie sich immer getroffen hatten. Er wählte die Nummer, aber bevor jemand ranging, legte er wieder auf. Dann bog er in Richtung seines Viertels ab. Er schwitzte. Fluchte. Schlug aufs Lenkrad. Als er an der Santa Cruz ankam, überlegte er es sich anders, wendete und fuhr zum Tres Ríos. Wie heißt es so schön? Um ein Idiot zu sein, muss man nicht studiert haben.

Sich erinnern und sterben.

Er nahm die Straße in Richtung Hotel Fiesta Inn, fuhr unter der Brücke zur Orabáinsel hindurch und parkte eine Minute später, wo er immer geparkt hatte. Er sah, wie der Junge mit der Baskenmütze den Einkaufswagen zu einem Pick-up Windstar schob und auslud. Er lächelte. Ohne Liebe bin ich ein armes Schwein.

Er ging dran, als Laura anrief, die ihm von dem Überfall erzählte. Ich habe Angst, Comandante. Leb einfach weiter wie bisher und halt dich von fremden Leuten fern, ich melde mich bei dir. Könnten Sie nicht jetzt gleich kommen? Unmöglich, ich ruf dich morgen an. Er schaltete das Handy aus.

Fünfundvierzig Minuten lang rang er mit sich selbst, konnte sich nicht dazu entschließen, war überzeugt davon, das Richtige zu tun.

Goga Fox erwartete ihn vor seiner Haustür. Er schaltete sein Handy an in der Hoffnung, Gott, der Teufel, wer auch immer möge ihn anrufen. Nur unbeantwortete Anrufe von ihr. Lächelnd kam sie auf ihn zu, weißer Rock, rote Bluse, übliches Parfüm, sie setzte sich auf den Beifahrersitz. Du hast angerufen? In der Tür stand Ger mit einem so verdutzten wie verschwörerischen Lächeln auf dem Gesicht und winkte. Warum fahren wir nicht nach Altata, ich hätte Lust auf ein Ceviche bei Gustavo, bei der Gelegenheit kannst du auch mit Mariana sprechen, er betrachtete ihre strammen, durchtrainierten Beine; wir können aber auch in der Stadt bleiben, vorausgesetzt, du bist nicht mit deiner Verkehrspolizistin verabredet. Wortlos fuhr er los in Richtung der Zapata, einer der Ausfallstraßen zum Meer.

Wer die Liebe kennt, der schweige und verstehe. Hochachtungsvoll, J. Solís.

34

Beatriz war unruhig. Sie betrachtete die Mutter, die in sich versunken dasaß, zu kraftlos zum Weinen, und hatte Angst, fasste sich an den Bauch. Was erhoffte sich eine Frau, die zwei Kinder von ihrem ehemaligen Chef hatte? Einem Typen, den Ezequiel verflucht hatte. Warum du? Ezequiel, sag mir, wer es war und wieso; ich weiß, dass sie es nicht gewesen sein kann, und trotzdem will mir dieser Gedanke nicht aus dem Kopf; du sagst, du hast sie so sehr geliebt, dass dich auch ihre ständigen Beleidigungen nicht davon abgehalten haben, bei ihr zu landen, offensichtlich hattest du den Bogen überspannt. Für mich, die ich dich abgöttisch liebe, hattest du nur Verachtung übrig, wie heißt es in dem Sonett von Sor Juana, das ich mal rezitiert habe: »Wer mich nicht will, den lieb ich inniglich; wer mich liebt inniglich, den will ich nicht; beständig suche ich, wer meine Liebe schmäht; und schmähe, wer beständig meine Liebe sucht.« Ist das immer so?

Sie ließ die Señora allein, um ihre Schauspielerkollegen zu begrüßen und mit ihnen zu plaudern, alle hielten das Studium in Mexiko-Stadt für eine Riesenchance. Überall, nur nicht hier. Sie entspannte sich. Da kam der Mandrágoras herein, im Schlepptau die Clique aus dem Viertel. Dreizehn Jungs, alle trugen schwarze T-Shirts und verschlissene Jeans, einige hatte sich die Haare gefärbt. Einer von ihnen schrieb in großen Buchstaben auf die weiße Wand der Leichenhalle: Eze ist der Boss im Viertel 32. Beatriz bat die Angestellten des Bestattungsinstituts, nicht einzuschreiten, sie sollten es mit auf die Rechnung setzen.

Meine Bety, sagte der Mandrágoras. Eze war der Boss, keiner war wie er, ich möchte, dass du weißt, wie beschissen es uns geht, und dass wir den Mörder finden werden, wir waren auch schon da, wo er abgeknallt wurde, aber niemand hat was gesehen, nur dass ihm jemand eine Silberpatrone in den Kopf geballert hat. Das hast du dort rausgekriegt? Du weißt ja, ich hab da so meine Beziehungen, und, na ja, stets zu Diensten, lass es mich wissen, wenn du mich brauchst.

Siebenunddreißig Minuten später rief sie Mendieta an und erzählte es ihm. Was sagen Sie dazu? Als wäre er ein Wolfsmensch gewesen, im Hintergrund schrie jemand wie am Spieß. Was war das? Beatriz, danke für deinen Anruf, ich muss hier einen Streit schlichten, ich hol dich dann im Bestattungsinstitut ab. Geht's Ihnen gut? Bestens, ich bin zu Besuch bei Gori Hortigosa, einem lieben Freund und Workaholic.

Abelardo Rodríguez trank aus einem silbernen Flachmann. Beatriz brachte ihm Kaffee. Trink lieber das, Papa, sonst hältst du nicht bis heute Abend durch. Danke, mein Kind, wenn du was brauchst, sag einfach Bescheid. Gerade hat mir der Mandrágoras gesagt, dass er mit einer Silberpatrone erschossen wurde, wie Canizales. Ein Unglück kommt selten allein, mein Kind, so will es das göttliche Gesetz. Wie du meinst, kommt Mama? Glaube ich nicht, sie hat um ihn geweint, als wäre es ihr eigener Sohn gewesen, aber sie kann nicht aufstehen; Dante ist draußen, mit seinen Freunden. Hab ihn schon gesehen.

Sie setzte sich wieder zu der Mutter, sah ihr ins versteinerte Gesicht: Weinen Sie, Señora, das wird Ihnen guttun, die Mutter blickte sie an. Nein, mein Kind, ich habe genug geweint, jetzt ist der Vater dran, das werde ich ihm nicht abnehmen, sie kniff die Lippen zusammen.

Dann umarmten sie sich.

35

Er wollte sein Handy schon ausschalten, als Foreman Castelo anrief: Gerade habe ich in *Wächter der Nacht* von dem Vorfall bei dir zu Hause gehört, schade, dass du nicht dabei draufgegangen bist, dann würden wir nämlich jetzt in Ruhe Kaffee trinken, Witze reißen, und deine Chefs würden ohne Ende sabbern, du seist ein vorbildlicher Bulle gewesen, genau der richtige Mann, um der Gewalt ein Ende zu bereiten, der Hahn unter den Hennen ... Ich hab's dir gesagt, als ich mir dein Auto ausgeliehen habe, aber du wolltest mir nicht glauben. Ich dachte, du übertreibst, und jetzt heißt es, sie hätten sage und schreibe sechsundneunzig verbeulte Patronen gefunden, da musst du ja was ganz schön Schlimmes angestellt haben. Es waren hundertzwei, kann ich dich gleich zurückrufen?, ich bin gerade auf der M-26. Verflucht noch mal, willst du gar nicht wissen, was ich rausgefunden habe? Sag bloß, du hast tatsächlich was rausgekriegt, schieß los. Du erinnerst dich gar nicht mehr, stimmt's, du Pfeife?, du hast auch nur noch Müll im Kopf, wie alle anderen. Jetzt rück schon raus, ich muss gleich zu meinem Chef. Estanislao Quevedo hat im Hotel San Marcos übernachtet, er sollte hier für den Queteco Valdés einen kleinen Job erledigen, offenbar wurde er anschließend liquidiert und im Piggyback abgelegt, als wäre er ein Opfer der Drogenmafia, vor ein paar Tagen schon, das ist alles. Was ist mit den Silberpatronen? Mein Informant sagt, das war auf Wunsch des Auftraggebers. Danke, mein Foreman, deine Schrottkarre bringe ich dir später vorbei. Das will ich dir auch geraten haben, und pass auf dich auf, nicht dass auch du mit ein paar

Gramm Silber im Kopf endest, wie ich gehört habe, wurde in der Clouthier jemand abgeknallt. Du weißt ja, die Leute im Viertel sind manchmal etwas nervös. Vergiss nicht, mir am Vatertag was zu schenken.

Den Name Estanislao Quevedo alias Contreras sollte man sich merken, vielleicht ist er der Typ, den wir tot im Piggyback gefunden haben.

Kommst du voran mit deinem Fall?, sie hatten das Zapatadenkmal hinter sich gelassen. Er ist gerade zu den Akten gelegt worden. Wieso das? Ich weiß nicht genau, vielleicht hat Marcelo Valdés oder ein anderer dicker Fisch seine Finger im Spiel; wenn du glaubst, die Polizei hat alles im Griff, dann täuschst du dich, die Polizei wird selbst eng an der Leine gehalten, damit sie niemanden zu sehr auf die Füße tritt; Bruno hat sich als aussichtsloser Fall entpuppt. Wenn ich mich recht erinnere, sind dir das die liebsten Fälle. Die Wasserlinie ist so knapp berechnet, dass man nur einmal nicht aufpassen muss, schon geht man unter, aber weil es sich um einen aussichtslosen Fall handelt, ist es nicht so schlimm. Dann ist der Mörder ja gerettet, sagte sie und küsste ihn auf die Wange. Vielleicht bin auch ich gerettet, was hast du in all den Monaten gemacht? Ich bin gereist, du weißt ja, dass ich mich gern in Europa herumtreibe, durch die Gassen spaziere, der Wein, die Cafés, die Nacht, die nie ganz Nacht wird. Warum bist du hier? Vom Mord an Canizales habe ich nichts gewusst, ich habe meinen Freundinnen gesagt, dass ich dich sehen will, dass mir unsere Trennung damals auf der Seele liegt, dass ich dir eine Erklärung schuldig bin; dich zu Mariana zu bestellen war Samanthas Idee; dass ihr vorher Katz und Maus miteinander gespielt habt, haben sie mir erst kurz vorher erzählt, die Bestien; ich wusste, dass

Valdés kein armer Mann ist, dass er mit viel Geschick das Erbe seiner Frau verwaltet, aber warum wurde er Narco? Das ist mir ein Rätsel. Vielleicht ist diese Schwäche im Menschen angelegt: »Je mehr man hat, desto mehr will man.« Er ist aus Badiraguato. Glaubst du, die Herkunft spielt eine Rolle? Ich weiß es nicht. Edgar, vielleicht täusche ich mich, aber ich glaube, dass uns dieser weiße Lobo folgt, seit wir losgefahren sind, er musste sich eingestehen, dass er vor Nervosität nicht richtig aufgepasst hatte. Sicher? Nein, aber es kommt mir so vor. Er konnte zwei Männer mit dunkler Brille erkennen, holte seine Beretta aus dem Handschuhfach und legte sie sich zwischen die Beine. Um Gottes willen, rief sie, gerade fuhren sie am Supermarkt Soriana vorbei, auf dem Boulevard Zapata, er nahm den Fuß vom Gas, Goga war das reinste Nervenbündel und küsste ihn auf die Wange, der Lobo beschleunigte, bevor sie an der Ampel der Manuel Clouthier waren, riss der Beifahrer eine AK-47 hoch und verschoss aus nächster Distanz sein ganzes Magazin, die Kugeln prallten an den Fenstern und Autotüren ab, die anderen Fahrer machten, dass sie wegkamen, Goga duckte sich und legte sich schützend die Arme um den Kopf. Wenn diese Schwachköpfe unbedingt sterben wollen, muss man ihnen dabei helfen, Mendieta rammte sie, und sie krachten gegen einen Betonpfeiler, dann sagte er zu Goga: Steig aus und nimm dir ein Taxi, sobald ich das hier geregelt habe, melde ich mich bei dir. Alles okay? Sicher. Ich kann auch bleiben, kein Problem. Tu, was ich dir gesagt habe. Dann rief er bei den Kollegen an.

Die Killer hatten einige Blessuren davongetragen, stiegen aber aus eigener Kraft aus dem Wagen. Werft eure Waffen weg, befahl der hinter seinem BMW verschanzte

Detective, er sah die Waffen fallen, eine Kalaschnikow und zwei Pistolen, die ausschließlich das Militär benutzte, vorsichtig ging er auf die Männer zu, zwang sie auf die Knie und filzte sie. Kumpel, Sie stehen auf der Liste und sind dran, da kommen Sie nicht mehr raus. Ach ja? Er trat sie, schlug auf sie ein, bis sie am Kopf und aus Nase und Mund bluteten. Wer ist euer Auftraggeber? Kumpel, tun Sie nicht so blöd, ein Haufen Leute wollen Sie loswerden, alt werden Sie garantiert nicht, Sie können uns töten, wenn Sie wollen, aber wir sagen nichts. Fünf Minuten später trafen Quiroz und zwei Einsatzwagen der Polizei ein, in die die Killer verfrachtet wurden.

Der Journalist beobachtete den Einsatz und schrieb etwas in sein Notizbuch: Mein Zurdo, glaubst du, dass es einen Zusammenhang zwischen diesem Attentat und dem Anschlag auf dein Haus gibt? Wenn du wirklich meinst, dass du mir was schuldig bist, solltest du lieber nicht darauf herumreiten, Quiroz. Die Öffentlichkeit hat ein Recht darauf, informiert zu werden, mein Zurdo. Dann sollen sie auf die Uni gehen oder im Internet recherchieren, es gibt interessantere Dinge als so eine läppische Schießerei. Hör mal, ich wusste gar nicht, dass du so ein Auto hast. Ich auch nicht. Bevor du gehst, im Fall Canizales wurde eine Informationssperre verhängt. Wann? Vor drei Tagen. Deshalb hast du das mit der Menschenrechtsorganisation gebracht. Könnte man so sagen. Von wo kam die Anordnung? Vom Himmel. Und was machst du jetzt, schließlich hat die Öffentlichkeit ein Recht darauf, informiert zu werden. Ich warte ab und trinke Tee.

Zweiundfünfzig Minuten später, nach einer intensiven Sitzung mit dem Gorila Hortigosa, hatten sie gestanden und lagen im Krankenhaus: sie waren es auch gewesen, die den Anschlag auf das Haus des Detective verübt hatten, im Auftrag von Ernesto Ponce, dem Ex-Polizisten, besser bekannt unter dem Namen Gringo, wegen seiner weißen Haut und seiner blauen Augen. Der Befehl kam also von ganz oben, dachte Mendieta. Er informierte Briseño, der auch nicht wusste, wie weiter zu verfahren war. Ich baue darauf, dass Sie wenigstens einen Anruf tätigen, sagte Mendieta vorwurfsvoll, schließlich sind Sie derjenige mit den guten Beziehungen. Dann legte er einfach auf.

Er ging in die Bar des Hotels San Marco, kippte am Tresen zwei Tequila und drei Bier. Was mache ich jetzt?, rufe ich sie an, fahre ich zu ihr oder vergesse ich sie? Dass sie mich abgeholt hat, ist das ein Zeichen Gottes? Ihr seid so ein hübsches Paar, ich will euch unbedingt vereint sehen, du, verlass den Blödmann, mit dem du zusammenlebst, und geh zu ihm, er ist der Mann, den ich für dich vorgesehen habe, und du, du sollst nicht allein sein, habe ich nicht gesagt, liebet einander? Du darfst ihr sogar von deinen Problemen erzählen, von all dem Müll, den du mit dir rumschleppst. Er sah, wie sie ins Bad ging, er sah, wie sie frisch geduscht wiederkam, die Haare hochgesteckt, und ihre Zigaretten suchte. Erinnerst du dich an damals, als ihr eingeschlafen seid?, dass sie beim Einschalten ihres Handys gestammelt hat: Mein Mann wird mich umbringen? Was für ein beängstigendes Gefühl, wenn man nicht weiß, was man tun soll. Scheißunterbewusstsein, da wirst du beinahe umgebracht und bist trotzdem von der Bibel gesteuert. Deshalb sind wir so, wie wir sind.

Die Bar war halb voll. Die Übertragung eines Fußballspiels wurde für eine Sondermeldung der Lokalnachrichten unterbrochen. Mendieta bestellte noch einen Tequila und ein Bier, hörte nicht hin.

Sie sind also Polizist, warf ihm der Barmann mit kalter Miene vor, gerade ist auf dem Bildschirm zu sehen, wie Sie zwei junge Leute verprügeln, die in einen Unfall verwickelt sind, jemand hat es von seinem Auto aus mit dem Handy gefilmt; werdet ihr euch nie ändern?, werdet ihr jemals Verhaftete mit Respekt behandeln?, werdet ihr jemals die Menschenrechte achten?; die jungen Leute werden ja regelrecht massakriert, nur weil sie gegen einen Pfeiler gefahren sind. Kurz war er versucht, auf den Tresen zu springen und auf den Kerl einzutreten: Ich gebe Ihnen einen guten Rat, mein Freund, mischen Sie sich nie in Dinge ein, die Sie nichts angehen. Das hier geht uns alle etwas an, Señor, Mexiko ist dabei, sich zu verändern, auch wenn Sie nichts dazu beitragen, es herrscht jetzt mehr Demokratie. Steck dir deine Demokratie in den Arsch und bring mir die Rechnung, bevor ich mich vergesse, er platzte fast vor Wut. Geht aufs Haus. Ich scheiß aufs Haus, wenn du mir nicht sofort die Rechnung bringst, schlage ich dir den Schädel ein, du Wichser.

Er brach auf und wünschte sich, es wäre in ein anderes Leben.

36

Ich versteh dich nicht, Goga, warum fällt es dir so schwer, deine Finger von ihm zu lassen?, man könnte fast meinen, du bist mit ihm verheiratet; Frauen sind manchmal wirklich bescheuert, kaum haben sie einen Liebhaber, gibt's für sie plötzlich keine anderen Männer mehr auf der Welt, dann werden sie blind, taub und stumm. Mit ihm habe ich Gefühle erlebt wie mit keinem anderen Mann vorher. Mit diesem Idioten? Vielleicht gerade weil er ein Idiot ist. Red mir nicht nach dem Mund; hör zu, es wimmelt nur so von Männern, die fremdgehen wollen; vergiss diesen Schwachkopf, das ist doch nur ein gottverdammter Bulle, gut, dass du ihn nicht mitgebracht hast. Wir hätten nicht bei dir übernachtet. Mit Verlaub, aber ich hätte ihn auch hochkant rausgeschmissen, kaum sehe ich ihn, schon kriege ich meine Tage, hoffentlich waren es unsere Leute, die ihn kaltmachen wollten, nebenbei hätten sie dir ein Problem vom Hals geschafft. Hast du dir nie überlegt, wie schlimm es für mich ist, dass du ihn so hasst? Mach dich nicht lächerlich, dieser Trottel ist es nicht wert, und eine Frau wie dich, der die ganze Welt offensteht, hat er nicht verdient; was dir fehlt, ist ein bisschen Abwechslung, Schätzchen, du lebst doch in Los Angeles, warum suchst du dir nicht einen Schwarzen, der bringt dich morgens zum Jubilieren, ein Schuss ertönte, und sie hörte Luigi aufjaulen. Was war das? Samantha stellte sich ans Fenster, das zum Swimmingpool ging, und sah zum Strand, der um diese Uhrzeit menschenleer war, Goga, da ist was passiert. Was? Keine Ahnung, ich hab einen Schuss gehört, dann hat der Hund gejault, sie sah Mariana aufs

Haus zurennen und ging nach draußen: Mariana, was ist los?, rief sie. Jemand hat auf mich geschossen und Luigi erwischt. Goga, Luigi wurde erschossen, Mariana ist total durch den Wind, ich muss mich um sie kümmern, wir reden später weiter. Sie legte auf.

Mariana war fix und fertig: Der Hund ist um mich rumgesprungen, da sehe ich einen Typen auf mich zukommen, ich dachte, es wäre einer der Leibwächter, aber plötzlich hat er auf mich geschossen, der arme Luigi, Rojas, Miguelillo, rief sie, Schüsse ertönten, ein Boot raste los. Die Bodyguards rannten ihrerseits zum Boot, aber Samantha stoppte sie. Wie viele waren es? Einer. Habt ihr Rheuma, oder was?, ihr Versager, sie verpasste jedem eine Ohrfeige. Da gibt man euch eine Chance, und ihr vermasselt es, ihr taugt ja zu wirklich gar nichts. Sie wählte eine Nummer. Gringo, irgendein Arschloch hat versucht Mariana umzubringen und dabei ihren Hund erwischt, er ist mit dem Boot in Richtung Restaurantmeile geflüchtet, du weißt am besten, was jetzt zu tun ist, ah, die Typen, die du mir geschickt hast, sind die letzten Idioten, die kannst du gern wiederhaben, schick mir gefälligst welche, die ihr Geld wert sind, sie waren am Strand. Mariana streichelte den Hund, sie weinte, ihre Hand war blutverschmiert, plötzlich regte sich Luigi, Mariana rief: Sam, er lebt! Aber er blutet stark. Wir müssen sofort zum Tierarzt. Hastig stiegen sie in den grünen Hummer und rasten davon, um für den Cockerspaniel Hilfe zu suchen.

Das Handy klingelte. Mariana, geh du ran, das ist Goga. Was ist passiert?, alles okay? Ja, Goga, danke, ich bin noch ein bisschen geschockt, Luigi ist verletzt, aber er lebt, wir fahren gerade zum Tierarzt nach Navolato. Gott sei Dank, halt mich auf dem Laufenden, du hast mir einen ganz schönen Schrecken eingejagt. Machen wir. Sie legte auf. Goga ist wirklich eine gute Freundin, sagte Samantha.

An der Ortsausfahrt überholten sie einen Pick-up mit dunklen Scheiben, deren Fahrer sie erkannte, aber trotzdem in Ruhe weiterfuhr, den roten Rücklichtern des schwarzen Lobo hinterher, in dem die Bodyguards saßen.

37

Es war Samstag, Ger hatte sich den Tag freigenommen. Am Abend würde Luis Miguel auftreten, da wollte sie ausgeruht sein. Man kann ja nie wissen, vielleicht komme ich irgendwie an ihn ran, dann muss ich sexy, gut gelaunt und bereit sein für das Geheimnis des Lebens. Gris Toledo kümmerte sich seit dem Vortag um private Angelegenheiten.

Er hatte schlecht geschlafen und stand spät auf, als Erstes legte er Musik ein, Elton John, *Daniel*, dann machte er sich einen Nescafé. Wen hatte Ezequiel gesehen?, und wusste dieser Jemand, dass wir uns treffen wollten?, von wo hat Ezequiel mich angerufen?, dieser Fall ließ ihn einfach nicht los, auch wenn er nicht weiter ermitteln durfte, oder gerade deswegen. Bevor er die Aufzeichnungen in seinem Palm löschte, versuchte er noch mal, sie zu entziffern. Vielleicht machten kosmische Strahlungen dem Gerät zu schaffen, angeblich konnten sie beträchtlichen Schaden anrichten, bei Transistorradios auf einer Ranch und bei Beobachtungssatelliten gleichermaßen, und zwar immer dann, wenn man es gerade gar nicht gebrauchen konnte: »Si Ku, Ritual?« Silberkugel ein Ritual? Morgen treffe ich mich mit Professor Rendón, ich hab versprochen, pünktlich zu sein; so, jetzt mache mich erst mal frei von diesem kosmischen Quatsch und denke ein bisschen nach, jedes Verbrechen hat einen Urheber, wer ist der Urheber dieses Verbrechens? Mal abwarten, was Rendón rausgefunden hat. Er wollte den Palm gerade auf den Nachttisch legen, als plötzlich Nummern auf dem Display erschienen. Was ist denn das? »In. Canzial«, stand da kaum lesbar. Die Telefonnummer von Ingenieur Canizales. Sag ich ihm Bescheid? Schon um ihm auf die Nerven zu gehen, wählte er die Nummer, zwei Minuten später hatte er ihn am Apparat. Wie war's in der Hauptstadt? Gut, alle haben hart gearbeitet, jeder an seinem Projekt; übrigens hat mein Anwalt heute Morgen im Präsidium angerufen, keiner wusste, wo Sie stecken, und Ihre Handynummer hat er auch nicht rausgekriegt. So, so. Ich will, dass Sie die Ermittlung in Brunos Tod endgültig einstellen, und wenn Sie mir gestatten, möchte ich meine Gründe dafür nicht weiter darlegen. Hat man Sie also auch überzeugt? Davon kann keine Rede sein, Detective, ich will mir nur keine Feinde schaffen. Kein Sorge, ich auch nicht, genau deswegen rufe ich an, um Ihnen mitzuteilen, dass der Fall auf Anweisung des Generalstaatsanwalts eingestellt wurde, obwohl Ihre Frau nach wie vor behauptet, dass Sie der Täter sind. Ich weiß, aber das spielt keine Rolle. Natürlich nicht, wo Sie doch ganz nach oben wollen. Beschuldigen Sie mich etwa? Das würde ich nie wagen, mir fällt nur auf, was für starke Gefühle hier mit im Spiel sind, aber wie gesagt, der Fall ist abgeschlossen. Dann gibt es auch nichts mehr zu besprechen. Viel Glück, Ingenieur, vergessen Sie nicht, meine Stimme haben Sie.

Sieh mal einer an: Er will keinen Staub aufwirbeln. Bestimmt hat er Angst vor dem Queteco Valdés; armes Schwein, überhaupt sind die da oben alle arme Schweine, stecken bis zum Hals in der Scheiße.

Er holte sein Büchlein hervor und las seine Notizen durch, da war dieses merkwürdige Parfüm, LH, das hatte er ganz vergessen. Er rief an, nach zwölf Mal klingeln ging er ran. Mendieta hier, ich kann's kaum erwarten, mal wieder ins Dandy del Sur zu gehen. Zurdo, was treibst du so? Ich lass mir gerade köstliche Garnelen mit Zitrone und gemahlenem Chili auf der Zunge zergehen und trinke ein kühles Bier dazu. Und ich tue mich an Langusten mit Bohnen gütlich, tja, unentschieden, würde ich sagen. Jedem sein Paradies, mein Freund. Ich möchte noch hinzufügen, dass vor mir eine geöffnete Flasche Château Camou steht, Jahrgang 94, gestern frisch eingetroffen vom Weingut Cañada del Trigo. Jedem seine Sucht. Das heißt, du erkennst das Unentschieden an. Was macht Tijuana? Ist noch geschockt von den Schandtaten des Narco 28 und seiner Zwillingsschergen. TJ geschockt? Das kannst du deiner Großmutter erzählen, schöne Grüße von Magda, sie meint, du schuldest ihr noch die Geschichte vom Tag des heiligen Malverde. Die habe ich ihr doch erzählt, schon, aber sie war so betrunken, dass sie sich nicht mehr erinnert. Hör mal, Zurdo, bevor du mich darauf ansprichst, ich konnte mich noch nicht mit der Probe beschäftigen, die du mir geschickt hast, ich ersticke fast in Arbeit, drei Fälle der Amis, einer in San Diego und zwei in San Bernardino, ich schufte rund um die Uhr. Mein L, keine Sorge, der Fall wurde gerade eingestellt. Wieso das? Einfach so, zu viel Aufwand in diesen Krisenzeiten, du kannst also in aller Ruhe zu Ende schlemmen und die Proben danach wegschmeißen, Schluss, aus und basta. Und es wurde niemand verhaftet? Nicht mal ein Sündenbock. Dann schulde ich dir was. Kauf genug Wein, die Langusten spendiere ich. Und die Bohnen steuert meine Mutter bei. Die besten Bohnen der Welt.

Gelächter, unfehlbares Heilmittel, hochachtungsvoll: *Das Beste aus Reader's Digest.*

38

Gegen Abend kam Goga im Taxi nach Col Pop. Er hatte sich am Telefon dazu überreden lassen, sie nach Navolato zu begleiten, wo Luigi am Morgen, als der Tierarzt seinen Rausch ausgeschlafen hatte, operiert worden war. Der Hund lag noch im Aufwachraum.

In der Vorhalle trafen sie aufeinander. Samantha ging ihn sofort an: Was hast du hier zu suchen, du Sondermüll? Sam, bitte, ich hab ihn fast angefleht, damit er mich begleitet. Dann hat er seine Aufgabe ja erfüllt und kann wieder Leine ziehen. Wie geht's dem Hund? Gut, er wird uns gleich übergeben, die Kugel hatte eine Rippe zersplittert und war steckengeblieben; wegen der alten Knochen, sagt der Tierarzt, die Kugel ist in diesem Umschlag. Kann ich sie sehen?, fragte er Mariana. Du darfst hier überhaupt nichts, und wenn du nicht schleunigst abhaust, sorge ich dafür, dass man dich mit Tritten vor die Tür befördert. Samantha wollte hart bleiben, aber Mariana reichte ihm die Kugel.

Sie war aus Silber.

Ist wahrscheinlich vom Mörder an Bruno Canizales, sagte er und steckte sie ein. Die drei Frauen sahen ihn an: Er sei natürlich nicht wegen des Hundes hier; deine Ermittlungen interessieren uns einen Scheiß, du Möchtegernheld. Sam, wir sind doch Freundinnen, bitte sei ein bisschen toleranter. Du weißt garantiert schon, dass der Fall zu den Akten gelegt wurde. Was du nicht sagst, ich hatte gerade Geschmack daran gefunden, zu den Verdächtigen zu gehören, dann kannst du ja jetzt deine ganze Energie auf die da verwenden, ich weiß ehrlich gesagt nicht, was sie an dir findet. Nicht, dass es mich was anginge, aber offensichtlich steht ihr ebenfalls auf der Liste des Mörders. Goga sah ihn entsetzt an, was war das nur für ein Fall? Geht mir am Arsch vorbei, Comandante. Aber er hat auf mich geschossen, beschwerte sich Mariana weinerlich, ich hab gesehen, wie er auf mich gezielt hat. Hat er was gesagt? Samantha wollte sich schon wieder einmischen, aber Goga legte ihren Arm um sie. Nein, ich hab ihn am Strand auf uns zukommen sehen, und plötzlich, etwa acht Meter von uns entfernt, hat er seine Waffe gezückt, und dann hat es geknallt, ich hab geschrien, und er ist abgehauen, weil die Jungs kamen. Jung? Ich konnte ihn nicht richtig sehen, aber wahrscheinlich schon, so schnell, wie er gerannt ist, entkommen ist er mit einem Boot. Haare lang, kurz, Glatze? Er trug eine Gesichtsmaske. Hast du den Namen des Bootes gesehen? Nein, war zu weit weg. Und die Leibwächter? Samantha hat sie nach Culiacán geschickt, aber sie sind noch draußen. Er wandte sich Samantha und Goga zu: Eins noch, Señora Valdés, lassen Sie Laura Frías in Ruhe, es gibt keinen Grund, Ihre Launen an ihr auszulassen. Dann soll sie ihr Maul nicht so weit aufreißen, mehr konnte sie nicht sagen, weil Goga ihr den Mund zuhielt.

Es wurde dunkel.

Die Bodyguards, zwei Männer um die dreißig, Versace-Hemd, Goldkettchen, Baseballkappen, lehnten an ihrem schwarzen Ford Lobo mit Doppelkabine. Die kann man offenbar von der Stange kaufen, dachte der Detective. Da war kein Name an der Bootswand. Der Kerl muss jung gewesen sein, so schnell, wie er gerannt ist, außerdem konnte er gut mit dem Boot umgehen, das Ding hatte mindestens dreihundertsechzig PS und ging ab wie die Feuerwehr.

Er ist in Richtung Restaurantmeile gefahren. In diesem Moment kamen die Frauen aus dem Gebäude, Samantha trug Luigi auf dem Arm, der aus der Narkose erwacht war und sich von seinem Frauchen hätscheln ließ. Bevor sie in den Hummer einstiegen, richtete er die Ohren auf und bellte kraftlos, was von den Frauen gefeiert wurde, dann fuhren sie los, der Lobo folgte ihnen.

Er musste an Dante denken, wie vertrug sich seine Theorie mit Mariana und ihrem Hund?, welche Rolle spielten sie im Zusammenhang mit den anderen Toten? Gut, dass die Ermittlungen eingestellt worden sind. Sonst wäre ich noch verrückt geworden.

Sie stiegen in den BMW, den Pick-up mit den dunklen Scheiben, der mit laufendem Motor einige Meter entfernt stand, bemerkten sie nicht.

Sie waren auf der Höhe von San Pedro, Goga war aufgedreht, küsste ihn aufs Ohr. Ihr Atem brannte. Zurdo, Zurdo Mendieta, möchtest du, dass ich Zurdo zu dir sage? Nein. Warum nicht?, sanfte, brüchige Stimme. Du bist die Einzige, die mich bei meinem richtigen Namen nennt. Na gut, sie fuhr mit der Zunge über sein Ohrläppchen, ich hätte Lust auf eine Goga-Cola. Mendieta fühlte sich zwischen zwei Kräften hin- und hergerissen: dem Groll, der in ihm brodelte, und dem Hochgefühl eines Mannes, der kurz vorm Gewinn einer Schlacht steht. Er legte eine Hand auf die warmen Schenkel, sie ergriff sie und führte sie langsam zwischen ihre Beine. Er nahm den Fuß vom Gas, die Straße kam ihm plötzlich vor wie ein Möbiusband. Wieder bemerkte er den Pick-up mit den dunklen Scheiben nicht, der auf den Bremsschwellen von Aguaruto kurz neben ihm herfuhr, wahrscheinlich um ins Wageninnere zu spähen; und auch nicht, als er ihn überholte, ohne den Blinker zu setzen.

Eines Tages hatte er sie gefragt: Warum wäschst du dich immer da unten? Weiß nicht, machen das nicht alle Frauen? Mein Horizont ist eher begrenzt. Meiner offenbar auch. Das war bei ihrem letzten Treffen, danach hatte er im Internet gelesen, dass man damit Gebärmutterkrebs vorbeugen konnte.

Sie hatte sich nicht verändert: dieselben Muttermale, dieselbe Erregbarkeit, derselbe Hüftschwung. Er überlegte: Was hat der Sex, dass er Menschen so fest aneinanderbindet?, dass sich die Schaltkreise im Gehirn verändern und elementare Verhaltensweisen betroffen sind?, wie kommt es, dass er eine so starke Abhängigkeit erzeugt? Ich will es gar nicht wissen. Jedenfalls kann ich mir überhaupt nicht vorstellen, mit einer anderen Frau zusammen zu sein. Ich kann es einfach nicht, da hat Parra ganz recht, sonst kann ich alles, sogar über Bardominos sprechen, ohne mich in die Enge getrieben zu fühlen. Montaño ist von einem anderen Stern, wie wäre sein Verhalten sonst zu erklären? Als Goga wiederkam, war sie so frisch wie vorher, diesmal rauchte sie nicht, umarmte ihn, streichelte ihm übers Haar, dann schliefen sie ein.

Nach dem Frühstück schaltete er das Handy ein, neun Anrufe, darunter zwei von Montaño. Das mit Briseño weiß ich schon, keine Sorge, hab's begriffen. Du weißt ja, wie ich darüber denke, und ich rufe auch nicht deswegen an; ich wollte dir nur sagen, dass der Samen von Ezequiel Barraza identisch ist mit dem, den wir in Paola Rodríguez gefunden haben; das war ich dir noch schuldig, und jetzt wirst du mich bis morgen Mittag nur noch von hinten sehen. Geht's dir gut? Du weißt gar nicht, wie gut.

Er schwieg, dachte nach, Goga trank ihr zweites Glas Orangensaft. Tisch im hinteren Teil des La Chuparrosa Enamorada, direkt am Canal Rosales. Auf dem Wasser schwamm eine Gänseschar vorbei. Ist was? Unser Fall ist bockig und löst sich gerade von allein. Erzähl. Ich sing's dir lieber. Alles okay, Edgar? Jorge Peraza schenkte ihnen Kaffee nach. Bestens, Jorge, danke. Ihr habt ja die *Natas* gar nicht angerührt, mögt ihr keinen Nachtisch? Meine Begleiterin sorgt sich um ihre Figur. Ah, ich dachte schon, und du? Ich hab mich solidarisch erklärt.

Wenn du einen Fall löst, was fühlst du dann?, sie nahm seine Hand. Einen tiefen Frieden, wie wenn man abends schön müde ist. Das heißt, jetzt bist du eher unruhig. Wie ein tollwütiger Hund. Der Mörder hat dich besiegt. Ja, ein subtiler Wettkampf, aber nicht er, sondern die Umstände haben mich besiegt. Don Marcelo, fügte Goga hinzu. Valdés und sein monströses Interessenimperium. Jetzt, wo Mariana angegriffen wurde, meinst du da nicht, dass er vielleicht gar nichts damit zu tun hat? Schon möglich, andererseits weiß ich aus verlässlicher Quelle, dass auf Anweisung von Quetecos rechter Hand genau an dem Tag, an dem Bruno Canizales ins Jenseits befördert wurde, ein Auftragskiller in der Stadt war, und dieser Auftragskiller lag am nächsten Tag tot im Piggyback, du darfst auch den Anschlag nicht vergessen. Und Paola? Glaub ich nicht, sie hat sich mit einer Beretta erschossen, während Bruno mit einer Smith & Wesson umgelegt wurde, und dann sind da noch die Silberpatronen, selbst der Hund hat eine abgekriegt. Wobei die für Mariana bestimmt war. Ich begreif's trotzdem nicht, wieso diese Verschwendung? Vielleicht will da jemand originell sein. Meinst du? Wieso nicht? Wenn es tatsächlich Don Marcelo war, hat er dich besiegt, aber was, wenn nicht? Dann werden wir es nie rausfinden, es sei denn, der Täter stellt sich freiwillig. Oder er nähert sich dir, immerhin hat er sich gestern in Altata zu erkennen gegeben, scheint so, als wäre er hinter dir her, meinst du nicht? Hinter mir?, warum sollte er? Du bist der Boss. Lass uns gehen, ich bin um elf im Miró verabredet.

Er setzte Goga bei Mariana Kelly ab.

Dann rief er Quiroz an: Ich hab dich gehört, du Verräter. Mein Zurdo, das ist nicht gegen dich gerichtet, und ich bin auch nicht schuld daran; ein Freund hat mich um Hilfe gebeten, so einfach ist das. Wer? Ein Typ von der KBP, den Namen verrate ich nicht. Schon gut, was den Fall Canizales angeht, sieht's folgendermaßen aus. Du wurdest zurückgepfiffen, ich weiß, da haben dicke Fische ihre Finger im Spiel. So ähnlich. Es wird sogar gemunkelt, dass Marcelo Valdés Hildegardo Canizales auf den Präsidentenstuhl hieven wird. Diese Leute saßen schon immer im gleichen Boot; weißt du, was merkwürdig ist?, ich bin ganz nah dran am Mörder, ich glaube, er schleicht um mich herum. Starten wir eine Pressekampagne, damit er berühmt wird, das macht ihn nervös, und er begeht Fehler, so wie den missglückten Anschlag auf eine unbescholtene Señorita in Altata, bei dem ihr Hund verletzt wurde. Kümmer dich drum, ohne den Fall explizit zu erwähnen, du kannst ihn ja »Der Silberkugelmörder« nennen. Wie heißt die unbescholtene Señorita? Yesenia Guadalupe Pereira Ortiz. So, so.

Rendón trank ein Bier und las Ricardo Piglia. Ich dachte schon, Sie würden mich versetzen, Professor. Du bist wie immer zu spät. Das ist eine Kultur, die ich unbedingt pflegen will. Das ist der Kniefall vor der Rückständigkeit. Haben Sie Ihren Wagen wieder? Dieser Rodolfo hat sich nur kurz die Serviette angeschaut und mir das Auto sofort ausgehändigt, wollte nicht mal eine Gegenleistung. Hab ich's Ihnen nicht gesagt?, für meine Kollegin würde dieser Mann sein Leben geben, irgendwelche Neuigkeiten in Sachen Silberkugeln? Viel habe ich nicht gefunden, ein Mythos der westlichen Kultur, der Erste, der davon berichtet, ist Plinius der Ältere, bei ihm geht es um Wolfsmenschen. Heutzutage tauchen Silberkugeln auch im Zusammenhang mit Vampiren auf; Vampire symbolisieren die ewige Jugend und besitzen eine große sinnliche Ausstrahlung, stehen für Eleganz, Kraft und Vitalität; Silber fürchten sie wegen seiner Reinheit, die erste Silberkugel, von der wir wirklich wissen, wurde aus Medaillons der Jungfrau Maria hergestellt, 1767 in Frankreich, ein angeblicher Wolfsmensch wurde damit erschossen. Dann haben Silberkugeln also etwas mit sexuellem Begehren zu tun. Ja, vor allem bei Vampiren. Spielen auch exotische Parfüms eine Rolle? Keine Ahnung, vielleicht im Orient, da sind Düfte immer mit von der Partie. Was meinen Sie, warum wurden ausgerechnet in Culiacán zwei Menschen mit Silberkugeln getötet? Detective, ich bin aus Mochis, er lächelte. Mendieta begriff nicht, aber er dankte ihm trotzdem: Trinken Sie noch ein Bier auf meine Gesundheit, er machte Rudy ein Zeichen, es war mir ein Vergnügen.

39

Der Montag fing schlecht an, trotz der Zunge in grüner Soße, die ihm Ger zum Frühstück servierte, die Bodyguards von Luis Miguel hatten sie während des gesamten Konzerts auf Abstand gehalten. Wie finden Sie das, Zurdo?, nicht mal von meinem Minirock ließen sich diese Heinis beeindrucken. Das waren wahrscheinlich Schwuchteln, die ihn für sich allein haben wollten. Da könnten Sie recht haben, so unverschämt, wie die waren; übrigens, die Handwerker waren heute früh hier, Sie haben gelesen, da wollte ich Sie nicht stören, und?, die haben bloß neue Fensterscheiben eingesetzt, angeblich war das ihr ganzer Auftrag, kommen sie noch mal wieder? Wohl nicht.

Er rief Briseño zu Hause an. Hör mal, Mendieta, du kennst dich doch ein bisschen aus, findest du, dass an Benedict-Eier Ingwer gehört?, dass es ihnen eine besondere Note verleiht? Nein, finde ich nicht. Das hab ich auch zu Adelina gesagt, aber sie hört einfach nicht auf mich, ich geb sie dir mal, damit sie sieht, dass es keine Marotte von mir ist. Lieber nicht, Chef, ich rufe an, weil die Leute von der Staatsanwaltschaft nur die Fenster ausgetauscht haben, mehr sollten sie angeblich nicht tun. Ich ruf gleich mal Staatsanwalt Barraza an, das lässt sich bestimmt regeln, keine Sorge, jetzt ist erst mal wichtig, dass du Adelina sagst … Er legte auf. Auf dem Tisch lag ein Umschlag, die Telefonrechnung.

Überraschung.

Ger, was ist denn das?, er drückte ihr zwei Seiten der Rechnung in die Hand, viertausend Pesos, immer dieselbe Nummer, was hat das zu bedeuten? Viertausend Pesos?, wie kann das sein, wo wir das Telefon doch kaum benutzen?, und Sie sind ja auch nicht gerade ein Vieltelefonierer. Sag ich doch, da ist was faul; etwas an ihrem Gesichtsausdruck veranlasste ihn dazu, weiter nachzuhaken: Sag mal, Ger, kennst du diese Nummer etwa? Na ja, ich bin mir nicht sicher, mein Zurdo, möchten Sie noch einen Nescafé? Du bist dir nicht sicher?, Ger, was ist das für eine Nummer? Na ja, könnte die von Walter Machado sein. Walter Machado, der Astrologe? Walter Machado, wer hat den denn angerufen? Na ja ... Ger, sag bloß nicht, du glaubst an diesen Quatsch. Nein, tue ich nicht, sie wischte sich die trockenen Hände an ihrer Schürze ab. Sondern? Also ... Du hast tatsächlich diesem Typen Geld in den Rachen geworfen?, du weißt doch, dass er im Minutentakt kassiert! Sie können's mir nach und nach vom Lohn abziehen, Hauptsache, Sie lassen mir genug, damit ich Essen und Schulhefte kaufen kann. Am liebsten würde ich dir Gori Hortigosa auf den Hals hetzen, was hast du dir nur dabei gedacht? Soll ich Ihnen die Wahrheit sagen? Sie setzte eine Unschuldsmine auf. Das will ich dir geraten haben, sonst stecke ich dich für ein paar Tage in den Knast. Ich will wissen, wer der Vater meines nächsten Kindes wird. Meinst du das ernst? Zurdo, noch kriege ich meine Tage, jedenfalls hat er gesagt, es wird ein Luis oder ein Miguel, deshalb hab ich mir ja wegen Luis Miguel die Füße in den Bauch gestanden, da konnte gar nichts schiefgehen; gestern hab ich in den Nachrichten gehört, dass nächsten Montag Miguel Ríos kommt, stellen Sie sich vor, der Großvater des Rock; wenn Sie nichts dagegen haben, würde ich um zwölf kurz verschwinden, ich will mich nämlich im Fitness-Studio anmelden, in dem in der Santa Cruz, der hier könnte nämlich ein bisschen Gymnastik vertragen, sie klopfte sich auf den Hintern, Sie wissen ja, einem knackigen Po kann kein Mann widerstehen, apropos, was ist eigentlich mit der Blondine von neulich, die ist ja wirklich zum Anbeißen. Mich interessiert nur eins: wie wir das hier bezahlen sollen. Das kann ich Ihnen sagen, die Leute von der Staatsanwaltschaft haben einen Umschlag dagelassen, ich hab ihn auf den Nachttisch gelegt, Ihr Weihnachtsgeld, haben sie gesagt. Du bist eine Katastrophe, Ger, ehrlich. Wollen Sie etwa behaupten, ich würde Ihr Vertrauen missbrauchen? Am besten, er zog sich in sein Arbeitszimmer zurück; dort las er, dachte an Goga und lächelte vergnügt vor sich hin.

Um zwölf brach er auf, er musste im Präsidium vorbei und Castelo den Wagen zurückbringen. Sein eigenes Auto stand repariert in der Werkstatt.

Er zeigte Ortega die Kugel, seinem ersten Eindruck nach war sie aus einer Beretta abgefeuert worden, wahrscheinlich aus der Waffe, mit der Ezequiel Barraza getötet wurde. Der Befund gab ihm so viel Auftrieb, dass er Beatriz sofort einen Besuch abstatten wollte, vielleicht hatte der Junge noch irgendwas gesagt. Vorher rief er Goga an: Wie geht's? Gut, aber ich sterbe vor Sehnsucht, Edgar, Mariana würde dir gern was erzählen. Ach ja? Über jemanden, der unbedingt von dir gefunden werden will. Mariana ist der Schlüssel? Scheint mein Glückstag heute. Sie glaubt vor ihrem Haus den Kerl gesehen zu haben, der auf sie geschossen hat. Ach ja? Wir werden den ganzen Tag zu Hause sein, Samantha ist unterwegs. Ein Wunder, dass sie euch allein lässt. Ihr Vater ist krank, da ist sie ein bisschen nervös. Verstehe.

»Jetzt ist Señorita Jéssica Guadalupe Pereira Ortiz ins Visier des Silberkugelmörders geraten, Schauplatz des Anschlags war der gut besuchte Strand von Altata, wo die Señorita gerade mit ihrem Hund spielte; die Polizei versichert, sie sei dem Täter dicht auf den Fersen, es handle sich um einen Mann mit beschränkten Fähigkeiten, oder um es anderes auszudrücken: der Kerl ist ziemlich unterbelichtet und kann unbescholtenen Leuten nichts anhaben. Für *Wächter der Nacht*, Daniel Quiroz.«

Mariana: Gestern Nachmittag war Luigi ganz zappelig, ich weiß, dass er nicht rausdarf, aber um diese Uhrzeit sind wir immer Gassi gegangen, ich ertrage es kaum, wenn er mich so treuherzig anschaut, als würde ich ihn verraten, also habe ich ihn mit vor die Tür genommen, und da habe ich den Mann gesehen, er lehnte an einem grünen Pick-up mit verdunkelten Scheiben und hat mich angestarrt, mir ist es eiskalt über den Rücken gelaufen, und Luigi hat angefangen zu bellen und keine Ruhe gegeben, bis wir wieder drin waren, ich hab gleich aus dem Fenster geschaut, aber da war er schon weg. Wieso glaubst du, dass er es war? Weiß nicht, wir Frauen wissen das eben. Weibliche Intuition, betonte Goga. Da war was in seinem Blick, was Widerliches, purer Hass; ich weiß auch nicht, jedenfalls hat er mir Angst eingejagt. Du hast gesagt, er war jung. Ja, weil er so schnell rennen konnte, aber der Mann, den ich gesehen habe, war schon älter, kräftig, mit Mütze, groß, ja, so groß wie du etwa, und genauso schlank. Was kannst du mir über den Pick-up sagen? Olivgrün, ein Cherokee, mehr hab ich nicht gesehen, weil ich es mit der Angst zu tun bekommen habe und schnell zum Fahrstuhl gelaufen bin, außerdem hat der Hund die ganze Zeit gebellt. Vielleicht bist du sein neues Ziel, erzähl mir jetzt mal, wie du damals Canizales bedroht hast. Immer wenn ich ihn mit Samantha gesehen habe, bin ich fast ausgerastet, ich hab sowieso nie begriffen, was sie an ihm fand, und bin fast geplatzt vor Wut, wenn ich wieder mal allein zu Hause rumsaß oder wenn sie spät nachts nach Hause kam, befriedigt, da habe ich eben den Gringo gebeten, sich um ihn zu kümmern, meine ganzen Ersparnisse habe ich ihm angeboten, die hat er natürlich mit Kusshand genommen; aber das wird Samantha schon regeln, und zwar endgültig. Hast du Bruno Canizales auch öffentlich bedroht? Ja, mehrmals, und immer war er grade mit Weibern zugange, einmal mit dieser Masseurin, wie heißt sie noch gleich?, manchmal auch mit diesem hübschen Ding, das sich umgebracht hat, aber glaub bloß nicht, dass mich die Damen gebremst hätten, im Gegenteil, die haben auch ihr Fett abgekriegt, ich hab ihnen gesagt, dass ich sie fertigmachen würde. Warum hattest du Angst, mit mir zu sprechen? Ich?, das habe ich nie gesagt, und es stimmt auch nicht, ich hatte keine Angst, weil ich nämlich ein reines Gewissen habe, neulich haben wir uns verpasst, weil du zu spät gekommen bist und ich verabredet war. Und das mit dem Gringo? Tja, der Gringo hatte seine eigenen Interessen, ich glaube, er ist in Samantha verliebt, aber das stört mich nicht, weil sie kein Auge auf ihn geworfen hat, Canizales hingegen hatte ihr völlig den Kopf verdreht, und dass du den Gringo in den Knast steckst, das will ich erst mal sehen, immerhin ist er die rechte Hand von Don Marcelo. Hast du nicht gerade gesagt, er hat dir deine Ersparnisse abgeknöpft? Schon, aber das ist jetzt acht Monate her. Goga; ihr könnt das Zimmer nehmen, das zum Fluss rausgeht, Samantha übernachtet mit dem Kleinen bei ihren Eltern, und ich kann in dem anderen Zimmer schlafen, ich bestelle bei Puro Natural Fruchtsäfte, Salat und Sandwiches, esset und liebet munter, denn die Welt geht bald unter. Luigi wedelte mit dem Schwanz.

Mariana ließ sie allein. Goga machte zwei Bier auf und schenkte dem Detective Tequila ein. Ich vermisse was, sagte er. Dass ich dich nicht geküsst habe? Er küsste sie: Nein, dass du nach nichts riechst, hast du geduscht? Kann man so sagen, soll ich Parfüm anlegen? Später. Was sagst du zu dem Typen?, er kippte den Tequila in einem Zug und trank das Bier zur Hälfte aus. Scheint nicht das schlauste Kerlchen zu sein. Bestimmt weiß er nicht, dass der Fall zu den Akten gelegt wurde. Möglich, oder es ist ihm egal. Was sagt dir, dass es nicht mehrere sind? Nichts. Kannst du dir bei der Indizienlage nicht sicher sein? Er wollte schon sagen, dass er mal ihrer Liebe sicher gewesen sei, mit katastrophalen Folgen, aber da klingelte das Handy, es war Gris Toledo, die sich krankmeldete. Schon gut, aber sieh zu, dass es nicht zur Gewohnheit wird, den Montag blauzumachen.

Es klingelte. Das Essen war da. Fruchtsäfte in verschiedenen Farben, Salate, Del-Rey-Sandwiches und Bio-Quesadillas für alle. Sie plauderten wie alte Freunde und amüsierten sich darüber, dass Luigi Kopfsalat mit Paul-Newman-Dressing fraß.

Um sechs verabschiedete er sich, weil er zu Beatriz wollte. Er rief sie an, aber sie vertröstete ihn auf später, sie gehe gleich in die Messe und die dauere eine Dreiviertelstunde. Wo bist du? In der San-José-Kirche in Los Pinos.

Er versprach, sich später noch mal zu melden.

Kavallerie. Mendieta. Weiß ich doch, du Pfeife, beim Handy brauchst du deinen Namen nicht zu sagen. Ich mag meinen Name eben, was gibt's? Nichts weiter, war dieselbe Pistole, und wenn du mich fragst, hast du recht, der Mörder hat dich im Visier. Was würdest du an meiner Stelle tun? Du bist selber Polizist, schon vergessen?, zwar nicht der Beste, aber ganz brauchbar, wenn du Spaß an deinem Job hast, dann stopf ihm das Maul. Danke, ah, noch was, könntest du deine Beziehungen spielen lassen und dafür sorgen, dass bei mir alle Anrufe von Hellsehern, Verkäufern und Werbefuzzis blockiert werden? Auch gewisse Hotline-Nummern, die bei dir ja besonders heiß laufen?

Die Jungs von der Clique hielten sich vom Eingang fern und tuschelten miteinander. Im Vorhof der Kirche tauschten die Frauen aus dem Viertel Rezepte aus, gaben sich gegenseitig Ratschläge und sprachen gut über den Jungen mit dem Fahrrad. Abelardo Rodríguez und Dante, der seinen Würfel nicht für einen Moment aus der Hand legte, begrüßten ihn. Dante lächelte: Offenbar haben wir und Sie nur ein Gesprächsthema, Detective: den Tod. Sag so was nicht, Señor Rodríguez, wie laufen die Geschäfte? Geht so, die letzten sechs Jahre waren kein Zuckerschlecken, im Bauwesen wird kaum investiert, möchten Sie was trinken?, er holte seinen silbernen Flachmann hervor, entschuldigen Sie, dass ich keine Gläser habe, irgendwann trinken wir mal einen, wie es sich gehört. Mendieta nahm einen Schluck. Haben Sie den Mörder von Bruno Canizales gefunden? Wir stehen kurz davor; Sie sprechen ganz richtig von einem Mörder, wir wissen nämlich inzwischen, dass es sich um einen Mann handelt, weil er Spuren hinterlassen hat, seine Verhaftung ist nur noch eine Frage von Stunden. Glückwunsch, bisher habe ich die Polizei für eine Bande von Schurken gehalten, aber da muss ich meine Meinung wohl revidieren. Bei der Polizei gibt es zwei Banden, in der einen sind die Guten. Zu denen Sie natürlich gehören. Von wegen, ich gehöre zu der anderen, da lebt es sich besser. Das sieht man, so entspannt, wie Sie hier rumlaufen, darauf müssen wir anstoßen, Prost, steigt bei Ihnen nicht die Spannung, wenn Sie kurz vor der Aufklärung eines Falls stehen? Wozu, das Leben besteht aus mehr als Arbeit. Ich habe in *Wächter der Nacht* gehört, dass auf Sie ein Anschlag verübt wurde. Nicht der Rede wert, nur die Wand hat ein paar Löcher abgekriegt, ist Beatriz hier irgendwo? Rodríguez bat Dante, seine Schwester zu rufen. Sie ist wohl drinnen bei der Mutter von Ezequiel; hören Sie, wenn Sie Baumaterial brauchen, um Ihre Wand zu reparieren, zögern Sie nicht, mich anzurufen, das sage ich Ihnen als Freund.

Beatriz nahm ihn beiseite, was ihrem Vater gar nicht passte. Er will, dass ich abtreibe, wie könnte ich das tun?, das Kind ist doch das Einzige, was ich von ihm habe, noch während der Totenwache hat er das von mir verlangt und mich bedrängt, meinem Vater ist offenbar nichts mehr heilig; ich fürchte, der Alkohol fördert seine schlimmsten Seiten zutage. Beatriz, entschuldige, du hast mir neulich gesagt, dass Ezequiel mit einer Silberpatrone erschossen wurde, erinnerst du dich? Er überlegte, ob er ihr sagen sollte, dass der Schuft vor ihrem Selbstmord noch mit Paola geschlafen hatte, aber er traute sich nicht. Vielleicht hat ihn derselbe Mann getötet, der auch Bruno Canizales auf dem Gewissen hat, hatten die beiden einen gemeinsamen Feind? Glaub ich nicht, Ezequiel konnte Bruno nicht ausstehen, aber wäre er ein böser Mensch gewesen, hätte er ihn gleich gekillt, wissen Sie was?, mich kotzt das hier an, dieses hohle Ritual, seine Mutter ist wie versteinert und kann nicht weinen, sein Vater hat sich nicht ein einziges Mal am Sarg blicken lassen, nicht zu fassen, oder?; und zu den Totenmessen wird er garantiert auch nicht kommen, die Frau ist am Boden zerstört. Wenigstens du hast deine Familie als Stütze. Welche Familie?, Dante, okay, der ist immer für mich da, zumindest solange man ihm nicht seinen Zauberwürfel wegnimmt, meine Mutter weicht der Señora nicht von der Seite, mein Vater ist zwar hier aufgekreuzt, aber in welchem Zustand haben Sie ja selbst gesehen, meine Mutter glaubt, dass er eine andere hat, weil auf seinen Hemden Lippenstift war; wenn Sie mich fragen, kommt er einfach nicht über Paolas Tod hinweg. An dem Tag, an dem er ermordet wurde, wollte Ezequiel sich mit mir treffen, erinnerst du dich noch, dass er einen wichtigen Schritt angekündigt hat? Ja. Hat er dir mehr darüber erzählt? Offenbar wusste er, wer Canizales getötet hat. Tatsächlich? Gesagt hat er nichts, nur, dass die Hölle los sein würde. Warst du gar nicht neugierig? Ehrlich gesagt, nein, ich war ziemlich durch den Wind. Na gut, wenn du was brauchst, ruf an, richte deinem Vater schöne Grüße aus und hilf ihm, aus seinem Loch rauszukommen. Sobald ich aus meinem raus bin.

40

Marcelo saß mit geschlossenen Augen in dem kleinen Zimmer. Den ganzen Tag hatte er über die Zukunft nachgedacht. Seine Frau neben ihm blätterte Hochglanzmagazine durch. Er trank einen Schluck Kamillentee. Damals, als meine Macht wuchs, konnte ich es kaum glauben, es war ein ganz neues Gefühl für mich, aber es machte mir keine Angst. Mal war es da, dann wieder weg. Ich hab es vor allem hier gespürt, hier in meiner Brust. Tausende von Männern haben vor mir stramm gestanden, wenn man so will; jeden Tag Anrufe, eine, manchmal zwei Telefonistinnen, die mit nichts anderem beschäftigt waren, als Auskunft zu geben, ich hätte zu tun oder ich sei beim Staatspräsidenten. Frauen. Schlampen, die mir einen Orgasmus vorgespielt haben, die behauptet haben, sie lieben mich, die mir weismachen wollten, dass niemand es ihnen je so besorgt hat wie ich, wenn sie keine Jungfrauen mehr waren. Und ich Idiot hab ihnen geglaubt, jahrelang. Bevor mein Vater starb, hat er mich noch gewarnt: Mein Junge, wenn du so weitermachst, wirst du noch zum Verbrecher; aber es war zu spät. Habt ihr von Leuten gehört, die hinterrücks erschossen wurden? Das habe ich angeordnet. Von Korruption bei der Polizei? Das waren beide Seiten, sie, weil sie ihren Hungerlohn aufbessern wollten, und ich, weil ich ganz nach oben wollte. Wir haben Musikkapellen finanziert, politische Kampagnen, Hilfsprogramme nach Tropenstürmen, Bränden, Überschwemmungen. Mein Name galt etwas. Marcelo Valdés, ein Mann, zu dem alle aufschauen. Wie viele Corridos wurden auf mich gedichtet? Genug, um mit diesen Balladen eine ganze Party zu schmeißen. Und jetzt? Er spürte einen Kloß im Hals. Jetzt werden wir nicht mal mit einem mickrigen Bullen fertig, einem Arschloch, das mich hasst, obwohl ich mit seinem verpfuschten Leben gar nichts zu tun habe. Eine Träne auf seiner linken Wange. Und Samantha ist so unreif, ach, mein geliebtes Töchterchen, so hübsch, aber so impulsiv. Minerva rückte näher an ihn heran. Sie nahmen sich in die Arme. Wenn man mir früher erzählt hat, dass alte Männer wegen jedem Mist weinen, habe ich's nicht geglaubt: Die haben einfach was ins Auge gekriegt. Er drückte sie fest an sich. Sie wird ihre Sache gut machen, bestimmt; aber eines musst du mir versprechen, mein Lieber: dass du ihr nicht deine Feinde vererbst; lass diesen Polizisten in Ruhe, ich finde es gut, dass es solche Leute gibt, leichte Gegner, die ein Gegenwicht bilden und ihr trotzdem nicht gefährlich werden, dafür wird schon gesorgt. Da ließ er seinen Tränen freien Lauf.

Zwanzig Meter entfernt rauchten die Bodyguards und unterhielten sich leise.

41

Die Laken rochen frisch. Wenn es wirklich so war, wer legte sich da mit ihm an?, hatte tatsächlich jemand zwei Menschen getötet und einen dritten bedroht, nur um ihn zu provozieren?, warum? Goga lag garantiert falsch, das war zu abartig; sicher, er hatte jede Menge Leute ins Gefängnis gebracht, aber er hatte noch nie Morddrohungen erhalten oder gehört, dass jemand sich an ihm rächen wollte; andererseits stand er kurz davor, den Täter zu überführen, wer immer es war. Gangstern fehlt etwas in ihrem Leben, wenn sie nicht die Polizei auf sich ziehen können wie Enten Gewehre. Das ist die schmutzige Wahrheit. Ich muss raus aus diesem Fall, es reicht, wenn ich den Täter finde, werde ich ihn grüßen. Wie geht's der Familie? Mann, du hast ja ganz schön Katz und Maus mit uns gespielt. Nervt dich Quiroz? Lass dich von ihm nicht aus der Ruhe bringen: Das ist nur ein alter Spinner, schon neue Pläne? Das war's dann für mich. Trotzdem ging er noch mal alles durch: Canizales wurde ermordet, Paola hat sich umgebracht, die Ermittlungen sind eingestellt, Anschlag auf mein Haus, der Junge mit dem Fahrrad eliminiert, noch ein Attentat auf mich, der Angriff auf Mariana Kelly, das merkwürdige Parfüm, die Silberpatronen, das endgültige Aus der Ermittlungen; Goga sagt, der Mörder will mich besiegen. Vielleicht treibt er es so lange, bis er mich da hat, wo er mich hinhaben will, und taucht dann auf.

Liste der Betroffenen: Beatriz, Abelardo, seine Frau, die Mutter des Jungen, Laura, Mariana, Samantha, Aldana. Viele Frauen. Alle außer Mariana haben Bruno geliebt. Die Männer auch, vor allem Aldana, den Gris Toledo ohne Vernehmung freigesprochen hat. Paola hingegen haben nur Abelardo und der Junge geliebt. Die anderen haben sie gehasst, mal mehr, mal weniger. Aber Paola hat sich umgebracht. Wer tötet jemanden, den alle lieben? Kennedy wurde ermordet, Gandhi, Lennon, Colosio, Che Guevara, Sokrates, Marilyn. Das ist kein Ausgangspunkt, das ist ein Endpunkt. Rendóns Nachforschungen haben ergeben, dass hinter dem Mord an Bruno ein sexuelles Motiv stecken könnte, Rache? Die Leiche wies keine Spuren von Gewalt auf, auch der Tatort nicht, Vergnügen? Möglich, vielleicht hat der Mörder deshalb ein Parfüm benutzt. Kannte Goga Bruno? Glaub ich nicht, und der Junge?, wen hat er gesehen? Paola hatte noch seinen Samen in sich. Dante gehört ebenfalls zu diesem Kreis, war er fähig, Bruno und den Jungen zu töten und dann seelenruhig an seinem Zauberwürfel zu drehen? Gut, dass der Fall zu den Akten gelegt war.

Er betrachtete Goga, die auf der Seite schlief, ein Bein zu sich herangezogen.

Durchs Fenster fiel ein leichter Schimmer.

Zum erweiterten Kreis gehören noch die Leute von der KBP: Ripalda, Figueroa, dann waren da noch Tany Contreras, den sowohl Foreman als auch der Chapo mit den Silberkugeln in Verbindung bringen, der Gringo Ponce, die Clique des Jungen mit dem Fahrrad, Mariana, Samantha, der Queteco Valdés. Foremans Bericht fiel ihm wieder ein. Contreras wurde im Piggyback gefunden, eingewickelt in eine braune Decke, typisch für die Narcos. Pineda könnte es bestätigen, vorausgesetzt, er war nicht geschmiert worden.

Goga war vor zwei Stunden eingeschlafen, er zündete

sich gerade die sechste Zigarette an, als er an der Eingangstür ein Geräusch hörte. Kommt Samantha doch schon zurück? Wie blöd; dann würde er gehen müssen; er war jetzt endgültig wach; andererseits bemüht sich da jemand, leise zu sein, und Samantha ist eher ein Trampel, außerdem ist das ihre Wohnung, da nimmt sie nicht so viel Rücksicht, wer immer es ist, er ist jetzt drin und hat kein Licht angemacht, offenbar schläft Samantha noch friedlich bei ihrem Sohn.

Er zog seine Jeans an, das schwarze T-Shirt, entsicherte seine Waffe und machte die Tür einen Spalt weit auf, sie knarrte. Warum, wusste er nicht, aber er musste an eine Bar in Tijuana denken: La Bodega de Papel; und an den Wirt, der einen Son gesungen hatte.

Er sah einen Schatten, der vorsichtig vorwärts schlich. Fotosynthese. Schwarz gekleidet. Baseballkappe. Als es knarrte, drückte er sich an die Wand. Mendieta warf einen Schuh auf den Flur, und der Schatten schoss. Luigi, der in Marianas Zimmer war, bellte. Der Detective steckte seine Waffe durch den Türspalt und drückte ab. Der Eindringling flüchtete aus der Wohnung. Er hinterher. Geduckt folgten die Frauen. Treppenhaus. Eingangshalle. Tür. Auch Luigi rannte die Treppe herunter, ohne zu bellen. Als er am Boulevard ankam, fuhr ein Auto Richtung Morelosbrücke davon

Wer sucht, der findet, dachte er, eines steht jedenfalls fest: es ist kein Narco.

42

Sie frühstückten.

Um zehn rief Gogas Mann an. Was für ein Schreck in der Morgenstunde, murmelte Mariana und reichte ihr das schnurlose Telefon, Luigi sah sie treuherzig an und wedelte mit dem Schwanz. Der Filmproduzent war auf dem Flughafen Pedro Infante und wollte in Altata frühstücken. Ich weiß doch, wie gern du Ceviche bei der Güera isst, mein Schatz, nicht dass du deine Speicher auffüllen müsstest, schließlich haben wir uns seit Tagen nicht gesehen, aber ein gutes Essen am Meer ist nicht zu verachten, nicht wahr?, hast du ein Auto gemietet? Nein, ich habe immer Taxis genommen. Dann miete eins, schalt dein Handy ein, wir sehen uns in Bachigualato, an der Kreuzung Boulevard Aeropuerto und der Landstraße nach Navolato; ich bin jetzt fast am Autoverleih Budget, und nicht duschen, mein Schatz, ich will doch deinen Hüftschwung sehen, wenn du ins Bad gehst.

Goga wäre am liebsten im Erdboden versunken.

Alle starrten Mendieta an.

Zu allem Überfluss kam auch noch Samantha mit dem Kind herein. Ist denn unser hübscher Junge heute gar nicht in der Schule? Wir waren zu spät dran. César, rief Mariana, dann kriegst du ja einen Klassenbucheintrag. Nee, meine Mama hat mir erklärt, was wir machen, morgen bringe ich dem Direktor und meiner Lehrerin ein Geschenk mit, dann vergessen sie, dass ich gefehlt habe. Samantha fixierte den Detective: Was machst du hier, du Dreckskerl? Zu wem sagst du Dreckskerl? Zu dem da, schau dir nur sein Gesicht an. Der Junge lächelte. Mariana bewegte lautlos die Lippen, um ihr mitzuteilen, dass es Ärger gab. Mendieta stand auf und ging einfach weg.

Goga schlug die Hände vors Gesicht und brachte kein Wort heraus.

Armer Luigi.

Es muss noch andere Mittel geben außer Alkohol, eine andere Frau oder alberne Gedichte. Es muss. Er hörte noch, wie der Junge ihm fröhlich nachrief: Auf Wiedersehen, Dreckskerl.

43

Am Dienstagabend fuhr er bei Foreman Castelo vorbei, um ihm das Auto zurückzubringen. Er wollte jemanden sehen, der nicht viel Tamtam ums Leben machte, der mit sich und der Welt im Reinen war. Sein Kummer brauchte diese sorglose Haltung. Er hatte Pech, Castelo war noch nicht aus Altata zurück, wo er mit seiner Familie zu Mittag aß. Er fuhr nach Hause und trank eine halbe Flasche Old Parr, schrieb ein Gedicht à la Neruda und gestand sich ein, dass er niemanden hatte, den er anrufen konnte. Nicht mal bei dem Gedanken an Bardominos konnte er weinen: er wusste einfach nicht, wie das ging. Er schaltete den Fernseher ein, aber es lief nur Mist, die Politiker quatschten das ewig gleiche Zeug daher, und auch die Musikvideos machten ihn nicht an. Im Travel Channel lief eine Dokumentation über Pflastersteine in Frankreich, plötzlich fühlte er sich hundeelend. Dieser Scheiß geht einfach nicht vorüber, murmelte er, selbst wenn ich noch mal geboren würde, der Mensch ist das einzige Tier, das zwei Mal in dieselbe Falle tappt, ich kapier's einfach nicht. Bardominos spukte ihm immer noch im Kopf herum, seine schmalen Hände, sein Geruch, sein feuchter Mund, sein Pfefferminzatem. Er nahm einen großen Schluck. Ich fahr jetzt zu Doktor Parra, wehe, er hilf mir nicht raus aus diesem Loch, allein schaffe ich's jedenfalls nicht.

Telefon.

Wenn sie's ist, leg ich sofort wieder auf, hat die mich doch tatsächlich wieder rumgekriegt, dieses Biest, warum werfe ich ihr das vor, wo ich doch selber schuld bin? Der Vollidiot hat einen Namen, er heißt Edgar Mendieta.

Ring. Außerdem liebe ich sie nicht, mir gefällt gar nichts an ihr, ihre kurzen Haare nicht, ihre Röcke nicht, ihr Parfüm nicht. Ring. Sie ist lächerlich schlank, ihre Brüste sind lächerlich klein, ihr Gang … alles an ihr ist lächerlich. Ring. Wieso bist du zu Hause? Gießt du gerade deine Blumen, oder was? Ich bete den Rosenkranz. Wie früher mit Mutter, wenn sie mal wieder diese Anwandlungen hatte. Daran erinnerst du dich noch? Als wär's gestern. Das war eben meine Art, ihr beizustehen. Verstanden habe ich das erst später. Freut mich, dass du anrufst, alles okay? Sagen wir so: ich kämpfe gegen meinen Drang an, auf der Stelle die Koffer zu packen und zu dir zu fliegen; du klingst merkwürdig, bist du betrunken? Ich, betrunken?, Bruderherz, ich bin doch Abstinenzler. Und meine sind viereckig. Das glaube ich dir aufs Wort, so fortschrittlich wie die Wissenschaft bei euch da oben ist. Du hast bestimmt gute Gründe, warum du an einem Dienstag um diese Uhrzeit trinkst. Wir haben einen Fall abgeschlossen und sind was essen gegangen, um zu feiern, nichts Besonderes. Was machen die Frauen? Diese undankbaren Geschöpfe?, die zeigen, was sie haben, wie immer. Jetzt mal im Ernst, du bist tatsächlich betrunken, oder? Ich?, wo denkst du hin? Du bist besoffen, Bruderherz. Nix da besoffen, jedenfalls nicht von den zwei Flaschen Tequila, die ich gekippt habe. Reden wir lieber von was anderem, mir läuft schon das Wasser im Mund zusammen, das Zeug kostet hier nämlich ein Vermögen. Und man kann nicht mal sicher sein, dass es nicht aus China ist. China ginge ja noch. Wenn du so eine Sehnsucht nach dem Zeug hast, warum kommst du dann nicht her?, ist doch längst Gras über die Sache gewachsen. Sicher? Klar. Würdest du dir freinehmen, um ein paar Tage mit mir abzuhängen? Ich bin mein eigener Chef und kann mir jederzeit Urlaub genehmigen. Ach ja?, bist du befördert worden? nein, ich bin nach wie vor ein mickriger Detective ohne Rang, die einen sagen Comandante zu mir, die anderen Teniente, und neulich hat mich eine Frau sogar mit Comisario angesprochen. Und auf deiner Dienstmarke, was steht da? Nichts, einfach nur Detective. Dann bist du das auch, hör mal, ich möchte dir was erzählen, aber erschreck nicht gleich, ich find's selber so unglaublich, dass ich nicht weiß, wie ich anfangen soll. Bist du schwul geworden? Nein, es geht um was anderes, nichts Schlimmes, eher was Überraschendes. Jetzt rück schon damit raus, sonst schießt noch mein Blutdruck in die Höhe. Erinnerst du dich noch an Susana, die Tochter von Doña Mary? Klar, die Susy, ich erinnere mich noch gut. Warst du mal mit ihr zusammen? Ja, wir sind ein paar Mal ausgegangen, während des Studiums, ich hab damals im vierten Jahr Literatur studiert und sie im fünften Jahr Verwaltung. Tja, sie hat einen Sohn, er nahm eine Zigarette heraus. Und? Er sieht dir verdammt ähnlich. Machst du Witze?, laut medizinischer Untersuchung sind meine Spermien so langsam, dass es nicht zum Befruchten reicht. Vielleicht hat ihr Ei bemerkt, dass sie ein bisschen schüchtern sind, und ist ihnen ein Stück entgegengekommen, er steckte die Zigarette wieder weg. Ich hab ihn heute Morgen kennengelernt und konnte es kaum glauben, er ist sechzehn und sieht genauso aus wie du in dem Alter, groß, Landesmeister über die Meile an der Highschool, was sagst du nun? Ich bin so baff, dass ich schon fast wieder nüchtern bin, er zog die Zigarette heraus und zündete sie an. Das höre ich, jedenfalls will der Junge dich kennenlernen, einfach so, ohne irgendwelche Ansprüche, was meinst du? Mendieta nahm einen tiefen Zug: Was rätst du mir?, schließlich bist du der Ältere von uns beiden. Ich würde sagen, du solltest ihn treffen, du hast ja nichts zu verlieren, sie leben in Fresno, sind aber extra nach Portland gefahren, damit ich ihn mal sehe und die Verbindung zu dir herstelle. Er zog wieder an seiner Zigarette: Ich kann's immer noch kaum fassen. Ging mir genauso, als er vor mir stand, mit seinem schwarzen T-Shirt und diesem unschuldigen Lächeln, bei dem die Frauen schwach werden. Draußen fuhr ein Pickup vorbei, aus dem laut eine Narcoballade dröhnte. Wann wäre das? Im Sommer, Susana wird zum ersten Mal ihre Familie besuchen, und der Junge will die Gelegenheit nutzen, er heißt Jason Mendieta. Was? Du hast richtig gehört, das Leben steckt voller Überraschungen, wie Rubén Blades sagt. Na gut, gib ihm meine Adresse und Telefonnummer, er soll sich melden, wenn er hier ist. Glückwunsch, Bruderherz, und freu dich drüber, so eine Nachricht erhält man nicht alle Tage.

Er machte die Stereoanlage an: *Reflexions of my Life* von The Marmalade. Während er sich vorsichtig rasierte, versuchte er sich an Susana zu erinnern, aber es schoben sich ihm immer wieder Bilder von Goga dazwischen, wie sie ins Bad ging, ihre Röcke. Er duschte und legte sich ins Bett: Susana, du hattest ein schönes Muttermal, oder? Kein Sterbenswörtchen hast du gesagt, warst wohl zu stolz. Goga, hau bitte ab, es reicht.

Er schlief schlecht, trotzdem schaffte er es, seinen Wagen abzuholen und früh im Präsidium zu sein.

Gris trat ein, in der Hand ihre obligatorische Diätcola: Was ist denn mit Ihnen los, Chef? Ah, Sie haben sich rasiert, macht Sie um Jahre jünger, Glückwunsch, man merkt, dass Sie denkwürdige Tage hinter sich haben, kaum kriegen Sie Blumen, schon mausern Sie sich zum Fernsehstar. Agente Toledo, reißen Sie sich gefälligst zusammen und lassen Sie sich nie von einer Rasur blenden. Entschuldigung, aber Sie sehen wirklich gut aus. Angelita: Robles am Apparat. Gris, was sagst du zu unserem Chef?, wie verwandelt, oder? Stimmt, geradezu metrosexuell. Gib uns mehr von diesen Tagen, o Herr! Gris Toledo nahm den Hörer ab: Morddezernat; ein Toter in der Costerita, an der Einfahrt zur Gated Community La Primavera. Sag dem Spurendienst und der Gerichtsmedizin Bescheid, wir fahren hin. Chef, das Leben geht weiter, nehmen wir Ihren Wagen oder meinen? Meinen. Dieses bootähnliche Ding? Bloß nicht.

Sie fuhren gerade am Ernesto-Millán-Park vorbei, als Mendietas Handy klingelte. Ruf bitte nicht an, du kannst vor mir auf die Knie fallen, heulen, was du willst, ich werde nicht drangehen, warum begreifst du nicht endlich, dass ich dich nicht liebe, dass es aus ist zwischen uns, dass diese Volantröcke dir nicht stehen? Es war Carlos Alvarado, der Einzige auf der Liste, den er wegen der Silberpatronen befragt hatte. Ja, bitte. Sargento Mendieta, wie geht es Ihnen, was macht das Leben?, hätte ich mich nicht der Landwirtschaft verschrieben, wäre ich Polizist geworden, damit leistet man der Gesellschaft einen großen Dienst. Mir geht's gut, Don Carlos, und Ihnen? Ich hätte da eine Frage, haben Sie meine Bekannte Ernestina de Villegas angerufen? Nein, Don Carlos. Dachte ich mir, sie war nämlich in den USA, zwei ihrer Söhne, die beiden ältesten, leben dort, und die hat sie besucht, aber jetzt ist sie wieder da, ich habe ihr schon angekündigt, dass Sie sich bei ihr melden werden, um nach den Silberpatronen zu fragen, jederzeit, hat sie gesagt, und Sie bräuchten nicht vorher anzurufen; sie weiß, wo die Patronen sind, hat sie mir schon mal ausrichten lassen, nämlich auf der Ranch. Danke, Don Carlos, wir statten Ihrer Bekannten heute noch einen Besuch ab, auf Wiederhören.

Canizales hat was dagegen, dass der Fall per Dekret beendet wird, und der Mörder offenbar auch. Was gedenken Sie jetzt zu tun? Ein kleiner Denkanstoß wäre gar nicht verkehrt, meinst du nicht? Gibt es Neuigkeiten? Könnte man so sagen. Er erzählte ihr, was passiert war, und sparte nur das merkwürdige Treffen bei Mariana aus. Sie unterbrachen ihr Gespräch nur, als Quiroz im Namen der KBP den Mörder verunglimpfte. Der spinnt wohl, sagte Gris. Wo hat er bloß diesen Quatsch her? Von mir, er erklärte ihr seine Strategie.

Am Tatort trafen sie auf Moisés Pineda. Was wollt ihr hier? Die gehören mir. Um wen handelt sich's? Felipe Garza, vom Golfo-Kartell. Was hatte der so weit draußen zu suchen? Das werden wir wohl nie rausfinden. Garza, Versace-Hemd, Straußenledergürtel, war mit Schüssen übersät. Neben ihm lag die San-Marcos-Decke, in die er eingewickelt gewesen war. Mein Capi, vergiss unser Frühstück nicht, Pineda lächelte erfreut. Morgen um neun im La Chuparrosa Enamorada. Abgemacht, hör mal, mein Capi, wem hast du die Leiche von Estanislao Contreras ausgehändigt?, oder hieß er Quevedo? Pineda sah ihn misstrauisch an, Quiroz schaltete sich ein: Comandante Pineda, was können Sie uns zu den heutigen Vorfällen sagen? Erinnere mich morgen noch mal dran, er zwinkerte ihm zu. Sie verabschiedeten sich.

Sie fuhren zum Stadtteil Chapultepec, wo die Familie Villegas wohnte.

Nachdenklich. Bei den Galerías San Miguel fiel Gris Toledo etwas ein. Wissen Sie was?, die Beschreibung, die die Kelly von dem Pick-up gegeben hat, trifft genau auf den Wagen von Abelardo Rodríguez zu, der ist mir nämlich aufgefallen, als er den Waffenschein vorbeigebracht hat. Bist du sicher? Ja, der Automat im Präsidium war kaputt, deshalb bin ich zu Oxxo gegangen, um meine Diätcola zu kaufen, und auf dem Weg dahin hab ich den Wagen gesehen. Vielleicht hat er Ezequiel belauscht, als er vom Zimmer seiner Tochter aus telefoniert hat, ist dann nach Altata gefahren und später zu Mariana Kelly. Das typische Verhalten eines Alkoholikers. Der im Grunde erwischt werden will. Schnappen wir ihn uns.

Er rief Beatriz an. Was macht dein Vater gerade? Trinkt, wie gesagt, er driftet ab. Bist du zu Hause? Ja, aber ich bin auf dem Sprung, weil ich's nicht mehr aushalte, er bedrängt mich die ganze Zeit, ich soll abtreiben, aber das kommt nicht in Frage; für mich steht fest, dass dieses Baby ein Wendepunkt in meinem Leben ist. Beruhig dich erst mal, setz dich in ein Café, trink ein Glas Papayasaft und träum von der Zukunft mit deinem Kind, aber vorher musst du mir noch einen Gefallen tun, sieh mal auf Ezequiels Handy nach, um wie viel Uhr er mich zwei Tage vor seinem Tod angerufen hat; und ob du zu dem Zeitpunkt vielleicht gerade auf der Toilette warst, ich ruf dich in zwei Minuten noch mal an.

Zum ersten Mal sah er den Pick-up mit den dunklen Scheiben. Olivgrüner Cherokee. Verdreckt. Ezequiel hatte tatsächlich angerufen, als Beatriz auf der Toilette war.

Abelardo saß im Wohnzimmer, allein, betrunken. Detective Mendieta, wie geht's?, kommen Sie rein, er hörte gerade *Amor eterno* von Rocío Dúrcal. Wie schön, dass Sie mich besuchen, ein Drink? Gern. Endlich trinken wir aus echten Gläsern, wie es sich gehört. Gris sah ihren Chef fragend an. Und Sie, Señorita? Nein, danke, für mich ist es noch ein bisschen früh. Sehr vernünftig, Paola hat immer gesagt, ohne Alkohol bleibt die Haut frischer, wobei sie selber sich nicht daran gehalten hat, meine Tochter war eben ein Vulkan, Sie können sich gar nicht vorstellen, wie sehr wir sie vermissen. Er schaltete die Stereoanlage aus. Dann goss er sich ein. Prost. Irgendwo auf der Welt ist es ja schon fünf Uhr Nachmittag, sagte er, und beide tranken ihr Glas in einem Zug aus. Plötzlich lag Spannung in der Luft. Noch einen, Detective, er schenkte nach. Erzählen Sie uns lieber, warum Sie Ezequiel Barraza getötet haben. Rodríguez sah auf seinen Whisky, dann zu Mendieta, lächelte hilflos: Sie gehören ja tatsächlich zu den Bösen, Detective, dann wurde er ernst, seine Augen wurden feucht, Gefühle eines Vaters, Detective, das Arschloch hat mit meinen beiden Töchtern geschlafen, in meinem eigenen Haus, ich habe mehrmals mit ihm gesprochen, mehr Respekt von ihm verlangt, aber er hat mich nur ausgelacht, wurde rotzfrech, er trank sein Glas leer, ich hatte keine andere Wahl; Beatriz ist schwanger, können Sie sich das vorstellen?, ein Kind von diesem Teufel?; ich konnte nicht anderes, leid tut mir nur die Mutter. Was ist mit Bruno Canizales? Den hab nicht ich auf dem Gewissen. Wussten Sie, wo er wohnte? Ja, an jenem Morgen bin ich Paola gefolgt, mir war klar, dass sie zu ihm wollte; ich hab sie reingehen und wieder rauskommen sehen. Dann hat Paola ihn umgebracht? Nein, es fiel kein Schuss, das hätte ich gehört, ihre Pistole hatte keinen Schalldämpfer. Um wie viel Uhr war das? Gegen sechs, kurz vor Sonnenaufgang; ich hatte mich gerade geduscht, um ins Büro zu fahren, als sie um zwanzig nach fünf nach Hause kam und kurz darauf wieder wegfuhr. Was Ezequiel angeht, hat da ein Anruf eine Rolle gespielt, den er vor zwei Tagen getätigt hat? Davon weiß ich nichts. Warum wollten Sie Mariana Kelly töten? Sie sind ja ein wahrer Teufelskerl, Detective, wie haben Sie das nur wieder rausgekriegt? Warum sind Sie ihr nach Altata gefolgt? Samantha Valdés und sie haben meine Tochter bedroht; ich hab sie zufällig an der Tankstelle Del Valle getroffen, und, ich weiß auch nicht, ich fand es ungerecht, dass meine Tochter tot war und sie einfach so weiterlebten, als wäre nichts passiert; da bin ich ihnen gefolgt, hab sie am Strand beobachtet, und zwei Tage später bin ich noch mal hingefahren; als ich abgedrückt habe, bin ich im Sand versunken, deshalb habe ich danebengeschossen, armer Hund. Aber das hat Ihnen noch nicht genügt, Sie haben ihr auch vor ihrer Wohnung aufgelauert. Stimmt, ich wollte die Sache zu Ende führen. Und Sie sind nachts bei ihr eingebrochen. Was bin ich? Bei ihr eingebrochen, und dort haben Sie zwei Schüsse abgefeuert. Nein, das war ich nicht, am Montag habe ich ihr hinterherspioniert, ja, aber ich bin nicht bei ihr eingebrochen. Der Hund hat Sie erkannt. Das glaube ich aufs Wort, Hunde sind sehr sensible Tiere, er erinnerte sich, dass Luigi mit dem Schwanz gewedelt hatte, als sie die Treppe hinuntergerannt waren. Wer war es dann? Und die Silberpatronen? Sind ein Geschenk von Don Federico Villegas, möge er in Frieden ruhen, vor zehn Jahren haben wir auf seiner Ranch was repariert, da hat er mir fünf davon geschenkt, und weil Canizales mit diesen Dingern erschossen wurde, hab ich gedacht, das mache ich auch, um Sie ein bisschen zu verwirren. Wer hat Ihnen gesagt, dass Mariana Kelly und Samantha

Valdés Ihre Tochter bedroht haben? Das habe ich in ihrem Tagebuch gelesen, da stehen so viele private Dinge drin, dass ich mich nicht dazu durchringen konnte, es Ihnen auszuhändigen; aber jetzt ist das auch schon egal, es liegt auf meinem Schreibtisch, er zeigte auf die offene Tür seines Arbeitszimmers und stand auf, ich freue mich, dass Sie zu den Bösen gehören, auch wenn wir schon wieder beim gleichen Thema sind. Der Detective stand ebenfalls auf: Ich muss Sie begleiten. Hab nichts dagegen, übrigens, bildhübsch, Ihre Freundin, ich hab sie zusammen in Navolato gesehen, vor der Klinik, und danach noch mal, auf der Autobahn, er lächelte. Mendieta zeigte keine Reaktion.

Das Büro hing voller Baupläne, das Regal war vollgestopft mit Aktenordnern, auf dem Schreibtisch stand ein Computer, daneben lagen mehrere Baseballkappen, Rodríguez wirkte entspannt, er setzte sich, eine Last war von seinen Schultern gefallen. Hier ist es, sagte er, griff in eine Schublade, holte eine Pistole heraus und schoss sich in den Kopf.

Mendieta betrachtete sein Gesicht, dann die Pistole. Er ist seiner Beretta treu geblieben, murmelte er, wir sind eben Scheißgefühlsmenschen.

44

Sie warteten auf Beatriz, erzählten ihr eine Version, die sie mit ihrem Vater versöhnte, und verließen das Haus. Gerade als sie losfuhren, traf Dante ein, mit ernstem Blick. Dieser Junge bringt es mal zu was, sagte der Detective, er weiß, wie man die Realität auf ein paar Symbole reduziert. Seine Mutter saß zusammengekrümmt auf dem Beifahrersitz.

An einer Kreuzung, an der ein Polizist den Verkehr regelte, brach Gris Toledo das Schweigen: Unglaublich, wie eine Familie sich dermaßen selbst zerfleischen kann. Mendieta, der an Goga dachte, antwortete: Und der Mörder von Canizales läuft immer noch frei rum. Vielleicht hat er mitgekriegt, dass der Fall zu den Akten gelegt wurde, und macht sich keine Sorgen mehr. Soll er verrotten, sie wurden weitergewunken, der Polizist grüßte Gris, ehrlich gesagt, ist mein Interesse inzwischen auf null gesunken, immer diese Leute, denen man nichts anhaben kann, obwohl sie nach Belieben die Gesetze brechen, das nervt. Wieder langes Schweigen. Ich bin träge geworden, wie dem auch sei, jedenfalls gehen uns allmählich die Verdächtigen aus. Laura, Dania, die Leute von der KBP? Wenn's einer von denen war, macht er aus allen Mitgefangenen Vegetarier, vielleicht sollten wir lieber alles lassen, wie es ist.

Kavallerie. Der Detective sah, dass es Briseño war. Sie fuhren gerade am Zapatadenkmal vorbei in Richtung Präsidium. Der Chefkoch, sie lächelten, welches Rezept sie wohl jetzt wieder ausprobieren?, warum schickt er sie nicht auf eine Kochschule, und es hat sich mit dieser ständigen Streiterei? Es kann nicht gesund sein, sich wegen einer Linsensuppe dermaßen in die Haare zu kriegen. Er ging ran: Mendieta. Ich hab schon gehört, dass Pineda dir den Toten streitig gemacht hat, wieder mal Glück gehabt, Zurdo, wie gesagt, du fällst wie immer weich. Danke, Chef. Hör mal, ich brauche dein Talent als Vermittler, dieser Freund von dir, der Reporter von *Wächter der Nacht*, ist eine richtige Zecke und kostet mich noch den letzten Nerv, er fährt eine Kampagne in Sachen Canizales, ohne den Namen zu erwähnen, warum, weiß ich nicht, jedenfalls will ich, dass du dich drum kümmerst. Verstehe, haben Sie irgendwo einen Umschlag rumliegen, den Sie nicht brauchen? Bin ich vom Drogendezernat, oder was? In diesem Land sind alle Polizisten vom Drogendezernat. Kannst du ihn ein bisschen in die Schranken weisen?, sorg wenigstens dafür, dass er sein Maul nicht mehr ganz so weit aufreißt, okay? Ihr Wunsch ist mir Befehl.

Auf dem Präsidium war alles wie gehabt. Angelita lächelte zur Begrüßung und teilte ihnen mit, wer alles angerufen hatte. Besorg uns Benzingutscheine, ja? Hab ich schon versucht, aber bis nächsten Monat heißt die Parole: Wasser tanken. Idioten.

Briseño kam ihnen mit einer Verschwörungstheorie. Meine Feinde lassen einfach nicht locker, wieso dieses Interesse an Canizales und den Silberpatronen? Damit erreichen sie nur, dass der Mörder noch einen Unschuldigen tötet.

In seinem Büro versuchte er Goga aus dem Kopf zu kriegen, deren Anrufe er weiterhin nicht entgegennahm, und Bruno, den er unfreiwillig mit allem in Verbindung brachte, was ihm in den Sinn kam. LH hatte eine Nachricht hinterlassen, er rief zurück: Mein Lieber, ich sitze hier vor einem Lachs im Kräutermantel, beträufelt mit einem Merlot von Casa Piedra, Jahrgang 93, sagte er zur Begrüßung. Und ich vor einer gegrillten Dorade in Feigenkaktussoße, mit gerösteten Chilis und einem schön kühlen Pacífico, wie geht's, mein L, Omega-3 total, oder? Leben total, hör mal, ich ruf dich wegen des Dufts an, den du mir geschickt hast, das ist ein indisches Wässerchen namens »Vergissmeinnicht«, eins ist merkwürdig, erinnerst du dich noch, dass ich auch eine Probe aus San Bernardino auf dem Tisch hatte?, der gleiche Duft, wenn die beiden Fälle nicht so weit auseinanderlägen, könnte man meinen, es handelte sich um den gleichen Täter. Weißt du was über die Opfer? Wenig: Männer mittleren Alters, Singles. Bisexuell? Keine Ahnung, sollen ja viele US-Amerikaner bisexuell sein. Silberpatronen? Ich glaub ja. Er begann zu schwitzen. Dieser beschissene Fall lässt mich einfach nicht los, dachte er und sagte: Warum ausgerechnet dieses Parfüm? Tja, gute Frage, soweit ich weiß, ist dieser Duft noch nie in einem Mordfall aufgetaucht, Hindus verbinden damit was Sexuelles. Der Mythologie zufolge raubt Ravana, ein grausamer Dämon, Sita, die Frau von Rama, und versteckt sie auf einer Insel, Rama verbündet sich mit einer Affenherde und befreit sie; Sugriva, der Anführer der Affen, gibt ihm das Parfüm, damit Sita in der Nacht des Wiedersehens das Leid der Gefangenschaft vergisst und sich ihm völlig hingibt. Eine schöne Geschichte, Eros ohne Thanatos. Laut Magda, die die Recherche betrieben hat, verlor der Duft bei uns im Westen seine ursprüngliche Bedeutung und wurde doch noch mit der Idee des Thanatos vermengt, sprich: der sexuelle Akt endet tödlich. Aber ohne Kopfschuss als Todesursache, oder? Du fragst ja gerade so, als wäre der Fall noch nicht abgeschlossen. Die verfluchte Déformation professionnelle, mein L, was soll man machen?, apropos, gibt's einen Zusammenhang mit irgendeiner Sekte? Nicht dass ich wüsste, soll ich das mal recherchieren? Nein, nicht nötig, aber wenn du was hörst, sag mir Bescheid. Na gut, lass dir den Fisch schmecken. Danke, bis bald.

Meine Güte, was für Zeiten!, jetzt wollen die Mörder auch noch Stilvorreiter sein: Opferprofil, Silberpatronen, indische Duftessenz, wo soll das alles noch hinführen? Gott sei Dank war der Fall zu den Akten gelegt.

Kavallerie. Mendieta, Zurdo, kommen Sie zum Essen? Ger, wieso fragst du?, ich komm doch nie zum Essen, weißt du schon, wie du die Telefonrechnung bezahlen willst? Ach, Zurdo, woher soll ich das Geld denn nehmen, wo Sie doch meine einzige Stütze sind? Von Walter Machado. Den frage ich nur in Sachen Liebe, bitte, übernehmen Sie das, seien Sie nicht so, oder wollen Sie mir das ewig aufs Butterbrot schmieren? Du bist vielleicht frech. Und Sie sind ein guter Mensch. Okay, aber das war das letzte Mal, verstanden? Übrigens, ich hab einen Braten gemacht, ich weiß ja, was Sie mögen, kommen Sie also schnell nach Hause, was haben Sie schon zu verlieren?; sollte Ihnen ein Verbrecher entwischen, können Sie ihn auch später noch festnehmen. Stell's mir in die Mikrowelle. Na gut, aber nicht vergessen, das Gemüse dazuzutun; ah, ein Gringo hat angerufen. Enrique? Nein, Ihren Bruder kenne ich doch, jemand anders, ich hab kaum was verstanden, ein Verwandter von Ihnen, glaub ich, den Vornamen hab ich vergessen, aber mit Nachnamen heißt er Mendieta. Hat er seine Telefonnummer hinterlassen? Nein. Wenn er noch mal anruft, frag ihn danach und gib ihm meine Handynummer. Zurdo, wissen Sie was? Chesprito hat Lourdes einen Job angeboten, hab ich's nicht gesagt?; als er sie gesehen hat, war ihm sofort klar, dass sie von ihm ist, Marco Antonio war deswegen ganz aufgewühlt und will jetzt auch seinen Vater besuchen, wir haben schon Nachforschungen angestellt, er ist gerade in Los Angeles, wird im Kodak-Theater auftreten. Du hast nicht noch mal angerufen, oder? Natürlich nicht, was denken Sie denn von mir?, Marco hat das Telefon in seiner Schule benutzt, wenn das auffliegt, muss ich wieder hin, der Arme, er ist ganz verzweifelt.

SMS Nummer sechsundzwanzig von Goga. Diese Teufelin, ich werde sie nicht lesen, er starrte auf das Handy und kam sich blöd vor. Oder doch? Was kann schon passieren? Mal fühlte sich sein Blut kalt an, mal heiß. Egal, das macht den Kohl auch nicht mehr fett: »Idiot, Kretin, Fatzke, Neurotiker, Schwächling, verreck doch.« Verblüfft runzelte er die Stirn. Erzähl du mir noch mal was von Reife, du Biest.

In diesem Augenblick wäre er am liebsten weit weg gewesen, ob sein Geld reichte, um sich eine Weile irgendwo über Wasser zu halten, bis er eine Arbeit fand? Er könnte an einer Schule Literatur unterrichten oder für eine Zeitung Korrektur lesen. Hauptsache weg. Verschwinden. In Luft auflösen. Kann man sein Leben ändern? Gris trat ein: Chef, Zeit für ein Essenspäuschen, gehen wir?

Im El Quijote brachte ihnen die Cococha sofort ein kühles Bier: Edgar, wo warst du denn?, alle kommen regelmäßig her, nur du nicht. Der Job, Cococha, du weißt schon. Wir hier haben auch alle Hände voll zu tun, die

Leute saufen und grölen immer mehr. Wenn das so weitergeht, sterben noch alle an Leberzirrhose. Oder an was noch Schlimmerem, sie lächelten, Gris, du siehst fantastisch aus, meine Königin, wo hast du dir die Haare schneiden lassen? Bei mir im Viertel. Das haben sie großartig hingekriegt, hast du noch nie daran gedacht, sie wie Shakira zu färben?, das würde dir super stehen. Glaubst du?, wäre das nicht ein bisschen zu auffällig? Ach, Schätzchen, wenn du jetzt nicht zeigst, was du hast, wann dann? Er fasste ihr ins Haar. Kerngesund. Irgendwann werde ich dich überraschen. Hör mal, Edgar, kannst du nicht diese Juniornarcos stoppen, die sind ja nicht zum Aushalten, die kommen her, mischen hier alles auf und ziehen wieder ab, als wäre nichts gewesen, das kann doch nicht sein. Erst müssen wir das Problem mit den Seniornarcos lösen, die haben plötzlich Spaß daran, sich gegenseitig zu massakrieren und in braune Decken zu wickeln. Die sind ja alle bekloppt, was hättet ihr denn gern, Schätzchen. Von allem etwas. Und ich dazu noch ein Schweinekeulenbaguette. Kommt sofort.

Sie bekamen Fischsuppe, gegrillten Red Snapper und panierte Garnelen.

Eine Stunde später.

Was machen wir jetzt? Wir kraulen uns den Bauch. Da wird uns schnell langweilig, warum schauen wir nicht bei Señora Villegas vorbei? Kein Bock. Ich mein ja nur, um nicht einzurosten, wir wollten ja sowieso hin. Der Fall ist abgeschlossen, Gris, die letzten Tage waren eine emotionale Achterbahnfahrt, mir reicht's; er verlangte die Rechnung, die Cocoocha brachte sie: Edgar, erinnerst du dich noch an diese Mädchen von neulich Abend?, die mit dem Schwulen hier waren, einem Transvestiten? Klar, du wusstest sogar, aus welcher Familie er ist. Eines der Mädchen wurde am Samstag entführt. Von wem? Angeblich waren es die Leute von Marcelo Valdés; du hast ja selbst gesehen, was für Prachtexemplare das waren, die haben mit Gott und der Welt geflirtet, plötzlich steht so ein Blonder auf, den alle den Gringo nennen, packt sie am Arm und zerrt sie nach draußen, das Mädchen hat geschrien wie am Spieß, aber natürlich ist ihr keiner zu Hilfe geeilt, auch nicht Superman. Pass bloß auf, sonst bist du selber irgendwann dran. Ach Gottchen, früher vielleicht, die Zeiten, als ich Aufruhr erzeugt habe, sind längst vorbei. Heute erzeuge ich nur noch Mitleid. Sagen Sie so was nicht, Sie sind doch noch richtig knackig, schaltete Gris sich ein. Danke, meine Königin, das Baguette geht auf mich. Das Mädchen, war das die Ex-Cheerleaderin der Tomateros? Nein, die andere, eine Dunkle, bildhübsch. Plötzlich sprang Mendieta auf. Was ist denn jetzt los? Gris griff nach ihrer Pistole und ließ ihren Blick durchs Lokal schweifen, er holte einen Geldschein aus dem Umschlag, der für Quiroz bestimmt war, und gab ihn der Cococha. Der Rest ist für dich. Ist das nicht ein bisschen viel? Hast du dir verdient.

Sie stiegen in den Jetta. Chef, alles okay? Sicher, aber wir müssen was gegen unsere Arterienverkalkung unternehmen, ich versprech dir, dass es interessanter wird als der Besuch bei Señora Villegas. Er rief Montaño an, der nach dem x-ten Klingeln endlich ranging: Was gibt's? Wo bist du? Wo ich immer bin, es ist Mittagessenszeit, kannst du mich nicht endlich in Ruhe lassen? Du musst mir einen Gefallen tun. Jetzt nicht, Zurdo, ich bin beschäftigt. Ist nur eine Kleinigkeit, diese Cheerleaderin der Tomateros, mit der du was hast, die ist mit einem Transvestiten befreundet, und mit dem würde ich gern sprechen. Dann stimmt also die Geschichte mit den Blumen? Was soll ich sagen, mit den Frauen läuft's in letzter Zeit so miserabel, dass ich's jetzt mal mit Männern probieren will. Die Midlife-Crisis hat dich offenbar voll erwischt. Warte kurz, er hörte ihn murmeln, sie sagt, sie kennt mehrere Transvestiten, welchen meinst du. Ist sie gerade bei dir? Bingo, du Hellseher. Der, mit dem sie vor einer Woche im Quijote war. Warte, sie sieht in ihrem Kalender nach; soll ich dir was sagen, Mendieta?, du kannst dir nicht vorstellen, wie schön sie ist, wenn sie nackt durch die Wohnung geht, wie verwandelt: grazil, strahlend, wollüstig, er seufzte, geballte Erotik, ein Anblick zum Sterben schön; da kommt sie … er heißt Alexis Valenzuela. Er gab ihm die Handynummer durch.

Eine Weile saß er gedankenverloren da. Nicht nur Katzen, auch Menschen haben sieben Leben und fallen immer wieder auf die Füße, noch immer standen sie vor dem Restaurant. Manchmal ist das Gedächtnis ein Fluch, sagte er, Gris begriff gar nichts mehr: Chef, soll ich Valenzuela anrufen? Frag ihn, ob wir heute Nachmittag mit ihm sprechen können. Und Señora Villegas? Die vergessen wir, das ist nicht unser Bier, wie gesagt, von Canizales will ich nichts mehr wissen, und von Leuten, die nichts damit zu tun haben, auch nicht. Aber Valenzuela hat doch auch damit zu tun. Jetzt sei nicht so begriffsstutzig, Gris Toledo, wir sind raus aus dem Fall, aber solange nichts Neues ansteht, kümmern wir uns um ein paar Details, das soziale Umfeld des Opfers zum Beispiel, seinen Hang, sich als Frau zu verkleiden, die Silberpatronen. Er erzählte ihr von Rendóns Theorie. Wenn wir auf was Interessantes stoßen, müssen es die vom Drogendezernat ja nicht gleich erfahren.

Sie nahmen die Orabábrücke über den Tamazula.

Am Malecón Valadés bogen sie rechts ab, sie hatten noch Zeit für eine kleine Spazierfahrt. Es herrschte dichter Verkehr. Plötzlich bremste er abrupt vor dem Gebäude, in dem Mariana Kelly wohnte. Drei Bodyguards standen vor der Tür. Warte kurz. Was mache ich hier überhaupt? Ich trainiere meine eigene Dummheit, sonst komme ich noch aus der Übung. Goga ist wahrscheinlich nicht da. Warum hat Luigi in dieser Nacht nicht gebellt?

Einer der Leibwächter erkannte ihn und kam auf ihn zu, ein ehemaliger Polizist: Chef Mendieta, welche Freude, Sie zu sehen. Mein Diablo Urquídez, geht's dir gut? Bestens, Dank sei Gott und der Heiligen Maria, die uns immer beschützt, er küsste ein goldenes Medaillon. Sag mal, was macht ihr hier? Eine Freundin von der Tochter des Chefs hat Angst vor so einem Typen, und dem lauern wir hier auf. Und? Ist er schon aufgetaucht? Glauben Sie wirklich, der traut sich her, solange wir hier sind? Garantiert nicht, ist jemand in der Wohnung? Nein, sind alle gestern zu Don Marcelo Valdés gezogen; wissen Sie was?, am Samstag haben wir noch über Sie gesprochen, mein Schwiegervater bewundert Sie sehr. Wer ist dein Schwiegervater? Der Chapo Abitia, er sagt, Sie kennen sich aus Kindertagen. Bist du nicht mit Begoña zusammen? Ja, wir sind verlobt, so Gott will, heiraten wir im November. Herzlichen Glückwunsch, und grüß mir den Chapo, Begoña studiert doch, oder? Ja, aber wenn sie mit mir zusammen ist, wozu zur Uni gehen?, ihr und ihrer Familie wird es an nichts mangeln. Da magst du recht haben, na gut, mein Diablo, wir sehen uns. Wollen Sie nicht reingehen? Nein, ich muss noch woandershin, bis dann. Kavallerie. Es war Briseño, aber er ließ es klingeln.

Sie trafen sich mit Valenzuela in der Bar des Hotels Lucerna. Sein Handy klingelte ununterbrochen, und er ging jedes Mal ran. Valenzuela war von normaler Statur, schlank, durchtrainiert und hatte eine männliche Stimme. Entschuldigen Sie, dass wir Sie belästigen. Kein Problem, wenn die Keiko sagt, ich soll mit Ihnen reden, dann rede ich mich mit Ihnen, ist doch selbstverständlich, Handy. Hallo, mein Hübscher, aha, probier's mal bei der SAS, mein Schatz, klar, entschuldigst du mich kurz?, ich bin hier in einem wichtigen Gespräch, ich ruf dich gleich zurück. Könnten wir in Ruhe mit Ihnen sprechen?, dauert nur einen Moment. Gern, er stellte das Handy auf Vibrieren; ich bin ganz Ohr, Comandante, toll, wie relaxt Sie sind, man merkt, dass Ihnen Ihr Job Spaß macht. Gris entspannte sich: Kannten Sie Bruno Canizales? Ach, der Arme, ich hab's schon gehört, er war mal mit uns auf einer Party, vor einigen Monaten, Isadora hat ihn mitgebracht. Wer? Frank Aldana, der Tänzer, den Sie in Mazatlán verhört haben, sie ist übrigens völlig verängstigt; sie hat doch nichts verbrochen, oder? Solange wir den Täter nicht haben, können wir nicht sicher sein, sagte Gris. Canizales hat es ziemlich bunt getrieben, angeblich ist er als Frau verkleidet auf den Strich gegangen, in Guamúchil und anderen Städten in der Gegend; ja, ein schöner Nervenkitzel, aber nicht ganz ungefährlich. Kennst du jemanden, der sich mit ihm eingelassen hat? Dafür standen wir uns nicht nah genug, ich weiß nur von Frank, dass er kein treuer Liebhaber war, sogar mit der Loca Adams hatte er seine *affaire*, und die hat Frank ihm selber vorgestellt: das Drama der Bisexuellen; ich bezweifle, dass Frank es war, dafür ist er zu weich, zu ängstlich. Canizales wurde mit einer Silberpatrone erschossen, hast du je von jemandem gehört, der solche Dinger benutzt? Comandante, was soll das?, sehe ich aus wie ein Verbrecher?, ich bin für den Weltfrieden, an dem Tag allerdings, an dem Sie mich mit der Keiko gesehen haben, kamen wir gerade vom Friedhof, vor einem Jahr wurde nämlich ein Liebhaber von mir erschossen, und wenn ich mich recht erinnere, war das mit einer Silberpatrone, ach, ich weiß auch nicht mehr, damals war ich so fertig. Wie hieß er? Klaus Timmermann, ein großer Blonder, gut ausgestattet, ach Gott, wie sehr ich ihn vermisse!, dabei war er nicht mal jung, so um die vierzig, aber er hatte ein Feuer in sich, wie ich es nie wieder erlebt habe. Wurde damals ermittelt? Ja, ein Polizist hat mich mehrmals verhört, er dachte, ich hätte ihn getötet, so wie Sie Isadora im Verdacht haben, ach, nein, mein armer Klaus. Hat man dir gesagt, wer's war? Nein, Sie wissen ja, wie das ist, vielleicht weiß seine Familie mehr, aber die haben mich gehasst, und mir ging's damals so dreckig, dass ich nicht gefragt habe. Hast du noch von jemand anderem gehört, der mit einer Silberpatrone erschossen wurde? Mein Capitán, Trauer vernebelt die Sinne, haben Sie noch nie einen geliebten Menschen verloren? Lebt die Familie von Klaus hier in der Gegend? Ja, und zwar vollständig: Frau, Kinder, Eltern, Brüder. Okay, ich hoffe, dass wir dich nicht noch mal belästigen müssen. Sie belästigen mich nicht, Comandante, ich stehe Ihnen jederzeit zur Verfügung, aber bitte finden Sie den Täter, sonst kriegt unsere arme Isadora noch einen Herzkasper. Schreib uns die Adresse von Klaus auf.

Vom Parkplatz des Hotels rief er Ortega an. Schön, dass du dich mal meldest. Schieß los, oder ich kürz dir dein Haushaltsgeld. Gestern Abend wurde im Rosaleskanal ein rotes Auto gefunden. In dem Wagen war eine

Smith & Wesson, wir überprüfen gerade, ob es die Waffe ist, die wir suchen. Habt ihr auch Papiere gefunden? Nein, das Auto war geklaut, noch eins?, als wäre der Verkehr nicht schon mörderisch genug, Fingerabdrücke Fehlanzeige. Hör mal, ist der Fall nicht abgeschlossen? Ach ja?, und ich reiß mir hier immer noch den Arsch auf wie ein Idiot. Du kannst es nicht lassen, stimmt's? Wenn ein Fall nicht gelöst ist, steckt er wie ein Stachel im Fleisch. Wie kommst du darauf? Weil du mich nicht angerufen hast, um hallo zu sagen, ich kenn dich doch. Vor einem Jahr wurde Klaus Timmermann Acevedo erschossen, wahrscheinlich mit einer Silberpatrone, erinnerst du dich? Vor einem Jahr war ich drei Wochen in Vancouver, bei einem Strickkurs, und du? In Tijuana, Häkelkurs. Das war genau zu der Zeit, als das mit der Frau war, stimmt's? Er ging nicht weiter darauf ein, aber er erinnerte sich, dass der Mord drei Monate später passiert war. Vielleicht weiß Sánchez was, ich werde ihn mal auf seiner Ranch besuchen. Lass ihn in Ruhe, ich schau lieber mal im Archiv nach, vor einem Jahr hast du gesagt? Fast auf den Tag genau. Ich ruf dich gleich wieder an, ah, und danke für das Buch, Memo hat eine zehn abgeräumt und liest jetzt *Der Llano in Flammen*, er meint, wenn er diesen Roman früher in die Hände gekriegt hätte, hätte er längst auch alles andere von Juan Rulfo gelesen. Hat er wirklich Roman gesagt? Nein, warum? Weil's Erzählungen sind. Ist das nicht das Gleiche? Alter schützt vor Torheit nicht. Du mich auch. Wie hießen noch mal die merkwürdigen Viecher, die du an Canizales' Auto gefunden hast? Guasachiatas. Bis dann. Er legte auf.

Ernestina de Villegas begrüßte sie gutgelaunt, bot ihnen einen Kaffee an und erzählte von den Silberpatronen, die ihr verstorbener Mann ihr hinterlassen hatte. Die lagen lange Zeit auf der Ranch in einer Vitrine, bis mein Sohn René sie mit ins neue Haus genommen hat, das uns übrigens Señor Abelardo Rodríguez gebaut hat, der Arme, ich hab schon gehört, dass seine Tochter sich umgebracht hat. Hat Ihr Mann gern mit Silberpatronen geschossen? Nein, nie, damit hat er nur bei seinen Freunden angegeben, und zu Weihnachten hat er sie verschenkt, verschiedene Marken und Kaliber. Aber Ihr Sohn schießt damit? Ach wo, er ist eine Seele von Mensch, vermutlich liegen sie bei ihm zu Hause irgendwo rum, wie bei Federico, Gott hab ihn selig. Wo ist Ihr Sohn jetzt? Hier, er lebt in Los Angeles, aber hat mich herbegleitet und holt seine Frau ab; wahrscheinlich ist er gerade in seinem Haus in Guadalupe, er wohnt in der Río Presidio, soll ich ihn anrufen? Nicht nötig, Señora, wir haben Sie schon über Gebühr belästigt. Da drüben auf dem Foto, das ist er, bei seiner Hochzeit, das größere, gleich neben unserem. Mendieta warf einen flüchtigen Blick auf die Wand mit den Familienfotos. Mein Bekannter Carlos hat mir erzählt, dass da einer mit einer Silberpatrone erschossen wurde. Zwei. Du lieber Gott, hoffentlich können Sie den Täter fassen, als ob wir nicht schon genug Mafiaopfer hätten. Gut, Señora Villegas, im Grunde war er genervt, wir danken Ihnen für Ihre Auskünfte, der Fall war abgeschlossen, und sie verschwendeten hier ihre Zeit; er hatte es für Gris getan, weil sie so darauf gedrängt hatte, aber er sollte sich zu solchen Zugeständnissen nicht hinreißen lassen, was wollte sie überhaupt?, sie standen auf, er war jetzt bis zum Äußersten gereizt; Parra hatte ihm beigebracht, solche

Reizzustände zu erkennen und in den Griff zu kriegen, vielleicht sollte er eine Beruhigungstablette nehmen und *Nachrichten aus dem Imperium* weiterlesen, tolles Buch. Stets zu Ihren Diensten, Señores. Bevor sie aufbrachen, blieb er kurz vor dem Foto von René und seiner Frau stehen: zwei junge Menschen mit langen Haaren und einem Lächeln auf dem Gesicht, bereit, die Welt zu erobern.

Bevor sie wieder draußen waren, klingelte das Handy.

Bingo, rief Ortega, Timmermann wurde mit einer Silberpatrone erschossen, und es kommt noch besser: mit einer Smith & Wesson, vor einem Jahr, gefunden wurde er bei sich zu Hause im Schlafzimmer, mit einem Kopfschuss. Hat er allein gelebt? Zur Tatzeit war seine Familie gerade in Deutschland unterwegs. Hat Sánchez damals ermittelt? Nein. Es war der letzte Fall von Ernesto Ponce alias Gringo, deinem lieben Freund. Glaubst du, es war dieselbe Pistole, mit der auch Canizales erschossen wurde? Zumindest war es der gleiche Typ, die werden ja nicht oft verändert, und?, nach wie vor dran an dem Fall, mein Lieber? Was sagt der Bericht noch?, gab es Verhaftungen, Ermittlungen? Verhört wurden seine Familie, zwei Geschwister, Vater und Mutter, drei Nachbarn, und vier Mal Alexis Valenzuela, mit dem er eine amouröse Beziehung unterhielt, wie es hier heißt, und René Villegas, ein Freund des Opfers. Er legte auf.

Plötzlich durchzuckte ihn eine Erkenntnis, am Malecón Valadés, gleich neben dem Country Club Chapultepec, hielt er an. Er stieg aus, tigerte aufgeregt umher. Blieb stehen. Ging weiter. Blieb wieder stehen. Gris hielt gebührenden Abstand, begriff, dass er etwas ausbrütete.

Drei Minuten verharrte er in diesem Zustand. Dann blickte er zum Himmel und ging zu seiner Kollegin:

Agente Toledo, glaubst du an die Macht der Umarmung? Ja, murmelte sie. Dann umarm mich mal, ganz fest, ich falle nämlich gleich tot um.

45

Nur ein toter Bulle ist ein guter Bulle, sagte er, als sie weiterfuhren, wäre die mexikanische Polizei integer, wäre es kein Verdienst, ihr anzugehören. Danach schwiegen sie, bis René Villegas' Haus auftauchte, eine Villa, die der Detective schon oft gesehen hatte. Diskrete Beleuchtung. Garage. Ein Mandelbaum auf dem Gehweg. In der Garage ein Mittelklassewagen. Gris war aufgeregt, sie wollte wissen, was los war, traute sich aber nicht zu fragen, wer war die Loca Adams?

Ich fang mal mit den Rosen an, sagte der Detective schließlich, ohne den Blick von der zweistöckigen Villa zu wenden. Er erzählte ihr von seiner Wiederbegegnung mit Goga, von ihrer Vorgeschichte, von den letzten gemeinsam verbrachten Stunden und dem Anruf ihres Mannes. Am Ende zeigte er ihr noch die SMS, Gris las sie und schwieg, versuchte, sich einen Reim auf alles zu machen, ohne nachzufragen. Wer hat nun Bruno Canizales getötet? Ich weiß es nicht, und es ist mir egal. So war es auch, sein Bauchgefühl sagte ihm, dass er vor einem Abgrund stand, der vor allem mit ihm zu tun hatte; da waren die Silberpatronen, Timmermann, aber das reichte nicht. Keine Gewissheit, aber das entsprach ja seinem Wesen: die Reaktion seiner Bedeutungslosigkeit auf das Unmögliche. Er hatte keine Lust, es zu erklären. Konnte es nicht. Denn an sich ist nichts weder gut noch böse. Er hoffte, dass ihre räumliche Intelligenz ihm im entscheidenden Augenblick die Bodenhaftung wiedergeben würde. Sie leben bei den Gringos, murmelte er. Was wollen Sie damit sagen? Hast du Renés Hochzeitsfoto gesehen? Flüchtig. Die Braut, das ist Goga.

Drei Minuten lang sagte keiner was.

Wer ist die Loca Adams? Keine Ahnung.

Mendieta dachte an Hamlet, dass er vielleicht einen sechzehnjährigen Sohn hatte, wie schwer es war zu lieben, selbst Bardominos kam ihm in den Sinn. Liebe ist die Suche nach einem anderen, den es nicht gibt, und trotzdem ist unsere Identität durch und durch davon geprägt.

Das Handy zeigte an, dass eine SMS eingegangen war. Goga. Er starrte kurz darauf und gab das Handy an Gris weiter: Schau du sie dir an. Gris las und gab ihm das Handy zurück: Lesen Sie lieber selbst. »Verzeihung, ich liebe dich, will dich sehen.« Mendieta geriet wieder ins Grübeln. In was für einen Menschen habe ich mich da verliebt?, will sie provozieren?, beobachten sie uns? Goga Fox: du existierst nicht, ich kenne dich nicht, wir haben nie miteinander geschlafen, und ich habe dich auch nie ins Bad gehen sehen. Er blickte zu seiner Assistentin: Gris. Soll ich Verstärkung rufen? Nein, da muss ich allein durch, wie du siehst, ist das eine Privatsache, und ich möchte nicht, dass dir was passiert. Chef, ich bin Ihre Kollegin. Ich weiß, aber das hier ist so kompliziert, dass du dich lieber raushältst. Tun Sie mir das nicht an, wenn ich hierbleibe, drehe ich durch, wirklich; wenn ich merke, dass ich überflüssig bin, mache ich die Fliege, das verspreche ich Ihnen. Er holte seine Pistole aus dem Handschuhfach, sie ihre aus der Handtasche, dann stiegen sie aus. In Gottes Namen.

Tock, tock, tock.

Sanfte Musik. René Villegas öffnete die Tür. Vertrauter Geruch. Mendieta erinnerte sich an die beiden Male, die er ihn gesehen hatte, in Altata, als er Goga kennengelernt hatte, und vor einigen Tagen, als er Hildegardo Canizales einen Besuch abgestattet hatte: er hatte bei den Mädchen und dem Bruder gestanden. Er war sorgfältig gekleidet, elegant. René Villegas, wir sind von der Polizei, heb die Hände hoch, du wirst beschuldigt, Bruno Canizales, Klaus Timmermann und mindestens zwei weitere Personen in San Bernardino, Kalifornien, ermordet zu haben. René lächelte, er hatte einen Cuba libre in der Hand, Gris Toledo richtete ihre Waffe auf ihn. Und wie willst du das beweisen, du Held? Ja, das würde ich auch gern wissen, sagte Goga spöttisch, die hinter ihrem Mann hervortrat, weiter Rock, geblümte Bluse, sarkastisches Lächeln. Die mexikanische Polizei ist ein Sauhaufen, eine Bande von korrupten Idioten, fügte Villegas mit ironischem Unterton hinzu. Mendieta verpasste ihm drei Ohrfeigen und trat ihm in die Eier. Aber wir haben unsere todsicheren Methoden, du Arschloch. Hör auf damit, schrie Goga wütend und streckte ihm drohend ihre Fingernägel entgegen. Du kannst mich nicht mal mitnehmen, sagte ihr Mann schwer atmend, aus einem Ohr lief Blut, sonst kriegst du nämlich Ärger mit meinen Freunden, und gegen die kommst du nicht an, außerdem hast du keine Beweise, weißt du, was du im Kopf hast?, Scheiße, er nahm einen Schluck aus einer Rumflasche, du blöder Wichser. Wer sagt denn, dass wir Beweise brauchen, um dir den Arsch aufzureißen?, er trat ihm noch mal in die Eier und knallte ihm eine auf den Hals. Gris hielt nach wie vor ihre Waffe auf das Pärchen gerichtet, das aber keine Notiz von ihr nahm, Villegas wankte, Goga ging dazwischen: Lass ihn in Ruhe, du Primitivling. Du, halt dich da raus, er schubste sie weg, eine Lampe und mehrere Porzellangefäße gingen zu Bruch, hattest du nicht Lust, mich zu sehen, Loca Adams? Sie machte ein verblüfftes Gesicht. Ich mag diesen Spitznamen, er passt zu mir, geilt mich auf, Gris packte sie am Arm, Goga machte sich los: Lass das, du Püppchen, sie riss die Augen auf und sah Mendieta an, ich verzehre mich nach dir, spürst du das nicht?, machen dich meine Pheromone nicht heiß? Mehr als zuschlagen fällt dir wohl nicht ein?, und was soll das mit Klaus Timmermann?; sieh's endlich ein, du bist auf einen Gegner gestoßen, der intelligenter ist als du, schlauer, schöner, er hat dich besiegt, sie war angespannt, Villegas lächelte, aus der Flasche lief Rum. Stimmt, ich weiß nicht, wer Canizales umgebracht hat, ob du oder er. Da kann ich nur lachen, wie willst du das denn beweisen? Mit dem indischen Parfüm: »Vergissmeinnicht.« Gogas Lächeln erstarb, diesen Duft verströmte sie gerade, der Detective hatte ihn gerochen, als Villegas die Tür geöffnet hatte. Sie verlor die Beherrschung und stürzte sich auf ihn, aber Gris, die in Bildern dachte, Kreuzworträtsel löste und mit Rodo Schach spielte, drehte sie sauber auf den Rücken und verpasste ihr Handschellen, anschließend auch ihrem Mann, der immer noch benommen wankte. Das nützt dir gar nichts, du Schwachkopf, du kriegst nie ein Geständnis von mir, dein Wort steht gegen meins. Gris, ruf Ortega an, er soll den Besen mitbringen. Dann wählte er die Nummer von Gori Hortigosa, dem Spezialisten für schwierige Verhöre. Mein Gori, wie geht's, wie steht's? Gut, mein Zurdo, wir feiern gerade den fünfzehnten Geburtstag meiner Tochter. Könntest du einen Job für mich erledigen? Dringend? Ziemlich. Nichts ist mir lieber, als meiner Berufung zu folgen. Dann sehen wir uns in einer Stunde in der Kathedrale. Er wandte sich an Villegas: In der Kathedrale haben noch alle gestanden, jetzt liegt's an euch. Der Ehemann lächelte: Wir haben dich besiegt, Zurdo Mendieta, sieh's endlich ein, Goga blickte ihn an, ohne zu blinzeln, du bist ein zweitklassiger Polizist und im Bett ein Anfänger. Du hast sie gelangweilt, fügte ihr Mann hinzu, ein Mann, der eine Frau nicht befriedigen kann, ist kein Mann, nach Canizales warst du ihr schlechtester Schüler. Und deswegen hat sie ihn umgebracht? Deswegen, und weil er sich nicht als Frau verkleiden wollte, angeblich hatte er keine Wäsche zur Hand, er fühlte sich wohl erniedrigt und war bockig, im Gegensatz zu dir, du warst immer brav wie ein Lämmchen, nicht mal die betäubende Wirkung unseres Parfüms war vonnöten, nur heute, wo es ans Sterben ging, warst du ein bisschen rebellisch, zeichnest du das alles auf?, ist mir nämlich scheißegal. Mendieta unterdrückte seinen Drang, ihm eine reinzuhauen. Wir haben ihn zusammen umgebracht, sagte Goga stolz. Genau, meine Liebe, wobei ich nur das Bett hergerichtet habe, was keine Beschuldigung sein soll, passieren wird uns eh nichts, in ein, zwei Stunden sind wir über alle Berge und suchen uns irgendwo anders einen neuen Spielgefährten; vielleicht lassen wir auch ein Andenken für diesen Quiroz da, der geht uns nämlich gehörig auf den Senkel. Neulich Nacht hast du richtig Schwein gehabt. Entschuldige, dass ich eingeschlafen bin, sagte Goga lächelnd. Und dieser Idiot hat doch tatsächlich geglaubt, du rufst vom Flughafen aus an.

Wie lange habt ihr auf Canizales gewartet? Drei Stunden, der Schlingel war zu Isadora nach Mazatlán gefahren. Eigentlich wollten wir uns nur ein bisschen amüsieren, aber dann ist er ewig nicht gekommen, und wir waren ein bisschen gereizt. Der Junge mit dem Fahrrad fiel ihm ein. Wir haben einen Zeugen, der euch aus dem Haus kommen sah. Egal, du kannst uns trotzdem nichts, wir haben genügend Geld, um nötigenfalls den Obersten Gerichtshof zu kaufen. Nicht mal sein Weihnachtsgruß konnte euch erweichen. Nur Dummköpfe sind sentimental. Und die Smith & Wesson? Liegt bei mir im Schrank, zusammen mit den restlichen Patronen, wir haben Bruno vorher noch nach allen Regeln der Kunst befriedigt, nicht war, mein Schatz? Goga antwortete nicht.

Ein Wagen hielt vor der Tür.

Aber es war nicht Guillermo Ortega, wie sie erwartet hatten, vor ihnen standen Samantha Valdés und Mariana Kelly: Ach, Mendieta, du schon wieder, du lässt wohl keine Gelegenheit aus, mir auf den Geist zu gehen. Mariana begriff sofort, nahm Samantha beim Arm: Ich schlage vor, wir verschwinden wieder, Sam, bitte, tu mir den Gefallen. Die beiden haben Bruno Canizales ermordet, sagte der Detective. Samantha: Stimmt das?, ihre Augen funkelten. Scheiße. Es war ein Unfall, Sam, ein bedauerlicher Unfall. Hattest du was mit ihm? Nein, warum regst du dich so auf? Du hast ihn doch überhaupt nicht geliebt, sagte Goga verächtlich. Mariana zog sie in Richtung Tür: Sam, bei allem, was dir lieb ist. Du bist eben keine Mutter, Goga, ich hab ihn nicht geliebt, stimmt, aber mein Sohn hat ihn geliebt. Mach dich nicht lächerlich, mischte sich Villegas ein, und jetzt ruf deine Leibwächter her, damit sie uns diesen Primitivling vom Hals schaffen. Du spinnst wohl, du Vorstadtschwuchtel, glaubst du wirklich, du kommst so einfach davon?, sie zitterte vor Wut; ich hatte schon immer den Verdacht, dass du was mit Bruno hattest, aber ich hab's dir nicht zugetraut. Jetzt krieg dich wieder ein, so schlimm ist das auch wieder nicht, Samantha presste die Lippen zusammen. Willst du mir jetzt auch noch vorschreiben, was ich schlimm zu finden habe und was nicht? Mendieta, du weißt, dass ich dich nicht leiden kann, aber tu dir selbst einen Gefallen und überlass sie mir. Der Fall ist abgeschlossen, das hast du selbst gesagt, wenn Brunos Tod meinem Sohn wehgetan hat, dann tut er auch mir weh, verdammt, und außerdem gilt, was ich dir neulich anvertraut habe; lass den Dingen ihren Lauf, Mendieta. Mariana erstarrte, Gris sah ihn fragend an.

Goga änderte ihre Taktik zuerst: Lass dich da nicht drauf ein, Edgar, du musst deine Pflicht tun, sollen die Gerichte entscheiden, zwanzig oder dreißig Jahre werden wir schon kriegen, aber die werden vergehen wie im Flug. Das halte auch ich für das Beste, pflichtete Villegas ihr bei, hör mal, was ich da vorhin gesagt habe, war nicht so gemeint, du bist wirklich ein vorbildlicher Polizist, willst du wissen, was es mit den Silberpatronen auf sich hat? Reine Spielerei, außerdem wollte er es so, ganz im Gegensatz zu Timmermann, Samantha knallte ihm eine: Halt den Mund, du Schwachkopf, ihr und eure Scheißspielchen, sie sah den Detective an, und? Warte kurz, wie viele Leute habt ihr in San Bernardino umgebracht? Mendieta, jetzt komm mir nicht so, wozu willst du das wissen?

Nimm ihnen die Handschellen ab, wies er seine Kollegin an, Edgar, bitte, ich hatte wirklich Lust, dich zu sehen, mit dir zu schlafen, mit dir zu reden, meine kleine Show aufzuführen, schau nur, was ich anhabe. Gris war verunsichert, gehorchte aber. Samantha rief ihre Leibwächter her, Goga flehte um Vergebung, zwei abgebrühte Typen traten ein, der eine mit einer Kalaschnikow in der Hand. Ich hol mal zwei Decken, brummte der andere und ging in den oberen Stock, wo er das Schlafzimmer vermutete, der mit dem Gewehr verklebte den Mund der beiden mit Packband und fesselte ihnen die Hände auf dem Rücken.

Sie brachen auf.

Während er Ortegas Nummer wählte, sah er, wie die beiden in den schwarzen Hummer der Leibwächter verfrachtet wurden. Wo bist du? Ganz in der Nähe, an der Kreuzung Obregón und Zapata. Kommando zurück. Was ist passiert? Jack the Ripper hat mal wieder zugeschlagen. Aha, hat dir wohl Spaß gemacht, mich herzubeordern? Ja, aber ich will's mir mit Sarita nicht verscherzen. Soll ich dir was sagen? Ich bin gar nicht unterwegs zu dir. Pineda hat mich aus Piggyback angerufen, weißt du, wen sie ins Jenseits befördert haben? Keine Ahnung. Deinen Freund Gringo, zusammen mit einem Mädchen und zwei Killern. Wohl bekomm's, wir sehen uns. Er legte auf. Sie sahen, wie die beiden Frauen in den grünen Hummer stiegen und losfuhren, der schwarze Ford der Leibwächter folgte ihnen. Dann bat er Gori Hortigosa, sich weiter um seine Gäste zu kümmern.

Am nächsten Tag zeigte sich die Stadt erschüttert über die Morde, weil die Opfer so schön waren, so bedeutenden Familien entstammten, so schrecklich zugerichtet waren. Freunde gaben Interviews, die Behörden versprachen, der Gewalt ein Ende zu bereiten, Menschen demonstrierten, um Druck auf die Polizei auszuüben. *Wächter der Nacht* verdoppelte sein Rating, und sein Starreporter wurde über Nacht ein ernsthafter Kandidat für die Wahl zum Journalisten des Jahres. Gringo Ponce und die drei anderen Opfer wurden nicht einmal erwähnt.

Als Mendieta allein war, weinte er. Erst wollte er nicht, aber dann fand er keine überzeugenden Argumente dagegen. Er verfluchte das Leben, die Liebe und Frauen mit kurzen Haaren. Er verfluchte sich selbst. Auf Anraten von Doktor Parra verbrachte er einige Tage in Mazatlán, wo er eine dunkle Schönheit kennenlernte, die ein grünes und ein honigfarbenes Auge hatte und Linkshänderin war, aber das ist eine andere Geschichte.

Christian Dorph / Simon Pasternak

Der deutsche Freund

Kriminalroman
Aus dem Dänischen von Ulrich Sonnenberg
Deutsche Erstausgabe
st 4089. 463 Seiten
Erscheint im Mai 2009

Kopenhagen, Sonntag, 28. Oktober 1979: Der Großunternehmer Keld Borch liegt tot in der Sauna des Kopenhagener Men's Club. Eine Spur führt die Ermittler um Ole Larsen in das Netzwerk eines geheimen Männerbundes und in höchste politische Kreise. Eine dramatische Verfolgungsjagd beginnt, von Kopenhagen nach Ostberlin und von Ostberlin nach Danzig, und endet mit einer Begegnung mit einem Totgeglaubten in der dänischen Provinz.

»Ein grandioser Plot, fern jeder politischen Korrektheit.« *Politiken*

»Harte und raffinierte Spannungsliteratur der dänischen Krimimeister.« *Extra Bladet*

NF 906/1/11.08

Maurizio de Giovanni

Der Winter des Commissario Ricciardi

Kriminalroman
Aus dem Italienischen von Marianne Schneider
Deutsche Erstausgabe
st 4102. Etwa 250 Seiten
Erscheint im Juni 2009

Neapel, Anfang der dreißiger Jahre. Commissario Ricciardi, ein intelligenter, melancholischer Einzelgänger aus reichem Elternhaus, besitzt eine Gabe, die sein Schicksal bestimmt: Er hört die letzten Gedanken von Ermordeten, sieht sie im Augenblick ihres Todes. So auch, als Arnaldo Vezzi, der Star der Opernszene, der Lieblingstenor des Duce, ermordet aufgefunden wird …
Ein geheimnisvoller und abgründiger Kriminalroman – der erste Teil der vier Jahreszeiten des charismatischen, melancholischen Commissario Ricciardi.

»Schluss. Vier Stunden, die wie im Flug vergangen sind, und man schämt sich der aufsteigenden Tränen, die einem den Hals zudrücken, während eine bestürzende Zärtlichkeit im Herzen um sich greift. Aber es ist doch nur ein Roman, sagt man sich und kann sich nicht erklären, warum *Der Winter des Commissario Ricciardi* einen dermaßen mitgenommen hat. Nur ein Kriminalroman …« *Roma*

»Wie Simenon und der ›persönlichere‹ Chandler.«
La Repubblica

NF 909/1/11.08

Adrian Hyland

Outback Bastard

Ein Emily-Tempest-Krimi
Aus dem australischen Englisch von Peter Torberg
Deutsche Erstausgabe
st 4110. Etwa 350 Seiten
Erscheint im August 2009

Emily Tempest, Weltenbummlerin, kehrt an den Ort ihrer Kindheit zurück: Moonlight Downs tief im Outback Australiens. Doch die Aborigines-Gemeinschaft, die sie vor vielen Jahren verließ, hat sich verändert. Als innerhalb von Stunden nach ihrer Ankunft ein alter Freund ermordet wird, beginnt sie Fragen zu stellen, die ihr Leben gefährden. Aber Emily ist schon als kleines Mädchen keinem Ärger aus dem Weg gegangen …
Rache der Geister oder Kampf um Landrechte? Eigentlich wollte Emily Tempest zu sich selbst finden, doch plötzlich sucht sie einen Mörder. Der Beginn einer Serie um die schlagfertige Emily Tempest.

»Unputdownable. Ein Krimi mit Suchtgarantie.«
Sydney Morning Herald

»Dieses Debüt ist ein Knaller. So souverän und stilsicher, dass selbst erfahrene Autoren vor Neid erblassen.« *Vogue*

»Mordsmäßig gut, von der ersten Seite bis zu seinem rasanten Ende.« *Boston Globe*

»Wunderschön geschrieben.« *Publishers Weekly*

NF 911/1/11.08

Kathryn Miller Haines

Miss Winters Hang zum Risiko

Rosie Winters erster Fall
Kriminalroman
Aus dem Amerikanischen von Kirsten Riesselmann
Deutsche Erstausgabe
st 4090. 483 Seiten
Erscheint im Mai 2009

Um die Miete bezahlen zu können, bräuchte Rosie Winter – großes Talent und große Klappe – dringend mal wieder ein Engagement. Aber im Kriegsjahr 1943 sind die guten Rollen am Broadway schwer zu kriegen, und für die schlechten hat Rosie leider viel zu viel Temperament. So hält sie sich mit einem Job im Detektivbüro von Jim McCain über Wasser. Bis ihr eines Nachmittags die Leiche ihres Bosses in die Arme fällt.

»Schauplatz New York City: Haines erweckt in ihrem stilsicheren Debüt die Zeit des Zweiten Weltkriegs zum Leben. Hochamüsant und witzig mit einer unerwarteten und bösen Wendung im letzten Akt.« *Publisher's Weekly*

»Keck und schwungvoll.« *Kirkus Review*

NF 907/1/11.08

Rosa Ribas

Kalter Main

Kriminalroman
Aus dem Spanischen von Kirsten Brandt
Deutsche Erstausgabe
st 4088. Etwa 420 Seiten
Erscheint im Juli 2009

Hochwasser in Frankfurt, und in den Fluten des Mains treibt ein Toter – ermordet, wie sich schnell herausstellt. Hauptkommissarin Cornelia Weber übernimmt den Fall, und die Ermittlungen bringen nicht nur so manche dunkle Seiten des Mordopfers, eines seit Jahrzehnten in Frankfurt lebenden Spaniers, ans Licht, sondern lassen auch Webers eigene Vergangenheit wiederaufleben… Zwischen Bankentürmen und Bahnhofsviertel – der erste Fall der eigenwilligen Frankfurter Kommissarin Cornelia Weber.

»Spannend bis zum Schluss.« *Ecos*

NF 910/1/11.08

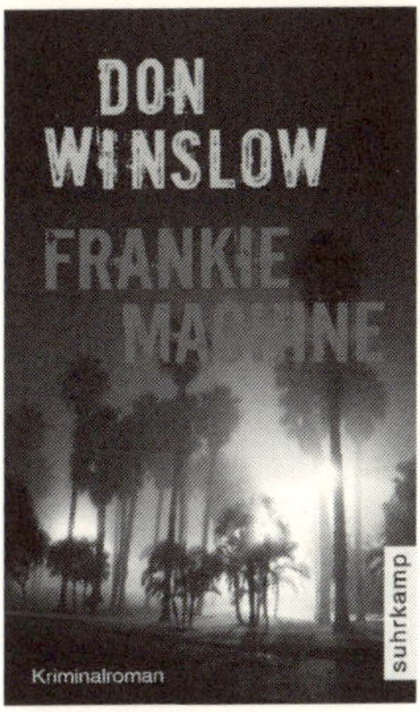

Don Winslow
Frankie Machine
Kriminalroman
Aus dem Amerikanischen von
Chris Hirte
st 4121. 365 Seiten

Alle mögen Frank, den Mann vom Angelladen. Nur wenige kennen ihn als Frankie Machine, den legendären Mafiakiller …

Frank Macchiano ist ein geschiedener Kleinunternehmer, ein leidenschaftlicher Liebhaber und eine feste Stütze des Strandlebens von San Diego – der Mann vom Angelladen, den alle mögen und der immer noch gerne surft, obwohl er nicht mehr der Jüngste ist. Er ist auch ein Mafiakiller im Ruhestand: Frankie Machine, bekannt für gnadenlose Effizienz. Er hat das Geschäft hinter sich gelassen, und so soll es auch bleiben. Doch dann holt ihn die Vergangenheit ein: Jemand will ihn töten, und Frankie Machine muß ihn zuerst finden. Das Problem: Die Liste der Verdächtigen ist länger als die kalifornische Küste …

»*Frankie Machine* hat Herz, Action und Biss. Und einen Helden, den man lieben muss.« *Focus*

»*Frankie Machine* ist ein wahnsinnig fesselnder Thriller, voller Tempo, Action und Überraschungen. Kein Wunder, dass die Verfilmung bald in die Kinos kommt.« *krimi-couch.de*

»Wenn Robert De Niro auf seine alten Tage noch einmal das Surfen lernt, dann für dieses Buch …« *die tageszeitung*

NF 945/1/7.10

Don Winslow
Pacific Private
Kriminalroman
Aus dem Amerikanischen von
Conny Lösch
Deutsche Erstausgabe
st 4096. 395 Seiten

Boone Daniels lebt, um zu surfen. Nebenbei übernimmt er als Privatdetektiv ein paar Jobs, doch nie so viel, um nicht rechtzeitig bei Tagesanbruch am Strand zu sein. Doch gerade als Riesenbrecher auf Pacific Beach, Kalifornien zurollen, wie sie nur alle paar Jahre vorkommen, wird er von einer attraktiven Anwältin in einen Fall verwickelt, der auch ein dunkles Kapitel seiner Vergangenheit betrifft.
Während die einen auf die perfekte Welle warten, floriert im südkalifornischen Surferparadies der Kinderhandel – der Beginn einer Serie um den surfenden Privatdetektiv Boone Daniels.

»Der vielleicht beste Sommerkrimi aller Zeiten.«

San Francisco Chronicle

»*Pacific Private* ist wie eine Monsterwelle, die kommt und alles mit sich reißt. Nichts wird mehr so sein wie vorher.«

3sat Kulturzeit

»Tragisch, komisch und auch noch brillant geschrieben: ein Kracher!« *TV Movie*

NF 908/1/7.10

Don Winslow
Pacific Paradise
Kriminalroman
Aus dem Amerikanischen von
Conny Lösch
st 4172. 386 Seiten

Pacific Beach, Kalifornien. Immer bei Sonnenaufgang treffen sich die Profis der Dawn Patrol, um die ersten Wellen zu reiten. Boone Daniels, unterforderter Privatdetektiv und passionierter Surfer, läßt keinen Morgen ausfallen. Meist bleibt er auch zur zweiten Schicht, der Gentlemen's Hour, wenn sich die Veteranos treffen, die nichts zu tun haben oder genug Geld auf der hohen Kante.
Während sie über das Wasser schippern und auf die nächste Welle warten, bittet ein alter Freund Boone, seine Frau zu überwachen – ein Auftrag, den Boone lieber nicht annehmen würde. Kurz darauf erfährt er, daß der Profisurfer K2 aus Hawaii kaltblütig erschlagen wurde: Es scheint, die Lokalmatadoren verteidigen ihren Strand mit brutaler Gewalt. Und mit einem Mal sieht sich Boone in einen komplizierten Fall verwickelt und – schlimmer noch – gegen die eigenen Freunde ermitteln, während das Wasser um ihn herum immer tiefer und tödlicher wird …

»Boone Daniels ist der coolste Detektiv des Jahres.« *Focus*

»Südflorida hat Carl Hiaasen, Südkalifornien hat Don Winslow.« *The Mirror*

NF 973/1/7.10